Alain Nadaud

Der andere Tod

Roman

Aus dem Französischen
von Brigitte Burmeister

Klett-Cotta

Denn wenn ich ihnen mit der Frage käme, ob es wahr sei, daß Aeneas, wie der Dichter erzählt, einst nach Karthago gekommen, so werden die minder gelehrten antworten, sie wüßten es nicht, und die gelehrteren sogar bestreiten, daß es wahr sei.

Augustinus, *Bekenntnisse*, I, 13.

Was wir vom Leben Vergils zu wissen glauben, ist das Ergebnis einer Rekonstruktion, ähnlich wie Archäologen sie versuchen, wenn sie Bruchstücke oder lückenhafte Überreste vor sich haben.

Pierre Grimal, *Vergil. Eine Biographie*

Vorbemerkung

Ich möchte, daß die Dinge klar sind! Ich bin in dieser Geschichte für nichts verantwortlich! Als sie begann, war ich gerade erst für Zeilenhonorar bei der Zeitung eingestellt worden. Man steckte mich ins Archiv, drittes Untergeschoß. Mit dem Umzug des Blattes in einen Glasturm im Süden von Paris und der Umstellung der Redaktion auf EDV war ein großer Teil der seit Jahren angehäuften Dokumentation hinfällig geworden. Alles mußte nun sortiert und in alphabetischer Reihenfolge neu geordnet werden.

Genau zu dem Zeitpunkt bestellte mich Augustin Marate, der Chefredakteur, in sein Büro. Dieser Dicke, berühmt für seine homerischen Zornesausbrüche, hielt sich für einen leibhaftigen Gott. Kahlköpfig bis auf einen Kranz weißer Haare, die auf die Schultern hinabreichten, regierte er als absoluter Herrscher über seine Mannschaft von Journalisten und verbrachte die Zeit damit, von seinem gewaltigen Drehsessel aus ringsum Befehle zu erteilen. Er behauptete, nicht ohne Arroganz, daß er seine Leser dazu bringen könne, alles und jedes zu glauben. Ihm zufolge kam es kaum darauf an, ob eine Nachricht stimmte oder nicht, entscheidend war die Seriosität der Darbietung.

Ich öffnete die Glastür zu seinem Büro, da hielt er mir schon ein Blatt mit Briefkopf der Unesco entgegen und ließ mir nicht einmal Zeit, den Brief zu überfliegen:

– Ich habe mir sagen lassen, daß Sie Latein studiert haben. Jetzt bekommen Sie vielleicht die Gelegenheit, Ihr Können unter Beweis zu stellen ...

– Worum geht es?

– Diesen Brief hat mir ein Freund geschickt, René Teucère, der Name sagt Ihnen nichts? Dabei hat Teucère Karriere gemacht. Er ist eine Autorität auf dem Gebiet der heutigen Museologie. Vor ein paar Jahren hat er mir einmal einen verdammt guten Dienst erwiesen, und ich muß zugeben, daß ich immer noch in seiner Schuld stehe. Also, man hat ihn jetzt in Rom zum Leiter einer Abteilung dieser internationalen Organisation ernannt, die im Hinblick auf das Jahr 2000 eine Aufstellung des Weltkulturerbes vornehmen soll. Er befaßt sich mit der römischen Antike, mit Ausgrabungsstätten wie auch Museen.

– Und was habe ich dabei zu tun?

– Hier, lesen Sie! Er schlägt vor, daß wir durch eine Untersuchung vor Ort und eine Reihe von Artikeln die Öffentlichkeit auf einen Skandal aufmerksam machen, dessen unmittelbarer Zeuge und auch Opfer er ist. Wie aus seinem Brief hervorgeht, war Teucère beteiligt an der Planung und dem Aufbau eines Museums in Pleggah, nahe der Ruinenstätte von Karthago. Dieses Museum ist wenige Tage vor der Einweihung böswillig zerstört worden. In die Sache verwickelt war angeblich der dortige Kulturattaché, ein gewisser Gilles Virandes, von dem Teucère nicht viel zu halten scheint. Aber Vorsicht! Ich kenne mich ein wenig aus in diesen Kreisen, ich wittere da offene Rechnungen. Man muß wissen, wo man hintritt. Und ich, verstehen Sie, habe leider auch noch anderes zu tun. Bevor ich also irgend etwas entscheide, sollten Sie freundlicherweise diese Information überprüfen und mir sagen, was da eigentlich los war.

Ein Museum in Pleggah? Keinerlei Hinweis im Archiv der Zeitung. Ich forsche in einer Buchhandlung nach: Pleggah? Der Ort taucht in keinem Inhaltsverzeichnis der zahlreichen Reiseführer für die Gegend auf. Seine Entdeckung ist offenbar noch zu neu, jedenfalls findet er auch in den jüngsten Ausgaben keine Erwähnung.

Also habe ich dreist, und weil ja die Telefonnummer auf der Briefkopie stand, die Augustin Marate mir überlassen hatte, in Rom angerufen. Und mir einiges damit eingehandelt! Wirklich ein seltsamer Typ, dieser René Teucère! Anscheinend hatte er die Geschichte nicht verdaut und hätte es am liebsten gesehen, wenn ich noch am selbigen Tag nach Pleggah aufgebrochen wäre. Ersatzhalber hätte er mir beinah auf der Stelle einen Artikel diktiert. Nach seiner Stimme zu urteilen, die tief aus dem Rachen zu kommem schien, konnte er seine Wut kaum bezähmen. Dennoch wirkte, was er vortrug, sicher und schlüssig. Ist ja am Telefon nicht so leicht zu erkennen. Ich jedenfalls muß das Gesicht sehen, wenn ich mit jemandem rede, sonst verliere ich die Orientierung und habe Mühe, nicht nur das Auftreten des anderen einzuschätzen, sondern auch seine Absichten. Der Tonfall kann täuschen. So hatte ich meine Zweifel an den Anschuldigungen, die Teucère gegen Gilles Virandes vorbrachte. Und doch mochte er seine Gründe dafür haben. Wie auch immer, ich hätte ihn nicht zum Feind haben wollen!

Natürlich verpaßte mir Augustin Marate eine Abreibung, als ich in die Redaktion zurückkam. An jenem Morgen war das Wetter herrlich. Aus dem Fenster von Marates Büro sah man ganz Paris. Doch er ließ mir keine die Zeit, den Anblick zu bewundern. Er hatte sich – ein schlechtes Zeichen! – aus seinem Drehsessel erhoben und marschierte kreuz und quer durch den Raum. Er donnerte los:

– Also einfach so, ohne mir ein Wort zu sagen! Sie waren so frei, mit Teucère zu telefonieren? Bravo, Sie haben gewonnen! Soeben hat er mich angerufen. Und jetzt steht fest, daß er mich nicht mehr loslassen wird. Ihretwegen stecke ich in der

Klemme. Außerdem ist momentan niemand aus der Redaktion verfügbar, daher habe ich so gut wie keine Möglichkeit, ihm den Dienst zu erweisen, um den er mich bittet. Na schön, mein Lieber, da werden Sie wohl hinfahren müssen! Sie haben Glück, anscheinend haben Sie einen guten Eindruck gemacht. Und er, was hat er Ihnen erzählt? Hat er von mir gesprochen?

Befürchtete Marate, daß sich der andere über ihn ausgelassen hatte? Ich unterdrückte ein Lächeln und beruhigte ihn, wobei es mir ratsam schien, mein Mißtrauen und meine Vorbehalte nicht allzu deutlich zu äußern. Und schon fuhr er fort, als wollte er eine Frage überspielen und ohne meine Meinung abzuwarten:

– Der Bursche ist nicht übel. Ich hab's Ihnen ja gesagt, ein Gelehrter ist das! Einfallsreich und schnell als Museologe, dazu ein versierter Archäologe. Wenn Sie ihn zufriedenstellen, können Sie sicher sein, daß er sich revanchiert. Gut, ich ahne, was Sie denken und kann Ihr Zögern teilweise verstehen. Auch mich beunruhigt er mitunter. Aber man muß sich in seine Lage versetzen. Er hat in der letzten Zeit Furchtbares durchgemacht. Keine Andeutung Ihnen gegenüber? Hätte freilich auch nicht zu ihm gepaßt! Ein Unfall ... Ist schon einige Monate her. Teucère leitete eine Reihe von Versuchsgrabungen, um den Standort für ein Museum in Issarlik zu untersuchen, Sie wissen ja, das Troja der *Ilias*, zumindest kann man das annehmen aufgrund der Gesteinsschicht, in der die Brandspuren erkennbar sind. Er leitete eine Arbeitsgruppe, die nach einer Methode suchte, jede dieser Städte wieder sichtbar zu machen, die da am selben Ort errichtet worden waren, eine auf der andern, zehn oder zwölf, glaube ich. Eine schöne Aufgabe für Museologen!

– Ja, ich erinnere mich, im Kulturteil einer Tageszeitung war ein Artikel, mit einer Zeichnung ...

– Der Artikel stammte von ihm! Aber Sie haben bestimmt nicht gelesen, was wenig später in der Zeitung stand, unter Vermischtes. In seiner Freizeit kehrte Teucère für gewöhnlich nach Istanbul zurück, dort erwartete ihn seine junge Frau, von der er einen Sohn hat, Jules. Der Name erstaunte mich, er war damals noch nicht in Mode. Was also ist geschehen? Niemand hat es genau erfahren. Die drei kamen aus dem Haus, wo sie bei Freunden zum Abendessen gewesen waren. Auf der asiatischen Seite des Bosporus, ungefähr an der Stelle des alten Sommerpalastes der byzantinischen Kaiser, dort sind jetzt die Landungsbrücken. Es war spät. Sie gingen den Boulevard am Meer entlang, der um diese Zeit wie ausgestorben ist, und hielten Ausschau nach einem Taxi. Teucère trug den schlafenden Jungen, seine Frau ging ein Stück hinter ihm. Als sie an einer der Diskotheken vorbeikamen, die es in der Gegend reichlich gibt, strömten plötzlich Leute auf die Straße. Eine Menge Jugendlicher, mehr oder weniger betrunken, vielleicht auch ein paar Ganoven darunter. Ein Streit ging los, Teucère wurde abgedrängt, es folgte eine wilde Prügelei, aus der er sich mit Mühe befreien konnte. Die Augenzeugen behaupteten, es habe sich um ein Mißverständnis gehandelt – um einen Hinterhalt, behauptete Teucère. Wem soll man glauben? Er hatte gerade auf dem Ausgrabungsgelände schweren Ärger mit den Arbeitern gehabt, sie beschuldigt, Stücke beiseite zu schaffen für ihre Schwarzmarktgeschäfte. Ein organisierter Racheakt? In der Annahme, daß seine Frau ihm folgte, hatte Teucère sich nicht weiter beunruhigt und sich vor allem darum gekümmert, den Sohn in Sicherheit zu bringen. Vergeblich hatte sie ihren Mann um Hilfe gerufen, vergeblich versucht, die Angreifer abzuwehren. Und als er dann umkehrte, sah er, daß auch sie in die Schlägerei verwickelt war. Er versuchte, zu ihr vorzudringen, um ihr zu helfen, und wurde dabei von allen Seiten angegriffen und verprügelt. Einige Zeugen sagten jedoch, daß er Gefallen am Schlagabtausch gefunden und munter mitgemacht habe, ohne sich noch um seine Frau zu kümmern.

Als sich mit Eintreffen der Polizei die Lage ein wenig beruhigte, entdeckte man die Frau ein Stück weiter weg, in einer dunklen Gasse. Dort lag sie in ihrem Blut ... Vollends verwirrend war die Widersprüchlichkeit der Aussagen während der Ermittlungen. Es gab Schilderungen, denen zufolge Teucère mit unnützen Streitereien wertvolle Zeit verloren oder sogar die Flucht ergriffen hatte, angeblich um den Sohn zu schützen und Hilfe zu holen ...

Nach dieser Sache, das kann ich Ihnen versichern, war er nicht mehr derselbe. Sein Wesen ist seitdem beschädigt. Also, achten Sie nicht so sehr auf seine plötzlichen Stimmungswechsel und den mitunter harschen Ton. Ich vermute, daß er bei aller Klarsicht, die er sich bewahrt hat, gelegentlich von seltsamen Zwangsvorstellungen heimgesucht wird und von anfallartigen Gewaltausbrüchen, den Folgen dieser unglückseligen Geschichte, von der er gewiß schwer loskommt. Doch im Grunde ist er ein netter Kerl.

An alldem mußte etwas Wahres sein. Hatte Marate mich soweit überzeugt? Wie auch immer, ich mochte nun mal nicht, daß er zu glauben schien, er brauche nur zu befehlen und man gehorche ihm.

– Aber Sie haben mir nichts von dem Manuskript gesagt, das Sie ihm mitbringen sollen. Daran scheint ihm viel zu liegen, nicht wahr? Er behauptet, es sei ihm vor seiner Abreise aus Tunesien gestohlen worden. Worum handelt es sich denn?

– Er sprach von der Kopie eines Briefwechsels zwischen zwei lateinischen Dichtern, die Zeitgenossen und Freunde von Vergil waren.

– Genau! Das ist es! Hören Sie, wenn es Ihnen nichts ausmacht, sehen Sie doch zu, was Sie für ihn tun können. Das würde ihn freuen. Aber seien Sie vorsichtig. Ich denke, da dürfte noch eine finstere Geschichte dahinterstecken. Bei ihm weiß man nie! Also, an Ihrer Stelle würde ich, vorausgesetzt, es bleibt im Rahmen der Legalität und verpflichtet unsere Zeitung zu nichts, schon tun, was nötig ist, um ihm zu helfen. Wissen Sie wenigstens, wer die beiden Burschen sind, von denen er spricht?

Der Brand des Museums von Pleggah reichte schon, um einen stutzig zu machen. Und jetzt noch dieser Briefwechsel aus dem ersten Jahrhundert vor unserer Zeitrechnung! Das jedenfalls hatte René Teucère mich wissen lassen. Um ganz sicher zu sein und keine Überraschung zu erleben, begab ich mich in die Bibliothek. Lucius Varius Rufus und Plotius Tucca waren in der Tat Schriftsteller, als minder bedeutend eingestuft, ihre Werke sind verschollen. Man hat sie nur deshalb nicht vergessen, weil sie die letzten Gefährten Vergils waren. Nach dessen Tod erhielten sie beide von Kaiser Augustus den Auftrag, die Aeneis zu überarbeiten und herauszugeben. Schwer zu sagen, was im einzelnen sie da getrieben haben. Jedenfalls hat es ihnen dazu verholfen, sich in den Rest von Vergils Hinterlassenschaft zu teilen. Plotius Tucca soll ein angesehener Dichter und Kritiker gewesen sein und Lucius Varius Rufus, der bekanntere von beiden, der Verfasser einer Tragödie mit dem Titel *Thyestes*, die er, so warf man ihm vor, Vergil nach dessen Tod entwendet hatte. Horaz erwähnt in seinen *Oden*, daß Varius die Taten und den Ruhm von Augustus in epischen Versen besungen hat[1], von denen Horaz sogar

---

[1] »Mag ein Varius als Helden und Sieger dich/ in mäonischem Flug feiern, die Taten all,/ die zu Schiff und zu Roß unser gewaltiges/ Heer vollbrachte, geführt von dir!« (Horaz, Oden I, 6)

einige in seinen *Episteln* zitiert[2]. Gemeinsam mit Vergil gehörten die beiden zu der Abordnung, die sich unter der Führung von Maecenas nach Brundisium begab, um eine Aussöhnung zwischen Octavius und Marcus Antonius auszuhandeln. Im ersten Buch der *Satiren*[3] gibt Horaz eine köstliche Schilderung von den Zwischenfällen dieser dreizehntägigen Reise durch Italien.

– Gut, sagte Augustin Marate und kehrte zurück zu seinem Stuhl. Ich sehe, Sie haben keine Zeit vergeudet. Das gefällt mir! Zwar glaube ich nicht, daß Geschichten von römischen Poeten meine Leser geradezu brennend interessieren. Aber wenn die Zerstörung dieses Museums irgendwie skandalträchtig ist und hochgestellte Persönlichkeiten kompromittiert, warum nicht? Dann werde ich das bringen, man weiß ja nie. Und wenn Sie vor Ort sind, brauchen Sie mir nur einen kleinen Artikel zu schicken, zwei, drei Seiten, das langt schon. Versuchen Sie irgendwie, an Aufnahmen zu kommen, einen Fotografen werde ich Ihnen jedenfalls nicht mitgeben. Ich verlaß mich auf Sie, keine Dummheiten, klar? Und Teucère lassen Sie aus dem Spiel, ja? Mit dem komme ich allein zurecht. Schon bei Ihrer ersten Reportage eine kleine Vergnügungsreise in den sonnigen Süden, das läßt sich gut an, oder? Also stehen Sie hier nicht länger rum. Wir besorgen Ihnen ein Ticket nach Tunis. In zwei Tagen, geht das?

*

---

[2] »Ob inniger vom Volk dein Wohl erfleht wird, ob inniger von dir des Volkes Wohl, die Frage lasse ungelöst der Höchste, der dein Haupt und die Hauptstadt gnädig schirmt.« (Horaz, Episteln I, 16)

[3] »Der folgende Morgen leuchtet uns zum Tage schönster Freude, denn in Sinuessa schlossen sich Plotius, Varius und Vergil uns an, Freundesseelen ohne Fehl und Falsch: edlere trug die Erde nimmer, und niemand ist ihnen dankbarer ergeben als ich. War das ein zärtliches, ein fröhliches Begrüßen! Nichts acht' ich gleich dem Herzensfreunde, so lange noch mein Sinn gesund.« (Horaz, Satiren I, 5)

Auch wenn ich in Tunis von Anfang an Pech hatte und es mir nicht gelang, Gilles Virandes zu treffen, sollte meine Reportage doch nicht nutzlos gewesen sein. Nach der Landung dort erfuhr ich, daß ich Virandes um wenige Tage verpaßt hatte. Nach dem, was vorgefallen war, hatte man ihn aus Verwaltungsgründen umgesetzt, das heißt: strafversetzt. Er wurde irgendwie herabgestuft. Da war zunächst die Zerstörung des Museums von Pleggah. Manche hegten den Verdacht, Girandes sei an der Brandstiftung beteiligt gewesen, auch wenn mir kein Mensch sagen konnte, wie denn. Danach diese dunkle Geschichte mit Anna Sidonis, der Archäologin, die die Ausgrabungen in Pleggah leitete. Scheinbar ein Unfall, für viele aber verdeckter Selbstmord. Obgleich Virandes mit der Sache nachweislich nichts zu tun hatte, war die Stimmung gegen ihn beträchtlich und trug, verquickt mit dem übrigen, zu seiner Abschiebung bei. Um die Gemüter zu beruhigen, erschien es wohl am besten, ihn von seinem Posten zu entfernen. Als ich in Tunis ankam, war Virandes gerade nach Griechenland geflogen, um sich dort ein neues Amt zuweisen zu lassen.

Das Museum von Pleggah? Natürlich bin ich dagewesen, obgleich es nicht mehr viel zu sehen gab, ein eingestürztes Ziegeldach und brandgeschwärzte Mauern. Unterwegs hatte man mir von einer Broschüre erzählt, in der alle vorgesehenen Exponate aufgeführt seien. Im Hinblick auf die Museumseröffnung hatte René Teucère einige hundert Stück dieses Katalogs drucken lassen, und es hätte mich schon interessiert, an Ort und Stelle mal einen Blick hineinzuwerfen. Aber nein, nichts zu machen! Zuerst dachte ich, man wollte kein Andenken an etwas aufbewahren, das ein bloßes Fiasko geworden war. Durchaus wahrscheinlich, daß der Museumsbestand, den man vor der Einrichtung schon im Inneren des Gebäudes eingelagert hatte, ein Opfer der Flammen geworden war. Zu dieser Darlegung gelangte ich jedenfalls in einem meiner Artikel. Die Aussage von Gilles Virandes sollte meine Auffassung dann bestätigen.

Jedoch, ein Exemplar der Broschüre – genau das nämlich, das René Teucère gehört hatte – war ohne meine Wissen zu dem Manuskript des Briefwechsels zwischen Varius und Tucca getan worden, das man mir just vor meiner Abreise aus Tunis überreichte, nachdem ich schon die Hoffnung aufgegeben hatte, es je in die Hand zu bekommen. Da ich nicht unverrichteter Dinge zurückkehren wollte, hatte ich meinem Chefredakteur die Erlaubnis abgerungen, Gilles Virandes in Griechenland aufzusuchen, um meine Nachforschungen dort fortzusetzen. Während meines gesamten Aufenthaltes in Tunesien hatte ich vergebens nach dem Briefwechsel gesucht, den ich für Teucère doch so unbedingt wiederfinden sollte. Offenbar wußte niemand, daß ein solches Manuskript existierte, und ich war schließlich überzeugt, daß einzig Gilles Virandes mehr von der Sache wissen mußte.

Als ich mich am Abfertigungsschalter für den Flug nach Athen einfand, zwischen Gepäckwagen und Koffern dort wartete, kam eine junge Frau auf mich zu, die sich mir als Lisa Sidonis vorstellte. Nachdem sie sich vergewissert hatte, daß ich auf dem Weg zu Gilles Virandes war, fragte sie mich, ob ich bereit sei, ihm persönlich das Manuskript auszuhändigen, das ihre Schwester, kurz bevor sie bei diesem idiotischen Autounfall starb, für Virandes in Aufbewahrung genommen hatte. Der Schmerz, den der plötzliche Tod der Schwester ihr zugefügt hatte, zeichnete ihre Züge und machte sie nur noch schöner. Die Schwester – da war ich mir sofort sicher – mußte ihr sehr ähnlich gewesen sein. Ihre Beschreibung durch Gilles Virandes, wenig später, vermochte mich also in nichts zu überraschen, und ich verstand mühelos, warum er sich verliebt hatte. Ich selbst ...

Ich hatte mein Gepäck schon aufgegeben, da kam die Ansage, daß sich der Abflug um mehr als drei Stunden verzögern würde. Insgeheim wünschte ich mir, daß er ganz ausfiele. Verflixt nochmal! Mußte ich denn überall zu zeitig da sein! Ohne diesen Tick hätte ich meine Koffer vielleicht noch nicht abgegeben und wäre vielleicht gar nicht abgereist. Da ich die polizeilichen Formalitäten noch nicht erledigt hatte und nichts mich zwang, im Flughafen auszuharren, schlug ich Lisa Sidonis vor, mir noch ein bißchen Gesellschaft zu leisten. Sie ging ungeniert darauf ein, blieb aber irgendwie traurig . Hatte denn nichts mehr für sie den geringsten Reiz? Sie ließ mich ans Steuer ihres Autos. Wir fuhren zu einem Restaurant, in das ich sie einlud. Es lag an einer Steilküste, von der Terrasse hatte man einen weiten Blick über die Bucht. Dort oben speisten wir gemächlich, in seltsamer Vertrautheit, fast Anmut, daß es scheinen konnte, als würden wir uns seit ewig kennen. Sicher kam das von dem eisgekühlten Weißwein, den wir in praller Sonne tranken, bald leicht beschwipst. Gegen Ende der Mahlzeit, als sie ihr Weinglas am Stiel zwischen den Fingern drehte, strich ich leicht über ihre Hand. Sie ließ es geschehen und sah mir nur mit einem Ausdruck der Verzweiflung direkt in die Augen. Was war los mit mir? Nun war also auch ich diesem Zauber erlegen. Doch leider, und mochte sie es auch selbst bedauern, ich mußte einsehen, daß für sie zu diesem Zeitpunkt noch nichts möglich war.

Wiederholt hatte ich das Gefühl, daß sie da vor mir saß nur als das unglückliche und auf immer untröstliche Double jener Schwester, die sich ohne jede Vorwarnung mit so brutaler Plötzlichkeit von ihr getrennt hatte. Trotzdem nahm ich, ohne im geringsten zu zögern, den Umschlag an mich, den sie bis zu dem Augenblick behalten hatte und mir nun mit der neuerlichen Mahnung reichte, ihn nicht zu vergessen, als versuchte sie, mit dieser Bewegung etwas loszuwerden, das sie belastete, und als sei sie nun entschlossen, die letzte Verbindung zu einer Geschichte abzubrechen, aus der man sie herausgehalten hatte und die letztlich nicht ihre war.

Diesmal fast zu spät, stürmte ich die Treppe zum Flugzeug hinauf, nahm vier Stufen auf einmal und erinnere mich, daß man gleich hinter mir die Tür schloß. So war ich ganz unerwartet wieder Herr des Spiels geworden: René Teucère oder Gilles Virandes – wem von beiden würde ich das Manuskript anvertrauen? Ich hatte nur die Qual der Wahl.

Bevor ich eine Entscheidung traf, schien es mir indes ratsam, zunächst Gilles Virandes zu Wort kommen zu lassen, denn zweifellos hatte er einiges zu sagen.

*

Es war Mitte September. Gleich nach der Landung in Athen fuhr ich weiter nach Megara, das fast in der Mitte des Isthmus von Korinth liegt. In der Botschaft hatte man mir gesagt, daß Gilles Virandes in Griechenland eingetroffen sei, aber sein Amt noch nicht angetreten habe. Mehr noch, man gab mir bereitwillig, ohne weiter nachzufragen seine Adresse – was mir höchst unvorsichtig erschienen war. Nach Megara reiste ich in einem dieser mit Firlefanz und frommen Bildchen ausgeschmückten Schnellbusse, dessen grelle Sechsklanghupe zwar unablässig zum Einsatz kam, aber kaum die lärmende Musik – irgendeinen wilden Sirtaki – übertönen konnte, die rechts und links aus den Billiglautsprechern längs der Gepäckablagen dröhnte. Die Küstenstraße, die am Steilhang entlangführte, war streckenweise vierspurig und trotz ihrer zahlreichen Kurven nicht schlecht, vom dichten Verkehr abgesehen. Ich machte mir Gedanken über Gilles Virandes und das Haus, das er sich so weit von seinem Arbeitsplatz gemietet hatte. Was er dort, fern der verdreckten Luft der Hauptstadt, an Erholung gewann, machten die täglichen Hin- und Rückfahrten, die Staus an den Zufahrten der Autostraße sogleich wieder zunichte. Mich hätte das nach kurzer Zeit genervt.

In diesem Abschnitt der Meerenge ist das Ufer weniger zerklüftet. Nach Süden zu, je näher man dem Kanal kommt, bildet der Isthmus ein Senke, in der die Hügel flach werden. Gilles Virandes schien sich indes ein Vergnügen daraus gemacht zu haben, gerade dort, wo die Küste besonders schroff aufragt, in einer einsamen, beinah festungsähnlichen Villa hoch oben auf einem Felsvorsprung seine Wohnstatt zu finden. Von diesem eindrucksvollen Steilhang aus, der direkt ins Meer abfiel, hatte man einen herrlichen Blick auf die Insel Salamis, auf einen Teil der Bucht, in der Ferne den Qualm von Piräus.

Um die Wahrheit zu sagen – Virandes ließ mich zunächst nicht herein. Er fragte mehrmals, wer ich sei, woher ich komme. Ich mußte ihm erklären, wie ich ihn so schnell ausfindig gemacht, wer mir seine Adresse gegeben hatte. Als er hörte, daß ich Journalist bin, wurde er freundlicher. Und als er erfuhr, daß ich soeben aus Tunis kam, gewann seine Neugier die Oberhand. Er öffnete die Tür einen Spalt weit, ich brauchte nur noch hindurchzuschlüpfen. Ich will nicht behaupten, daß er aggressiv war. Nein, eher mißtrauisch. Als fürchtete er, daß jemand auftauchen würde, der ihm übel mitspielen oder für ihn eine Gefahr darstellen könne, die er zwar nicht genauer zu bestimmen vermochte, vor der er jedoch ständig auf der Hut sein mußte ...

Das Haus, das er gemietet hatte, war direkt an den Fels gebaut und wunderschön. Es hatte mehrere Etagen, alle Zimmer waren durch Stufen miteinander verbunden. Ein Gärtchen im Innenhof diente als Patio, die Glasfront eines Salons führte hinaus auf die Terrasse aus weißem Marmor. Dort, unter einem geräumigen Sonnenschirm aus Leinwand, lud Virandes mich zum Essen ein. Sein Mißtrauen verlor sich nach und nach. Er begann, von sich zu erzählen: Eben genieße er ein paar Tage Resturlaub, den er auf seinem vorherigen Posten nicht mehr hatte nehmen dürfen. Seine jähe Versetzung erschien ihm unweigerlich als Bestrafung, zumal er behauptete, für das, was vorgefallen war, in keiner Hinsicht verantwortlich zu sein. Ohne sich über die Fortsetzung seiner Karriere noch Illusionen zu machen, hatte er beschlossen, das Leben zu genießen und, warum nicht, auch die blendende Urgewalt der Landschaft ringsum, die flirrende Helligkeit auf dem weißen Felsen und das Violett des Meeres. Die mühseligen Auslegungen der Vergilschen Dichtung wolle er nun sein lassen und sich wieder der Philosophie widmen, seiner ursprünglichen Leidenschaft. War nicht genau das hier die Heimat des Mathematikers Euklid und seiner Schüler Eubulides, Alexinos und Diodoros Kronos, die den Eleaten nahestanden? Hingerissen erklärte mir Virandes die Eigenheit der Sophismen dieser Philosophenschule, die die Bewegung und das Werden leugnete, in der Widersprüchlichkeit der Dinge den Beweis ihrer Unwahrhaftigkeit erblickte, die sinnlich wahrnehmbare Welt als Täuschung ansah ...

Unterdessen war es ständig heißer geworden, der Himmel leuchtete vor Hitze, das Sonnenlicht traf senkrecht auf die Terrasse, wurde zurückgestrahlt vom weißen Marmor, brannte dermaßen, daß der Sonnenschirm nicht mehr schützte und wir uns zum Kaffee ins Haus zurückziehen mußten. In abgerissenen Sätzen, unterbrochen von langen Pausen, erzählte mir Gilles Virandes seine Geschichte. Ich hörte ihm zu und stellte nur hin und wieder eine Frage oder wechselte die Kassetten in meinem kleinen Recorder.

Der Nachmittag ging zu Ende. Da es in der Umgebung kein Hotel gab, schlug Virandes mir vor, bei ihm zu übernachten. Während ich meine Sachen auf dem Bett des kleinen Zimmers ausbreitete, das er mir in der ersten Etage zugewiesen hatte, faßte ich, überzeugt von seiner Unschuld und Aufrichtigkeit, den Entschluß, ihm den Umschlag zu überreichen, den Lisa Sidonis mir mitgegeben hatte.

Sowie Gilles Virandes begriff, worum es sich handelte, wurde er bleich und riß mir den Umschlag aus den Händen.

– Warum erst jetzt, rief er. Sie hätten mir das wirklich eher geben können. Also nein! Aber sagen Sie, ich wußte gar nicht, daß Anna eine Schwester hat ...

Er eilte in sein Arbeitszimmer, schloß sich dort ein und kam an diesem Abend nicht mehr zum Vorschein.

*

Am nächsten Morgen erkannte ich ihn kaum wieder. Man konnte meinen, die Lektüre des Manuskriptes habe in Virandes alte Ängste wiedererweckt. Was in diesem Briefwechsel veranlaßte ihn, sein Verhalten mir gegenüber von heute auf morgen zu verändern? Hatte er etwas so Schlimmes entdeckt? Oder nahm er es mir dermaßen übel, daß ich ihm den Umschlag nicht gleich bei meiner Ankunft gegeben hatte? Ich war verärgert und fand, daß ich für den Dienst, den ich ihm erwiesen und für die Entscheidung, die ich zu seinen Gunsten getroffen hatte, ziemlich übel belohnt wurde. Denn immerhin riskierte auch ich etwas. Hatte ich mir dadurch nicht René Teucère zum Feind gemacht? Von diesem Augenblick an betrachtete mich Virandes nur noch verstohlen, belauerte mich von ferne wie in äußerster Bedrängnis.

Um ihn zu beruhigen und ihm zu zeigen, daß sein Argwohn grundlos war, zog ich meine Badehose an und stieg die schmale, in den Fels gehauene Treppe hinab zum Meer. Dort unten zwischen den Klippen lag so früh am Morgen Schatten, der sich nach der sengenden Hitze des Vortages frisch anfühlte, fast zärtlich auf der Haut. Am Nachmittag würde die Sonne hier mit voller Kraft niederbrennen. Unter den letzten Treppenstufen war ein Holzsteg angebracht, an dem man bei ruhigem Wetter und wenn man die Riffe kannte, die sich in der Ferne abzeichneten, mit dem Boot anlegen konnte. Rechterhand öffnete sich eine winzige Bucht mit feinem Sand. Plastikflaschen, Algen und allerhand Abfall hatten sich am überspülten Saum aus Splitt angesammelt, doch das Wasser war klar, türkis und malvenfarben, die Felsen spiegelten sich an seinem Grund. Dort, am Fuß der schwindelnd hohen Klippen badete ich mit großem Genuß und völlig unbekümmert, wie um die Anstrengungen der letzten Zeit von mir abzuspülen.

Am Ende des Vormittags kehrte ich zur Villa zurück. Erst als ich wieder auf der Terrasse stand, spürte ich, wie steil die Treppe war. Der Anstieg konnte einem, wenn man nicht achtgab, fast die Beine wegziehen. Ungewollt überraschte ich Virandes im Flur zu seinem Schlafzimmer dabei, wie er Sachen in eine Reisetasche stopfte.

– Sie fahren weg?

Er hatte mich nicht kommen hören und schrak zusammen.

– Was? Nein, ich räume nur ein wenig auf.

Das Mittagessen war diesmal schnell beendet, Virandes begnügte sich mit ein paar Happen. Wieder beobachtete er mich verstohlen. Tatsächlich schien es ihm nicht gut zu gehen, er wirkte erschöpft. Ich tat, als sei nichts, und versuchte, unser abgebrochenes Gespräch wieder aufzunehmen, indem ich ihm ein paar belanglose Fragen stellte, die sich jedoch alle auf den

Inhalt des Umschlags bezogen. Wollte Virandes mir denn nicht, obwohl ich im Lauf des Gespräches mehrmals den Wunsch geäußert hatte, einen Blick in diese Briefe gestatten? Aufgebracht durch seine Weigerung und nicht ohne Anflug von Dreistigkeit, fragte ich ihn schließlich, ob das, was er gelesen habe, schuld sei an seinem Zustand jetzt. Er glaubte offenbar, daß ich mich über ihn lustig machte, und setzte erst gar nicht zu einer Antwort an. Ich spürte deutlich, daß meine Anwesenheit ihn störte und daß er es sich verkniff, mich aufzufordern, auf der Stelle zu verschwinden, wozu ich in Anbetracht der Hitze – schlimmer noch als gestern – keineswegs geneigt war, zumindest nicht an diesem Nachmittag. Statt dessen schlug ich ihm vor, sein Telefon zu benutzen und mir einen Platz in der nächsten Morgenmaschine nach Frankreich zu sichern.

Er ließ mich den Flughafen anrufen, ohne von meiner Absicht überzeugt zu scheinen. Ich spürte, daß er überschlug, wieviel Zeit mir noch blieb, das zu vollbringen, wozu ich, wie er argwöhnte, hergekommen war. Ich bestand nicht darauf, es ihm auszureden. Das morgendliche Bad und der Anstieg auf der Treppe hatten mich ermattet. Als ich Virandes bat, mich zu einer Siesta zurückziehen zu dürfen, schien er für einen Augenblick erleichtert. Als ich auf dem Bett lag im bläulichen Schatten der geschlossenen Fensterläden, auf die draußen die Sonne prallte, und gerade im Nacken das erste Prickeln verspürte, das mir die wohltuende Dumpfheit nahenden Schlummers ankündigte, da hörte ich die Eisentür der Terrasse zuschlagen. Sofort schreckte ich hoch, hellwach. Mein Herz klopfte, vor meinen Augen tanzten helle Flecken, ich war schweißüberströmt. Ich stürzte zum Fenster und sah noch rechtzeitig durch die Ladenschlitze, wie Virandes auf der Treppe verschwand, die ich am Morgen hinabgestiegen war.

Anscheinend hatte auch ihm die Hitze so zugesetzt, daß er die kleine Bucht aufsuchte, um zu baden.

Ich kann mich nicht erinnern, wieder eingeschlafen zu sein. Es war schon gegen Ende des Nachmittags, als ich Stöhnen und Rufe hörte. Gilles Virandes hatte mit Mühe die obersten Stufen der Treppe erklommen, die Tür zur Terrasse geöffnet und war der Länge nach auf den Fliesenboden gestürzt. Mit Ach und Krach zerrte ich ihn aus der Sonne, zu einem der Sofas im Salon. Er klagte über starke Kopfschmerzen, die seiner Meinung nach von etwas herrührten, das er mittags zu sich genommen und nicht vertragen hatte. Was konnte das gewesen sein? Ich hatte ja das Gleiche gegessen wie er. Hatten nicht eher die Sonne, die gegen die Felsen strahlte, und das Bad einen Blutstau ausgelöst? Ich schlug vor, einen Arzt zu holen, aber Virandes wollte nichts davon wissen. Zunächst müsse er sich ausruhen. Am Abend wartete ich vergeblich auf ihn. Im Glauben, daß er eingeschlafen sei, wagte ich kaum, mich zu rühren. Um nur keinen Lärm zu machen, ging ich sogar ohne Abendessen zu Bett.

Es war mitten in der Nacht, als Schwindel und heftiger Brechreiz ihn niederwarfen. Das Fieber, das ihn gepackt hatte, stieg rasend schnell und ließ ihm keine Chance. Wieviele Stunden verlor ich mit dem Versuch, einen Arzt zu erreichen, sodann mit dem Warten auf den Krankenwagen! Hätte ich doch nur ein Auto gehabt! Als in den frühen Morgenstunden endlich Arzt und Wagen eintrafen, war es schon zu spät. Gilles Virandes verstarb auf dem Transport ins Krankenhaus.

Gegen Mittag kehrte ich, nachdem ich die Botschaft benachrichtigt hatte, in die Villa zurück, um meine Sachen zu holen. Da sah ich, wie ein Fischer die Treppe an der Steilküste hochkam. Er nahm seine Mütze ab und fragte, ob man das Boot noch benötige. Er entschuldigte sich, daß er nicht am Abend zur festgesetzten Zeit erschienen sei und schwor, daß er nichts dafür konnte – eine Motorpanne. Aber jetzt sei alles wieder in Ordnung. Als er am Fuß der Klippe vorbeigekommen sei, habe er auf dem Steg eine Reisetasche erblickt und wolle sich nun erkundigen, ob die Vereinbarung noch gelte. Er sei abfahrbereit, also, wenn man es wünsche.

Eine Tasche auf dem Steg? Sicher die, in der Gilles Virandes seine Sachen verstaut hatte! Er mußte sie unten an der Treppe zurücklassen, als die Übelkeit ihn überkam. Doch warum hatte er versucht, heimlich zu verschwinden? Fühlte er sich bedroht? Ich sagte dem Fischer, daß er am Steg auf mich warten möge, er habe gut daran getan vorbeizukommen, ich würde mit ihm fahren.

Nur mit größter Mühe konnte ich die Tasche zum Haus hochschleppen. Ich hatte allmählich genug vom Rauf und Runter auf dieser verdammten Treppe. Ich sah, daß in Gilles Virandes' Zimmer auf dem Tisch der Umschlag lag, den ich mitgebracht hatte und der jenen Briefwechsel über die *Aeneis* enthielt, von dem Virandes so besessen gewesen war. Er hatte die vorletzte Nacht damit zugebracht, die Blätter zu entziffern und sie seltsamerweise den Beschreibungen der Ausstellungsstücke im Museum zugeordnet. Die Broschüre hatte er offenbar mit manischer Gründlichkeit durchgesehen, darauf bedacht, die Fehler und Ungenauigkeiten von René Teucère mit Tinte zu berichtigen.

Ich zögerte nicht und packte das alles zusammen, ohne die Reihenfolge der Blätter zu verändern. Zurück in Frankreich, hütete ich mich, irgendwem von meiner Entdeckung zu erzählen. Zunächst wollte ich mir selbst eine Meinung bilden. Als ich dazu kam, mich ausgeruht mit den Dokumenten zu befassen, wurde mir, der über Gilles Virandes' Arbeiten ja hinlänglich Bescheid wußte, rasch klar, daß diese Briefe eine glänzende Bestätigung der Theorie waren, die er zeitlebens verfochten hatte und, wie er mir enthüllte, in einem Buch darlegen wollte. Dieses Projekt habe er jedoch seit seiner Ankunft in Megara aufgegeben mitsamt der Hoffnung, je an das Belegmaterial heranzukommen. War es nicht ein übler Streich oder eine Ironie des Schicksals, dem ich ungewollt als Bote gedient hatte, daß Virandes diese Belege ausgerechnet am Abend vor seinem Tod bekam? Hat er mir diesen späten Zeitpunkt übelgenommen? War er deshalb in den letzten Tagen so nervös geworden?

Worum ging es also? Mir scheint, es ist an der Zeit, Klarheit zu schaffen. Die Redaktion meiner Zeitung hat mich in dieses finstere Kaff Constanta geschickt, im hintersten Rumänien. Jetzt, da ich das Vertrauen von Augustin Marate wahrscheinlich veloren habe, brauche ich nicht länger zu zaudern, die Stunde meiner Abrechnung ist gekommen. Sobald mir die schöne Maruschka die versprochene Schreibmaschine aufs Zimmer bringt, werde ich alles ins Reine tippen. Inzwischen habe ich mich bemüht, ähnlich wie Gilles Virandes es tat, die Briefe chronologisch zu ordnen, einerseits parallel zu den Seiten der Broschüre, auf denen die Ausstellungsvitrinen präsentiert werden, andrerseits in Bezug auf die Tonbandabschriften meines Gesprächs mit Gilles Virandes. Daß er, gerade erst auf seinem neuen Posten, so bereitwillig auf meine Fragen einging, zeugt von seiner Einsicht, daß nur eine Untersuchung von außen, durch einen unabhängigen Journalisten, eine gewisse Chance haben würde, die Wahrheit und seinen Ruf wiederherzustellen. Er selbst hatte geplant, in einem Bericht, der ihn bei der Zentralverwaltung entlasten sollte, seine Version der Geschehnisse darzulegen, deren unerbittlichen und tödlichen Gang weder vorausgesehen noch verhindert zu haben man ihm zum Vorwurf machte.

Jedoch, die Zeit dazu war ihm nicht mehr vergönnt ...

ERSTER TEIL

Zu einigen Unklarheiten über das Museum von Pleggah[1]

Niemand besucht mehr das Gebäude, das beinah das Museum von Pleggah geworden wäre, jedoch wenige Tage vor seiner Eröffnung in Brand gesteckt wurde. Gegenwärtig ist es nur noch ein Haufen Schutt. Dabei hatte man das für die Kolonialarchitektur typische Bauwerk soeben frisch restauriert, mit großem Aufwand! Die Beteiligten hüllen sich, sobald man sie zu dieser Sache befragt, in vorsichtiges Schweigen oder bringen das Gespräch lieber auf ein anderes Thema. Im Hinblick auf die erstaunliche Häufung von Fehlern und Mißverständnissen ist indes niemand um Erklärungen verlegen. Der Bau habe abseits der Touristenstrecken gestanden und wäre ohnehin nicht besucht worden, sagt man. Es habe sich um den nicht zu rechtfertigenden Einfall eines renommierten Museologen gehandelt, der seinen Ruf mehren, seine Karriere beschleunigen wollte und daher eine internationale Institution dazu gebracht habe, unter der Schirmherrschaft der Kulturverwaltung unseres Landes ein Projekt zu subventionieren, das von Anfang an etwas Zufälliges und Unbestimmtes hatte. Natürlich war es diesem Mann ein Leichtes, bestimmte Verordnungen der lokalen Behörden zum Vorwand zu nehmen. In der Tat wurden Grabungen nur noch unter der Bedingung genehmigt, daß die Stätten anschließend für eine touristische Nutzung hergerichtet wurden.

Pleggah war im Lauf der Geschichte stets nur ein ferner Vorort von Karthago und, obgleich es einen Hafen hatte, nur eine Sommerresidenz der Reichen, die es mit seiner nicht versiegenden Quelle anzog. Da die Grabungen vor Ort nichts Spektakuläres zu Tage förderten, hatte man vorgesehen, zusätzlich zu der Ausstellung von Fundstücken, die unter Leitung von Anna Sidonis geborgen worden

[1] Entwurf eines an Augustin Marate adressierten, doch nie veröffentlichten Artikels

waren, den ersten Stock des Museums, das heute etwa zwanzig Kilometer vom Meer entfernt liegt, für eine Studie über die Veränderungen des Küstenstreifens seit der Zeit der Punier zur Verfügung zu stellen. Das galt bis zu dem Tag, als die Bergung eines Mosaiks, das Aeneas oder, wie andere meinen, Vergil darstellt (sicher hatte der Künstler diese Doppeldeutigkeit beabsichtigt, die ebenso sicher unwichtig ist, da nach Auffassung der Historiker keiner von beiden die afrikanische Küste je betreten hat), die Planung über den Haufen warf und einen Unfrieden stiftete, der mit der Zerstörung des Ganzen endete. Bei derartigen Anlässen wird einem schreckhaft bewußt, daß die Entdeckung einer winzigen Tonscherbe an einem unvermuteten Ort, die irrige Entzifferung einer Inschrift oder die falsche Datierung eines Terrakottafigürchens unglaubliche Leidenschaften entfachen können, auch wenn es dabei um Personen geht, die vor mehr als zweitausend Jahren gelebt haben, ja von denen man nicht einmal sicher weiß, ob es sie wirklich gab.

Erneut verödet, ist die Museumsstätte weiterhin schwer zu erreichen. Man hätte zuerst die Straße erneuern müssen entlang dem Verlauf des alten, am Aquädukt beginnenden Weges, der kaum mehr benutzt wird und von Gras überwuchert ist. Das Gebäude selbst, ursprünglich eine solide Konstruktion, ist gegenwärtig Wind und Wetter ausgesetzt. Durch das vom Brand teilweise zerstörte Dach fällt der Winterregen, der in der Region recht ergiebig ist, so daß der restliche Fußboden im ersten Stock rasch faulen wird, wenn dort nichts geschieht. Von der Einrichtung sind Reste noch erhalten, insbesondere die Sockel der Vitrinen, jedoch vermag man ohne Hilfe des kleinen Katalogs, der für die Museumseröffnung gedruckt wurde, dort nichts mehr zu erkennen.

Es wird behauptet, daß viele Objekte verlorengegangen sind. Aber wie will man das überprüfen? In dem Vergil gewidmeten Saal zum Beispiel ist nichts verschont geblieben. Nur die Ausstellungsstücke im Erdgeschoß wurden gerettet dank der Bemühungen des

Museumswärters und seiner Familie, die glücklicherweise in der Nacht der Katastrophe am Ort waren. Diese Gegenstände sind dann in die Magazine des Nationalmuseums überführt worden, wo man sie bis zur geplanten Erweiterung der punischen und römischen Abteilung aufbewahrt.

Museum von Pleggah, Vergilsaal

Vitrine Nr. 1

Im Vorraum des ersten Stockwerks, links vor dem Eingang, fällt ein bedeutendes Exponat auf. Es ähnelt dem Horn eines Rhinozeros und ist in Wirklichkeit eines der raren Schiffsteile, die aus antiker Zeit erhalten sind. Da Holz so rasch zerfällt, sind Zeugnisse dieser Art fast nicht mehr vorhanden. Daher ist auch die Meeresarchäologie mit ihren Aussagen über Bauart und Fortbewegungsweise der Galeeren ein Feld äußerst phantasievolle Theorien geblieben.

Dieses gezimmerte Holzgefüge, das man unverzüglich mit Kunstharz behandelt hat, bildet den noch mit seinem Rammsporn, dem rostrum, *ausgestatteten Bug eines doppelreihigen sogenannten* liburnischen *Ruderschiffes. Berühmt für seine Schnelligkeit, wurde dieser Schiffstyp vor allem für weite Handelsfahrten auf dem Mittelmeer eingesetzt. Aufgefunden an einem halb niedergerissenen Kai etwas außerhalb des Haupthafens von Pleggah, verdankt der Schiffsbug seine Erhaltung allein der Ablagerung einer Schicht von angeschwemmtem Ton aus dem nahen Fluß, dessen Schlamm den Niedergang der Stadt besiegelte und im Lauf der Jahrhunderte die Reede unter sich begraben hat.*

Am oberen Teil des Ausstellungsstückes sind Reste des Bronzepanzers um den Rammsporn zu erkennen, der dazu diente, den Rumpf des gegnerischen Schiffes gleich unterhalb der Wasserober-

fläche zu durchbohren. Erkennbar sind auch Löcher dort, wo die Kupfernägel steckten, mit denen die Metallplatten befestigt waren. Einige von ihnen sitzen immer noch fest.

Die bei der Bergung vorgenommene Altersbestimmung sowie die Analyse von Bruchstücken, die um die Zentralachse des Rumpfes verstreut waren, ordnen das Ganze dem Jahrhundert des Augustus zu (1. Jh. v. Chr.). Sicher infolge eines Sturms beschädigt, wurde die Galeere zu den Ausbesserungsdocks gebracht, wo man jedoch nicht an ihre Reparatur ging. Dieser Vorgang ist für eine kleine Anzahl von Schiffen überliefert, die als Unglücksbringer verflucht waren oder auf denen sich eine Schandtat, irgendein unsühnbares, ruchloses Verbrechen zugetragen haben sollte. Es sei denn, daß die vorzeitige Austrocknung jenes östlichen Hafenteils die Wiederherstellung des Schiffes überflüssig machte und allmählich zu seiner Verschüttung führte. Auf der Seite liegend, muß es lange Zeit so ähnlich ausgesehen haben wie die Gerippe von Schiffen, die an versandeten Flußufern gestrandet und von keiner Flut mehr flott zu machen sind.

Die mikroskopische Untersuchung bestimmter Teile der Außenfläche hat Spuren einer Bemalung oder Lackierung feststellen können dort, wo sich der oculus, das auf beide Seiten des Schiffsbuges gemalte Auge befand, von dem man glaubte, es könne Unheil abwenden. Ein Irrglaube freilich, wenn man bedenkt, daß auf einem ähnlichen Schiff Vergil gegen Ende des Frühjahrs 19 seine Fahrt übers Mittelmeer begann, und daß es vielleicht gerade dieses war, dem Horaz sein als Ode an das Schiff von Vergil bekanntes Gedicht gewidmet hat:

«So geleite [...]
der Winde Beherrscher dich, –
Er gebiete dem Sturm, lasse den West nur wehn –
Schiff, du birgst doch ein teures Pfand,

Birgst mir meinen Vergil! Trag, ich beschwöre dich,
Unversehrt ihn zum Strand Athens:
Meiner Seele ist er, wisse, der andre Teil.»[1]

I, 1

Lucius Varius Rufus an Plotius Tucca

Mein lieber Plotius, soeben komme ich von Publius Vergilius Maro, den ich seit seinem Auszug aus dem Haus auf dem Esquilin und der so gut wie endgültigen Niederlassung in Kampanien nicht besucht hatte. Einmal sind wir ja, erinnerst Du Dich?, gemeinsam zu ihm gegangen. Ist Dir dabei irgend etwas Ungewöhnliches aufgefallen, von dem Du mir nichts gesagt hast?

Weshalb die Frage? Die Arbeit an der *Aeneis* war doch damals so weit gediehen, daß ich annahm, er habe inzwischen die Zeit gefunden, das Werk abzuschließen. Du weißt, es war fast vollendet, und um unser Urteil zu hören, erwies Vergil uns die Ehre, einige Passagen daraus vorzulesen, vornehmlich solche, mit denen er, wie er sagte, seine Mühe hatte wegen Unschärfen und Ungenauigkeiten, die ihn zögern ließen. Während er nun vorlas mit seiner warmen Stimme und mit hochgezogenen Brauen, um uns besser zu beobachten, vermerkte er auch die geringste unserer Reaktionen, jedoch argwöhnisch, wie es sonst nicht seine Art ist. Dieses seltsame Verhalten, sodann sein überstürzter Aufbruch in das liebliche Neapel hätten uns beunruhigen müssen. Schien er Dir unzufrieden mit seinem Epos? Wahrscheinlich hattest Du ebenso-

[1] Oden I, 3 . In: Horaz: Sämtliche Werke, hg. von Hans Färber, München 1964.

wenig wie ich diesen Eindruck. Allerdings, einige Halbverse waren noch offen – aber mit welcher Leichtigkeit fügte er sie ein, ohne beim Vortragen zu stocken! Und die fehlenden Partien waren doch nur notwendige Verbindungsstücke, Füllreime und Übergänge, eine rein formale Arbeit, schien es.

So dachte ich, als ich das Tor seines Gutes in Cales passierte: Ich stellte mir vor, daß er, während ich aus der Sänfte stieg, herbeieilen, die Arme ausbreiten und leicht bewegt, mit verklärter Miene mir zurufen würde: Gelobt seien die Götter! Ich habe es beendet! Das hätten wir, ich schwöre es, sogar in Deiner Abwesenheit gefeiert. Wir hätten ein Festmahl improvisiert, Musiker herangeholt und – einmal ist keinmal – uns ganz gegen seine gewohnte Enthaltsamkeit berauscht am dunklen Wein Thessaliens! Elf Jahre ununterbrochener Arbeit! Du mußt zugeben, ein würdiger Anlaß, die Gläser zu leeren – gewiß in Erwartung anderer Freudenbezeigungen von eher offiziellem Chrarakter. Weißt Du noch, wie ihn die Idee ergriff, die glänzenden Feldzüge zu besingen, die Octavianus führte zum höheren Ruhm Italiens? Und die *Georgica* setzen dies Zeugnis fort: »Will im grünen Gefild einen Tempel aus Marmor erbauen ... Waltend im innersten Herzen des Tempels thront mir Caesar.« Ist das nicht wie gestern erst? Und doch, wo sind die Zeiten hin ...

Statt Heiterkeit und Freudenrufen, die ich erwartet hatte, nur Stille! Draußen standen Reisekörbe, gestapelt unter dem Portikus, als schickte man sich zu einer Abreise an, aber zögerte noch, die nötigen Anordnungen zu treffen. Nun gut, er hatte sich ein wenig Erholung – auf den Inseln vielleicht – oder Abwechslung wohl verdient. Denn es war, wir haben es miterlebt, eine furchtbare Anstrengung für diesen sanften Dichter, die Greuel des bewaffneten Mars zu besingen. Aber nichts von diesem geschäftigen Hin und Her, das bei Reisevorbereitungen herrscht. Die Sklaven lagerten zusammengesunken oder dösend im Schatten, untätig. Sogar der kleine Wasserstrahl, der uns mit seinem Getön einst entzückte, war versiegt, das Becken beim Anbruch des Frühlings nicht hergerichtet und gereinigt worden.

Vor Zorn habe ich die versammelte Mannschaft beschimpft, den Verwalter rufen lassen. Jedoch, auf mein Lärmen hin trat nur der alte Eros, Vergils getreuer Schreiber, aus dem Haus. Schleppenden Schrittes führte er mich hinein zu unserem Freund, den ich auf dem Rand seines Bettes sitzend antraf mit düsterer Miene, sorgenvoll. Nun, mein lieber Plotius, laß Dir sagen, daß alles anders kommt als gedacht. Seit Monaten hat Vergil keine einzige Zeile diktiert oder geschrieben. Er hadert mit sich selbst und hängt trüben Gedanken nach. Der Dichter, den wir kennen, ist zur Zeit von Zweifeln geplagt, die ich für maßlos halte. Sie betreffen geringfügige Details und lassen ihm doch keine Ruhe. Seine früheren Skrupel haben ungekannte Ausmaße erreicht, so daß ihn nur noch die Sorge umtreibt, vollkommen genau zu sein: Niemand soll ihm eine verkehrte oder unwahrscheinliche Schilderung ankreiden können. So kurz vor dem Ziel bezichtigt er sich, leichtferig gehandelt, die Dichtung in den Dienst der Lüge gestellt zu haben. Ja, obgleich das Epos, mit seinen zwölf Gesängen, fast fertig zu sein scheint, weigert er sich, es irgendwem zu lesen zu geben, bevor er es nicht an der Wirklichkeit überprüft habe. Sein neuester Einfall ist, die Orte aufzusuchen, die er schildert, ohne sie je gesehen zu haben, und die Schlachtfelder abzuschreiten, auf denen einst, Seit an Seit mit den Göttern, die Heroen der Sage ihre Ruhmestaten vollbrachten. Dabei weißt Du, wie kraftvoll er die Stätten beschrieben hat, an die Aeneas im Lauf seiner Reise gelangte. Aber nein, das genügt nicht! Also hat er den Entschluß gefaßt, sich auf den Weg zu machen, um sich an Ort und Stelle zu vergewissern, ob all das den Bildern entspricht, die er davon entworfen hat. Wenn ich an die unzähligen Berichte denke, die wir eigens für ihn überprüft haben – er konnte nie genug davon kriegen! Berichte von Seeleuten, erfahren in der Kunst, sich in der Navigation am Anblick einer Küste oder Landmarke zu orientieren, von Militärs, die den schwachen Punkt einer Verteidigung blitzschnell erkennen und geübt sind in der Kunst, ein Gelände zu erfassen. Nicht zu reden von den unzähligen Vergleichen, die wir angestellt haben zwischen diesen Zeugnissen und dem Werk Homers. Ach, all die Arbeit war vergebens!

Morgen wird er mir die Aufgabe anvertrauen, einen Brief an Cäsar Augustus zu schreiben, in dem er ihn um die Gunst bittet, eine seiner schnellen Galeeren, die schmal gebaut sind wie ein delischer Läufer, nutzen zu dürfen. Drei Jahre wird er nach seinen Berechnungen brauchen, um gen Osten zu segeln auf den Spuren von Aeneas, dessen Fahrt er Punkt für Punkt wiederholen will, sei es auch in umgekehrter Richtung! Und das ist die Route, der zu folgen er sich vorgenommen hat: In einem Zug die dichten Wogen zu durchqueren, bis er am Horizont die rötlichen Klippen Afrikas erspäht, die unsicheren Küsten Libyens entlang, über die Meerestiefen am Ufer der Syrten zu steuern, in die Bucht hinein, in deren Rundung sich verbirgt, was von dem stolzen Karthago geblieben ist, sodann nordwärts zum steinigen Griechenland, um auf den von Nymphen einst bewohnten Inseln der Ägäis zu verweilen, sich zu versenken in den Anblick des Olymps, auf dem der Göttervater thront, an den Kiesstränden der Dardanellen anzulegen, mit eigener Hand das zerbrochene Mauerwerk des alten Pergamon zu berühren, durch das die grünen Eidechsen Asiens schlüpfen und wo nun Brombeerranken und Disteln sich wacker festgekrallt haben.

Er macht sich, wie gesagt, bittere Vorwürfe, weil er sich von der Woge der Poesie forttragen ließ, sich nicht genügend um die Beschaffenheit der Orte und die Übereinstimmung mit den Tatsachen gekümmert hat. Er, der immer das Meer gefürchtet hat, will nun sein Schicksal der launischen Thetis anvertrauen und seinen Fuß auf die Ufer setzen, an denen der Sohn der Venus einst gelandet ist. Für ihn ist die Zeit gekommen, fortan durch verdorrte Gefilde zu streifen, die das Blut der Krieger tränkte, auf den Altären verlassener Tempel frische Opfergaben niederzulegen und Gischt einzuatmen, die den Geruch vom östlichen Ende der bekannten Welt mit sich trägt. Ja, genau das will er: Drei Jahre lang nichts anderes tun, als sein Epos zu berichtigen. Er hat geschworen, danach, wenn das Werk vollendet ist, zu den Leitsätzen seines Lehrers Siron zurückzukehren und, was die Dichtung betrifft, ihr auf immer zu entsagen.

Da Du zu dem Ausschuß gehörst, der im Auftrag des Senats Augustus entgegenziehen soll, wenn er nächstens aus dem Orient nach Rom zurückkehrt, übergib ihm doch meinen Brief, damit das Ersuchen unseres Freundes keinen Aufschub erleidet. Liebster Plotius, ich beschwöre Dich, achte selbst im Rausch der Siege, die Augustus mit nach Hause bringt, auf den geeigneten Augenblick, um Dich an den Herrscher zu wenden. Wir dürfen in dieser Angelegenheit auf keinen Fall nachlässig sein. Du weißt, welchen Wert der Caesar dem Werk beimißt, das die Gründung der Feste Rom durch seinen göttlichen Ahnen besingen, den Klang seines Namens von jetzt durch die Jahrhunderte fortpflanzen und den Glanz seiner Waffentaten bis zu den Grenzen Asiens unter den Völkern erstrahlen lassen soll. Sogar damals, als die *Aeneis* erst ein Entwurf war, ihr Vers, gleichsam verpuppt, sich aus dem Kokon der Prosa noch nicht befreit, seine volle Pracht noch nicht entfaltet hatte, konnte Augustus seine Ungeduld zweimal nicht bezähmen: das erste Mal, als er während seines Feldzuges gegen die Kantabrer in Spanien den Autor nahezu bedrohte, auf daß er ihm eine Kurzfassung des Werkes oder Auszüge zukommen ließ, sodann, als er in seinem Palast und vor versammelter Familie darauf bestand, daß man die tagelange Lesung nicht unterbrach, bei der Vergil sich so verausgabte, daß Maecenas ihn ablösen mußte. Also war Augustus schon sehr früh davon überzeugt, daß dieses Werk für seinen Ruhm wichtiger war als manche seiner Heldentaten und tausendmal kostbarer als die Prozessionen reich geschmückter Sklaven oder die mit Waffen und Beutegut beladenen Karren, die seine Legionen mitzuziehen pflegen.

Was den Herrschern durch den Kopf geht, vermag niemand zu beurteilen, aber wissen muß man, daß bei allem, was ihre Ehre oder ihren Nachruhm betrifft, der Spaß aufhört. Vorsicht ist daher unerläßlich. Ich für meinen Teil werde inzwischen versuchen, Vergil ein wenig zur Vernunft zu bringen, doch ich fürchte, er bleibt stur. Für diesen Fall sieh zu, daß die Antwort von Caesar Augustus, wie immer sie ausfällt, unverzüglich und ohne Umwege hierher gelangt.

Dein Freund, der Dich vermißt ...

Gespräch mit Gilles Virandes

(Erste Kassette, A-Seite)

– Sie wissen ja, in Tunesien ist es im Spätherbst oft noch sehr heiß. Ich war gerade erst angekommen, da mußte ich schon an die Arbeit und hatte kaum Zeit, mich an den Staub und Lärm der Stadt zu gewöhnen. Unter den Fenstern meines Büros, direkt an einer Kreuzung, war ständig, und das dichte

Laub der Feigenbäume schirmte nur wenig ab, ein allgemeines Konzert von Hupen, knatternden Mopeds, sinnlosen Trillerpfeifen und Geschrei im Gang. Nur gegen Sonnenuntergang schafften es Tausende von Staren, die sich zur Nacht in den Baumkronen niederließen, mit ihren durchdringenden Rufen das Getöse zu überstimmen und irgendwie den illusorischen Eindruck von Frische zu erwecken.

Ich muß sagen, in der ersten Zeit konnte ich nachts kein Auge zutun, was meinem argwöhnischen und zänkischen Naturell nicht unbedingt bekam. Das Haus, das ich in Eile und auf Empfehlung eines ziemlich skrupellosen Maklers gemietet hatte, lag an einem unbebauten Gelände, gegenüber einer neu errichteten Moschee mit blendend weißen Kuppeln, in der ich nie einen Menschen oder Licht gesehen habe. Auch fehlte ihr noch das Minarett, für dessen Bau das Geld offenbar nicht mehr reichte. Auf dem leeren Grundstück luden die Einwohner aus der Umgebung ihren Bauschutt ab, ihre leeren Farbeimer oder allerlei pflanzliche Reste – Haufen von Gestrüpp, gemähtem Rasen und vertrockneten Blumen, vergilbte Palmen, die ein Windstoß gefällt hatte –, zum Glück aber keine Abfälle. Allerdings hatten streunende Hunde es sich angewöhnt, dort im Schutz der Dunkelheit ihre Bandenkriege auszutragen, und reizten damit die hinter den Mauern der umliegenden Gärten eingesperrten Haushunde, die der Radau und das Herumjagen in nächster Nähe fuchsteufelswild machte. Die Banden rannten herum und heulten, und sobald sie damit aufhörten, versammelten sie sich mit boshaftem Vergnügen auf einem kleinen Hügel an der Mauer des Geländes, die eine gute Echowand abgab und das unablässige Gebell vervielfacht ins Weite sandte. Hätte ich eine Schußwaffe gehabt, wäre das nicht lange so weitergegangen. Von der Terrasse aus hätte ich es ihnen ein für alle Mal gegeben. Ich hätte mich auch anziehen können und sie mit Steinwürfen oder Stockschlägen verjagen. Aber kaum hätte ich mich umgedreht, wären sie wieder da gewesen. Da hätte ich schon die ganze Nacht am Rand des Müllplatzes Wache stehen müssen. Und selbst wenn sich die Meute in eine der angrenzenden Straßen verzog – ich verfolgte ihr Gebell ringsum, wie es von fern in den dunklen Gäßchen widerhallte –, blieb da immer einer zurück, ein großer Gelber mit heuchlerisch-arrogantem Blick und angeberischem Schweif, und paßte unter der Laterne hartnäckig auf, wovon er die ganze Umgebung in Kenntnis setzte.

So fuhr ich nachts ein ums andere Mal im Bett hoch, die Augen schlafgerötet, mit heftigen Anwandlungen von Mordlust, und fiel von Müdigkeit übermannt wieder in eine resignierte, halb komatöse Benommenheit. Dabei fragte ich mich, wie ein Lebewesen – in diesem Fall der idiotische Hund – es fertigbrachte, eine derartige Energie zu entfalten, nur um Stunden hindurch pausenlos Lärm zu schlagen, der einen mit seinem regelmäßigen Rhythmus verfolgte, und ohne sich dabei die Stimmbänder zu ruinieren oder wenigstens am Schluß etwas heiser zu sein. Was hatte er davon? Wollte er so die eigenen Schrecken verjagen – man sagt ja, daß Hunde aus Angst bellen – oder glaubte er im Ernst, seine Gegner zu beeindrucken und auf Abstand zu halten? Dröhnte ihm nicht der Kopf? Machte er sich nicht mit ständigem Kraftaufwand selber taub? Falls er nicht, berauscht vom eigenen Lärm, schließlich das Bewußtsein von Zeit und Wirklichkeit verlor und nichts mehr mitbekam ...

– Wurde er niemals müde?

– Es kam vor, daß er gelegentlich aussetzte. Dann hob ich hoffnungsvoll den Kopf. Ich stellte mir vor, daß er japste, betäubt war, plötzlich die Stimme verloren hatte oder vor Erschöpfung an der Mauer zusammengebrochen war. Vielleicht hatte ein Feind ihn hinterrücks überrascht und ihm den Hahn zugedreht. Falls er nicht in einem Anfall von Hellsichtigkeit bemerkt hatte, daß er umsonst bellte, und im Vollgefühl seiner Stärke, zufrieden mit sich selbst, den Entschluß faßte, seine Kameraden aufzusuchen, und mit erhobenem Schwanz davontrottete. Also legte ich mich wieder hin, schweißgebadet, und versuchte, diesen kurzen Augenblick der Stille zu nutzen, um möglichst rasch wegzudämmern. Doch nichts da! Als hätte er nur neue Kraft geschöpft oder eine unwiderstehliche Furcht ihn befallen, fing er wieder an, zuerst mit einem langen, gellenden, hysterischen Geheul, das einem den Nerv traf und die Haare sträubte, sodann mit dem gewohnten Bellen, unerschütterlich und besessen.

Kurz nach dem ersten Ruf des Muezzin, der ihn erst recht entfesselte, kam er endlich zur Ruhe. Der Tag brach an, der Himmel färbte sich allmählich blau. Morgens, wenn ich mein Auto aus der Garage holte, sah ich ihn, wie er mitten auf der Straße lag, offenbar schlafend, und sich den Bauch von der Sonne wärmen ließ. Dann fuhr ich ganz langsam auf ihn zu und gab plötzlich Gas, wenn ich glaubte, daß er fast schon unter meinen Reifen war. Doch er bemerkte mich und schaffte es immer zu entwischen, wobei er mir die Zähne zeigte. Während ich das Fenster herunterließ, konnte ich es mir nicht verkneifen, ihn anzuspucken. Wenn mich jemand gesehen hätte! Bis zur Abzweigung lief er mir mit wütendem Knurren nach und versuchte, in die Reifen zu beißen, die ihn bei der geringsten Berührung in den Sraßenstaub geschleudert hätten.

So kam ich morgens höchst übelgelaunt in das Büro und war wenig geneigt, mir von irgendwem auf die Füße treten zu lassen. Und um ganz offen zu sein, muß ich Ihnen sagen, daß mir die Art nicht gerade paßte, mit der René Teucère, der Museologe, dem die Unesco die Planung des Museums in Pleggah übertragen hatte, von Anfang an versuchte, seine Ansichten durchzusetzen. Ich hatte mich kaum erst eingerichtet, ein paar Möbel umgeräumt, die zwei, drei vordringlichsten Akten überflogen, da stürmte er schon, vorbei an meiner Sekretärin, herein und benahm sich wie ein Eroberer im besetzten Land. Ich weiß nicht, wie seine Beziehungen zu meinem Vorgänger waren, die Tatsache jedenfalls, daß er es nicht für nötig hielt, einen Termin zu vereinbaren, brachte mich auf, besonders weil er als ehemaliger Archäologe doch sehr genau wissen mußte, was Gebietsabgrenzungen bedeuten. Denn in einem Milieu, wo die Zuständigkeitsbereiche peinlich genau definiert sind, kann es schwere Folgen haben, wenn man in der Frage der Rangordnung klein beigibt oder, sei es auch nur aus Überdruß, aus mangelnder Wachsamkeit oder Schlagfertigkeit, auf irgendein Vorrecht verzichtet. Damit hatte ich auf einem meiner früheren Posten bittere Erfahrungen gemacht und war entschlossen, meine neue Stellung zu nutzen, um von vornherein von einer besseren Grundlage auszugehen. Nie wieder sollte sich irgendwer derartige Übergriffe erlauben!

Meine Sekretärin hatte ihn mir angekündigt, er wartete die Antwort nicht ab und kam einfach zu mir herauf. Man macht sich vorneweg ja eine eigenartige Vorstellung von den Leuten, ich frage mich, nach welchen Gesichtspunkten. René Teucère? Der Name sagte mir schon etwas, aber was genau? Daß es mir nicht auf der Stelle einfiel, fand ich um so weniger verzeihlich, als ich ahnte, irgendwie hatte das mit meinen eigenen Forschungen zu tun. Aber ich konnte mich noch so sehr anstrengen, ich kam nicht darauf! Sie werden es noch erleben, wenn Sie auf die Sechzig zugehen wie ich, man hat dann manchmal solche Löcher im Gedächtnis. Hinzu kam, daß ich ihn mir klein vorgestellt hatte, einen Burschen in grauem Anzug, abweisend, schroffe Bewegungen und autoritärer Tonfall.

Statt dessen trat ein hochgewachsener Mann durch die Tür und stürzte mit ausgestreckter Hand auf mich zu. Gilles Virandes? René Teucère, erfreut, Sie kennenzulernen, rief er aus. Seine blauen Augen musterten mich so eingehend, daß es an Unhöflichkeit grenzte.

Auf den ersten Blick nicht unsympathisch. Ein braungebrannter Mann mit breiten Schultern, einer Adlernase, aber etwas schlaffen Zügen. Er hatte sehr dichtes flachsblondes Haar, nach hinten gewellt und an den Schläfen weiß, was abstach von dem eher jugendlichen Gesamteindruck, besonders den lebhaften, impulsiven Bewegungen, die ein weiches Herz verrieten, einen entschiedenen und zugleich unentschlossenen Charakter, innerlich zernagt von etwas, das er nicht verwunden hatte, so daß die Erinnerung daran ihn reizbar und sogar jähzornig machte, wenn man es so weit kommen ließ.

– Sie meinen den Unfalltod seiner Frau?

– Ach, hat man es Ihnen erzählt? Sie sind also im Bilde ... Ja, ungefähr das meine ich. Mir gegenüber hütete er sich, zunächst jedenfalls, davon zu sprechen. Das gehört ja auch nicht zu den Dingen, die man in aller Öffentlichkeit ausbreitet. Er zog es vor, sich in Szene zu setzen, indem er mir von seinen Seeabenteuern erzählte, zum Beispiel, wie er vor der Küste Kretas dem Sturm getrotzt und was er empfunden hatte, als er, den Wind im Rücken, in die Bucht von Karthago einlief. Ich Idiot! Erst bei dieser Geschichte habe ich geschaltet. Ist Ihnen Victor Bérard ein Begriff? Berühmt geworden, weil er die *Odyssee* beim Wort genommen und die Irrfahrt von Odysseus wiederholt hat. Nun, Teucère machte durch ein gleichartiges Unternehmen von sich reden: Mit einem originalgetreu – oder zumindest dem spärlichen Wissen über die Bauart damaliger Schiffe entsprechend – nachgebauten Boot hatte er dieselbe Reise unternommen wie angeblich Aeneas auf der Flucht aus seiner Stadt, nachdem die Griechen sie erobert hatten. Wohlgemerkt, ich hätte das vergessen, wenn nicht Teucère selbst mich an diese Großtat erinnert hätte.

Während ich also seine Prahlereien ertrug, kam mir allmählich wieder in Erinnerung, daß er gerade in Troja ziemlichen Ärger mit seinem Museumsprojekt gehabt hatte, daß seine Frau auf offener Straße überfallen worden war, ja, daß er das Land überstürzt verlassen mußte. Trotz seines einnehmenden Aussehens irritierte mich etwas an ihm. Hing es mit dem zusammen, was er durchgemacht hatte? Verstohlen beobachtete ich ihn, während er sprach, sehr genau und fand, daß es sein Lächeln war. Ständig verzog sich ein Mundwinkel und zog die Wange schief. So konnte man, wenn man nicht genauer hinsah, meinen, daß er sich über einen lustig machte und dies mit einem Ausdruck von Überheblichkeit. Dabei war es nur ein Tick! Ich war erleichtert. Denn das hätte noch gefehlt, daß er mich, der über die korrekte Verwendung der Mittel für sein Museum zu wachen hatte, für dumm verkaufen wollte!

Er begann, mit ganz unverhohlenem Interesse aus dem Fenster zu sehen, vor dem ich saß. Irgend etwas, das auf einem gegenüberliegenden Balkon oder in einer der Wohnungen auf der anderen Straßenseite geschah, weckte seine Neugier. Ich weiß nicht weshalb, aber ich ahnte, daß es sich um eine Frau handelte. Vielleicht hängte sie gerade Wäsche auf oder klopfte einen Teppich am Geländer aus. Auch ich wurde neugierig, gab aber der Versuchung mich umzudrehen nicht nach. Vielleicht machte er sich nur einen Spaß und wollte mir zeigen, daß er mich in der Hand hatte, nach seinem Belieben lenken konnte? Da hatte er freilich Pech!

Sie waren an der Ausgrabungsstätte in Pleggah, nicht wahr? Also haben Sie gesehen, daß es sich um eine Ansammlung von

Sommerhäusern handelt, ökonomisch nicht allzu bedeutend, doch recht aufschlußreich im Hinblick auf das alltägliche Leben damals. Ein Modell war so gut wie fertig, das die Anordnung der römischen Villen und Tempel genau darstellte. Allerdings gerieten die Ausgrabungen, die Anna Sidonis seit etwa sechs Jahren leitete, in Verzug, als man am Westhang des Hügels auf die punischen Totenstädte stieß. Zudem hätte der Winter mit seinen Regenfällen die Arbeit ohnehin bald unterbrochen. Die Finanzmittel für das Museum, die von der Unesco zusammen mit unserer Kulturabteilung und den örtlichen Behörden bereitgestellt wurden, waren im Budget des laufenden Jahres eingeplant. Teucère fürchtete, daß dieses Geld verlorenging, wenn man nicht mit den Museuemsarbeiten begann. Es gelang mir nicht, ihn zu beruhigen. Er blieb bei der Forderung, daß Anna Sidonis die Grabungen sofort einstellen sollte. Seiner Meinung nach war der Teil aus der Karthagerzeit, der unter Scipio Aemilianus zerstört wurde, kaum noch von Interesse.

– Was wußte er darüber? Sollte nicht gerade diese Epoche es ihm angetan haben, wo er sich doch für Aeneas begeisterte?

– Das habe ich mich auch gefragt. Zumal es Überreste aus der Römerzeit, allein in diesem Land, ja reichlich gibt: in Dougga, Oudnah, Tuburbo Majus, Bulla Regia und so weiter. Daß ich mich direkt gegen ihn stellte, wo er offenbar annahm, ich hätte das Dossier noch nicht zur Kenntnis genommen, brachte ihn aus dem Konzept. Er glaubte wohl, daß er alle Welt hintergehen und mich zu unwiderruflichen Zusagen bringen könnte, um dann sofort mit dem Museumsbau zu beginnen. Ich kannte damals seine Hintergedanken noch nicht. Erst viel später erfuhr ich, daß er sich um den Leitungsposten der Unesco-Abteilung beworben hatte, die im Hinblick auf das Jahr 2000 eine Aufstellung des Weltkulturerbes vornehmen sollte und für die römische Antike ihren Sitz in Rom hatte. Welch großartige Visitenkarte würde die Eröffnung des Museums in Pleggah darstellen! Für seine Ernennung konnte es gar nicht besser kommen. Aber so einfach ging das nicht. Da ich die Geldmittel verwaltete und die Durchführung des Projektes überwachen mußte, lag bei mir die Entscheidung, wie und wann was zu geschehen hatte.

Angesichts meines Widerstandes änderte Teucère seine Haltung. Das Lächeln, das er bis dahin aufgesetzt hatte, erstarb. Nach einer Schweigepause, in der er anscheinend abgeschätzt hatte, daß Konfrontation ihm nur schaden würde, wechselte er die Taktik und versuchte mich zu beeindrucken, indem er auf intellektuelle Verführung setzte. Kurz, er probierte, mich auf seine Seite zu ziehen, wußte allerdings noch nicht recht, wie.

– Von Ihren Forschungen wußte er nichts?

– Oh, er brauchte nicht lange, um dahinter zu kommen. Er gehört zu den Leuten, die ausgezeichnet Bescheid wissen über alles, was die anderen tun. Daß ich seit meiner Ankunft ziemlich häufig, vor allem abends, die Nationalbibliothek aufsuchte, war ihm nicht entgangen. Und sowie er Wind davon bekam, daß ich Nachforschungen anstellte über einen eventuellen Aufenthalt Vergils in Karthago, versuchte er, die Situation für sich zu nutzen. Auch er ging in dieser Bibliothek ein und aus. Es wird ihm wohl genügt haben, sich dank gut gewählter Mithilfe einen Überblick über die nach und nach von mir benutzten Bücher zu verschaffen. Außerdem, ich hatte nichts zu verbergen. Warum sollte ich mißtrauisch sein? Allerdings, die These, die ich vertrat, besaß schon einige heikle Gesichtspunkte, die Geheimhaltung verdient hätten. Heute erkenne ich, nur etwas spät, daß ich besser beraten gewesen wäre, mich in Acht zu nehmen.

– Worum ging es denn? Falls die Frage nicht indiskret ist ...

– Keine Bange, dazu kommen wir noch, aber alles zu seiner Zeit. Nun, sicher hätte auch ich, als einfacher Projektleiter, mich nicht lange querstellen können. Wir waren dazu verurteilt, uns zu verständigen. Und dann, ich begriff ihn ja. Ein Museum läßt sich nicht so einfach hinstellen, das braucht Zeit und eine Menge Überlegungen. Den Archäologen hingegen genügt es, die Dinge entsprechend den Fundstellen im Gelände zu verzeichnen, zu klassifizieren und numerieren, sodann das Wertvollste einzupacken. Ihr Suchen hat kein Ende. Es kommt jedoch der Augenblick, in dem man sich überlegen muß, auf welche Weise sich die gefundenen Dinge zur Geltung bringen lassen. Und dann wird es schwierig, weil ja das Ausstellen die persönlichen Eitelkeiten anstachelt. Erst wenn sie einer neugierigen Öffentlichkeit dargeboten wird, erlangt die Frucht jahrelanger Mühe und Arbeit ihre wahre Bedeutung. Zwar möchten die in den Speichern angehäuften Überreste versunkener Kulturen wieder ans Licht kommen und bewundert werden, aber es sind zu viele. Kleine Votivfiguren, Schmuck, Lampen aus gebranntem Ton, verschiedene Gerätschaften für die Küche oder zum Schminken, glasierte Scherben, unentbehrlich für die Datierungen, Waffen, Schriftzeugnisse – man kann unmöglich alles zeigen, sonst droht das unterzugehen, was sich gerade herausheben soll. Also muß man eine Auswahl treffen. Sie untersteht heutzutage der Regel, wenige Dinge zu zeigen, diese aber mit Pädagogik, Klarheit und Raffinesse. Ebendas zu tun, fühlte Teucère sich imstande, wenn man ihm die Mittel dafür gab.

Man braucht Geduld und in der Tat auch Mittel, das gebe ich zu, um mit dem Ausstellungsmaterial richtig umzugehen, hier ein wenig zu lichten, dort mit Kunstgriffen abzustützen, was zerbrechlicher ist, die Ausgewogenheit der Proportionen zu wahren, auf die Zusammenhänge zu achten, die sich aus dem Durcheinander herausschälen, sobald die Dinge an Ort und Stelle stehen. Es geht auch darum, der Masse von Objekten einen Sinn zu verleihen: zunächst den des Besuches, das heißt der Abfolge, in der die Ausstellung von Vitrine zu Vitrine besichtigt wird, weil einem solchen Gang ja eine Progression innewohnen sollte; sodann den Sinn, der wie bei einer Erzählung das Interesse des Lesers berücksichtigt und wachhält ...

– Des Lesers? Des Besuchers, meinen Sie?

– Pardon, ja, des Besuchers natürlich! Auf einer Ausgrabungsstelle mag das noch angehen, unter Archäologen wird man sich schon einig. Zwar gibt es Reibungen zwischen konkurrierenden Teams, jedoch ist letztlich die Beschaffenheit des Terrains entscheidend. Aus dem Boden kommen Tatsachen hervor, gegen die man nicht ankämpfen kann. Sehen Sie, bei Teucère habe ich zumindest gelernt, daß man mit der Unredlichkeit von Menschen rechnen muß, die ohne weiteres bereit sind zu verschleiern oder zu verfälschen, wenn etwas der Theorie zuwiderläuft, der sie sich verschrieben haben. Aber das sind nur Rückzugsgefechte, denn früher oder später kommt der Betrug heraus. Grundsätzlich läßt man ja alles durch Sachverständige überprüfen, damit Irrtümer oder Fälschungen sich nicht einschleichen können. Aber war das meine Sache? Ich bin schließlich kein Fachmann auf dem Gebiet. Die Archäologen selbst mußten da entscheiden.

– Anna Sidonis?

– Ja sicher, Anna Sidonis! Man hat Ihnen auch von ihr erzählt? Ich möchte ihr nichts anlasten, schon gar nicht nach dem, was geschehen ist. Aber es steht fest, daß sie mitverantwortlich ist. Auch sie hat sich in gewisser Weise täuschen lassen. Wo doch dieses Museum ihr die Fortsetzung ihrer Karriere gesichert hätte! Obwohl es nicht den Anschein hatte, stammte sie nicht aus Tunesien, wie Sie wohl wissen. Sie wurde durchaus akzeptiert, aber mußte sich noch beweisen. Und wenn man auch viel von ihr erwartete, gab es doch manche, die auf ihren ersten falschen Schritt nur lauerten.

– Wußte sie über Teucères Vorhaben Bescheid?

– Gewiß doch! Aber sie hätte wachsamer sein müssen. Ich für meinen Teil verstehe ja sehr gut, daß die zurückbehaltenen Dinge ihre geheimnisvolle Seite bewahren mit allem, was an Unsicherheit und ungefähren Einschätzungen daraus folgt. Aber offen gesagt, René Teucère ist da entschieden zu weit gegangen. Kann man denn den Durchgang durch eine Ausstellung und Wandelräume entwerfen, ohne sich vorneweg vergewissert zu haben, daß man mit Exponaten zu tun hat, deren historische Echtheit über jeden Zweifel erhaben ist? Wie kann man für die Objekte Erkennungsbogen, Darstellungen im Schnitt, Aufstellungspläne entwerfen und dabei derartige Unsicherheiten auf sich beruhen lassen? Und sogar eine Broschüre veröffentlichen, die sich für all das verbürgt! Wenn man doch weiß, daß auch nur eine falsche Sache genügt, um Zweifel zu säen und das Ganze in Mitleidenschaft zu ziehen. Denn wer wird dann noch beschwören, daß nicht alles, so wahr es erscheinen mag, mit Irrtümern durchsetzt ist? Womit die Beteiligten blamiert sind!

– Und Sie ahnten nichts davon?

– In diesem Stadium des Projektes? Wie sollte ich. Schon die erste Begegnung mit Teucère zeigte, daß wir zu einem Kompromiß kommen mußten. Unter dem Vorwand, die weiteren Grabungen von Anna Sidonis nicht beeinträchtigen zu wollen, und um ihr die nötige Zeit dafür zu sichern, kamen wir überein, daß René Teucère die Verantwortung für die Szenographie des Museums übernahm, was ohnehin zu seinen Aufgaben gehörte, daß er aber auch, um das Ganze kohärent zu gestalten, berechtigt sein sollte, in die Auswahl der Exponate einzugreifen. Zu dem Zeitpunkt ahnte ich bei weitem nicht, welche Konsequenzen das haben würde. Die Geldmittel waren abrufbereit. Ich bat Teucère also, mir eine vollständige Projektbeschreibung vorzulegen. Er erklärte mir, daß er die Option auf ein Gebäude unweit der Ausgrabungsstätte erworben habe, das sich sehr gut eignen würde. Es handelte sich um einen ehemaligen Pachthof vom Ende des vorigen Jahrhunderts, der in keinem schlechten Zustand war. Das Dach hatte man in den fünfziger Jahren erneuert, die Stockwerke waren in Ordnung, einige Zwischenwände ließen sich ohne Schaden sogar einreißen, nur die Haupttreppe mußte vollständig ersetzt werden.

Er beschrieb mir auch den Weg, falls ich auf eigene Faust hinfahren wollte, und sagte, daß er mich mit Vergnügen herumführen würde. Ich behielt das im Auge. Bislang fehlte mir die Zeit, aber bei der ersten Gelegenheit wollte ich auf sein Angebot zurückkommen. Ich fand alles wie beschrieben und hatte keinerlei Einwände. Sie kennen den Ort. Herrlich, nicht wahr? Und dieser Blick von der Terrasse! Ganz fern, hinter einer Reihe von Zypressen, sah man sogar den blauen Schimmer der Bucht.

Museum von Pleggah, Vergilsaal

Vitrine Nr. 2

In der Mitte des großen Saales kann der Besucher ein Bodenmosaik bewundern. Von bescheidenem Ausmaß und zum Teil beschädigt, gehörte es zu einer vermutlich recht ausgedehnten Schmuckfläche im Atrium der Villa »mit den Delphinen«. Leicht abschüssig zum Teil des Wohnhauses hin, in dem der große Salon und die Schlafräume lagen, schloß sich das Mosaik an das kreisförmige Auffang-

becken einer Fontäne an, auf der das Licht aus dem Innenhof spielte und deren immerwährendes Plätschern das Rauschen des Meeres nachahmen sollte, während das Bild auf dem Boden die Bewegung der Wellen wiedergab.

Es handelt sich offensichtlich um die Teilansicht einer Meereskarte, erkennbar an Fischen mit vorquellenden Augen, an Küsten und Riffen, gesäumt von weißen Wogen. Man erkennt auch eine Anzahl von Schiffen, die in einer Bucht vor Klippen und bewaldeten Bergen einlaufen, deren Unwirtlichkeit durch brüllende Löwen verdeutlicht ist. Im Hintergrund der Bucht, dort, wo das Mosaik unterbrochen ist, kann man den Sockel stilisierter Mauern sehen, die den Standort einer Stadt darstellen sollen. Auch wenn deren Umrisse undeutlich bleiben, verweist doch das Ensemble – die Form des Vorgebirges zur Linken, wohl dem »promontorium Apollinis« nachgebildet, wie auch rechterhand die beiden Inseln, die unweigerlich an die Aegimuren denken lassen – auf die Stätte des antiken Karthago.

Auf unzähligen Mosaiken, vor allem in jener Gegend des Mittelmeeres, tauchen Motive aus der Odyssee *oder der* Aeneis *auf. Obgleich von diesem hier behauptet wurde, es zeige Odysseus bei der Ankunft im Land der Lotophagen (auf der nahegelegenen Insel Djerba), stellt es anderen Auslegungen zufolge vielmehr Aeneas dar, wie er am Bug seines Schiffes steht, nachdem er mit knapper Not und dank der Fürsprache seiner Mutter Venus bei Neptun dem Sturm entronnen ist, der den Rest seiner Flotte zerstreut hat.*

Genauer läßt sich das nicht bestimmen, da die Partie des Mosaiks, auf der die Stadt zu sehen war, fehlt. Rechts oben im Bild, auf dem Landteil der Karte, knapp unter der großen Kompaßrose, die mit den vier Himmelsrichtungen die Winde und deren Verteilung anzeigt, entziffert man eine Inschrift, die leider unvollständig ist und weitere Fragen aufgibt:

ILIUS MAR

In der Tat ist unklar, ob diese Buchstaben, die mit hoher Wahrscheinlichkeit einen Teil des Namens von Vergil bilden, ihn als Verfasser der Aeneis meinen, das Mosaik somit als Illustration des Epos ausweisen. In dem Fall wäre auf dem Bild Aeneas dargestellt, der im Begriff ist, seinen Fuß auf afrikanischen Boden zu setzen. Oder aber es handelt sich um Vergil selbst, dem die Einwohner von Pleggah auf diese Weise ein Denkmal setzten nach dem Besuch, den der Dichter ihrer Stadt gegen Ende des Frühjahres 19 v. Chr. abgestattet haben soll.

I, 2

Plotius Tucca an Lucius Varius Rufus

Dein Brief erreichte mich unterwegs, als ich mich zu Augustus begab, der unsere römischen Adler, seit den Niederlagen von Crassus und Marcus Antonius ein Beutegut der Parther, diesen wieder entrissen und die Schmach unserer Truppen getilgt hat. Seit drei Jahren schon befriedet der Cäsar jene Regionen und teilt, wo er hinkommt, Belohnungen und Strafen aus, um es denen zu vergelten, die ihm die Treue gehalten oder aber ihn verraten haben. Auf diese Weise zog er bis an die östlichen Grenzen Bithyniens und Armeniens, zu Völkern, die das Joch nur schwer ertragen und leider noch auf lange Zeit uns gegenüber unzuverlässig bleiben werden.

Die Besorgnis, die ich verspürte, sowie ich Deinen Brief gelesen hatte, war nicht unbegründet. Mit Freude nahm Augustus ihn entgegen, zunächst im Glauben, daß er aus Vergils Feder stammte. Wie groß war dann seine Enttäuschung! Doch als er sah, daß das Schreiben von Dir kam, hoffte er, Du seiest der erste, der ihm endlich die Vollendung der *Aeneis* meldete. Welch höchste Weihe seiner ruhmreichen Rückkehr nach Italien!

Du selbst hast mich daran erinnert, wie ungeduldig Augustus darauf wartete, das vollständige Epos kennenzulernen. Jedoch, mein Freund, wie konntest Du vergessen, daß Augustus gewünscht hatte, Vergil möge ihn auf seinem Rückweg aus dem Orient erwarten und ihm das vollendete Werk überreichen, für dessen letzte Überarbeitungen er reichlich Zeit gehabt hatte. Statt dessen ein weiterer Aufschub und Dein ungewöhnliches Ersuchen! Ich will Dir nicht verhehlen, daß der Cäsar tief betroffen, ja sogar verletzt war durch das Vorhaben, zu dessen Ausführung Vergil sich anschickt.

Vorab sollst Du wissen, daß er keineswegs beabsichtigt, Vergils Bitte nachzukommen. Natürlich könnte er das, ohne die Macht seiner Flotte zu schmälern: Eine Menge liburnischer Schiffe eilt zur Ausführung seiner Befehle zwischen Rom und Asien hin und her. Eines von ihnen abzuziehen, um seinem Lieblingsdichter einen Gefallen zu tun, würde ihn nicht viel kosten. Das Beunruhigende ist gerade, daß er es nicht tun will.

Da hattest recht, seine Reaktion zu fürchten. Denn der Umstand, daß Du der Verfasser jenes Briefes bist, spricht auch nicht zu Deinen Gunsten. Bei aller Hochachtung vor Publius Vergilius Maro, empfindet er dessen Anspruch doch als maßlos. Und nachdem er sich darüber empört hatte, daß die geplante Reise drei Jahre dauern sollte, kam ihm bald die Vermutung, daß sie für Vergil nur ein Vorwand war, sich den Befehlen des Cäsar zu entziehen und die Flucht zu ergreifen.

Dieser Argwohn wich alsbald einer noch größeren Beunruhigung: Was würde aus der *Aeneis* werden? Vor allem deshalb hat er mich zu der Angelegenheit befragt und sich aus Sorge um das Epos dafür entschieden, keine Zwangsmaßnahmen zu ergreifen. Vergebens gab ich ihm zu bedenken, daß Dichter eigensinnig, launisch, leicht gekränkt und auf ihre Unabhängigkeit peinlich bedacht sind, daß man sich leicht verrechnet, wenn man ihre Pläne durchkreuzt, daß man ihnen keinen Rat geben kann, selbst wenn sie ihn verlangen, ohne sich ihren Groll zuzuziehen. So wie man Gefahr läuft, die Flamme auf dem Holzscheit zu löschen, wenn man zu kräftig in die Glut bläst, kann auch die zarte Quelle der Inspiration versiegen, wenn man den Dichter allzusehr unter Druck setzt. Aufgrund Deiner Eindrücke habe ich dargestellt, in welchen Zustand der Erschöpfung und Reizbarkeit Vergil verfallen ist. Welche Ängste müssen ihn überkommen haben so kurz vor der Veröffentlichung! Ich erinnerte Augustus daran, daß er schon mehr als zehn Jahre gewartet habe. Wozu jetzt alles gefährden wegen einer Verzögerung von einigen Monaten, die in Wahrheit doch ein Werk auf den Gipfelpunkt der Vollendung bringen sollen, das sodann keinerlei Kritik mehr dulden und seine Vollkommenheit ganz auf die Person des Cäsar ausstrahlen wird.

Und das Manuskript? Diesen Punkt hast Du freilich nicht berührt. Angenommen, Vergil habe tatsächlich beschlossen, noch so viel Zeit auf die Verbesserung der *Aeneis* zu verwenden, dann wird er doch, wie ich vermute, das Manuskript nicht in Italien zurücklassen wollen. Dürfte man es riskieren, ihn so nah vor dem Ziel einer abenteuerlichen Seefahrt zu überlassen mitsamt seiner Truhe und den Schriftrollen, auf irgendeinem Handelsschiff, das nach Afrika oder Asien ausläuft? Mögen die Götter uns vor solcher Gefahr bewahren! Wenn schon eine Reise sein muß, sollte sie dann nicht vernünftigerweise unter dem Schutz der Waffen und Banner des Cäsar stattfinden auf einem Schiff, dessen Mannschaft ihm ergeben ist, und unter dem Kommando eines Kapitäns, dem man voll vertrauen kann, ja der angewiesen wäre, die Dauer der Kreuzfahrt zu verkürzen? Wenigstens wäre der Text dann in Sicherheit! Denn trotz des hohen Ansehens, das unser Freund genießt, kann niemand sagen, was ihm oder seinem Werk zustoßen würde, wenn alle beide schutzlos der Raffgier der Händler, der Begehrlichkeit der Diebe und Piraten, der Unsicherheit der Fluten oder dem unvermuteten Auftauchen irgendeines Meeresungeheuers ausgeliefert wären.

Was habe ich nicht versucht, um Augustus umzustimmen! Ich glaubte, daß meine Argumente, die doch einiges Gewicht besaßen, ihn zum Einlenken bringen würden. Aber als er schon dazu bereit schien, gewann plötzlich seine Rachsucht die Oberhand. Sicherlich verleihen ihm der glückliche Ausgang seiner jüngsten Feldzüge und die Aussicht auf den triumphalen Empfang in Rom eine Selbstgewißheit, die ihn hindert, den Ernst der Situation zu erfassen. Ich hatte auch alle erdenkliche Mühe, ihn davon abzubringen, einen dieser galligen Briefe zu schreiben, auf die er sich versteht, und Vergil darin vorzuhalten, daß er genügend Vermögen angehäuft habe – angeblich zehn Millionen Sesterzen, ist das zu glauben? Hast Du jemals von solcher Summe erfahren? –, um auf eigene Kosten ein Schiff zu mieten und zu verreisen, wohin es ihm beliebe.

Zur Stunde schwankt Augustus noch. Nie war er näher daran, förmlich zu verfügen, daß die Expedition ohne seine Zustimmung nicht stattfinden dürfe. Er verbeißt sich seinen Ärger, stampft heimlich auf, läßt die Abordnungen warten, die die Könige aus dem Kaukasus und den skythischen Ebenen entsandt haben, ihm ihre Huldigungen darzubringen. Die Bürde des Staates scheint ihn zur Zeit schwer zu belasten. Gern würde er schleunigst die Vorbereitungen für seine Rückkehr über Griechenland treffen. Zu klaren Überlegungen gegenwärtig außerstande, verliert er wertvolle Zeit. Und wenn er schließlich eine Entscheidung trifft, seid Ihr, denke ich, schon aufgebrochen. Es sei denn, er hegt die Hoffnung, Euch zuvorzukommen, Euch etwa den Weg bei der Ausfahrt aus Pozzuoli abzuschneiden. Und würde er nicht die Unannehmlichkeiten eines öffentlichen Skandals, zumal in seiner Abwesenheit, fürchten, wäre er durchaus imstande, schlicht und einfach die Beschlagnahmung des Manuskriptes anzuordnen.

Am schlimmsten ist, daß er trotz meiner gegenteiligen Beteuerungen – ich weiß nicht, wozu er um jeden Preis einen Schuldigen braucht – Dich verdächtigt, einen verderblichen Einfluß auf Vergil auszuüben, ja sogar der Anstifter dieses leidigen Unternehmens zu sein. Wenn Du Dir seine Wertschätzung bewahren willst, so unternimm alles, was in Deinen Kräften steht, um unseren Freund von seinem Plan abzubringen. Und sollte dies Dir nicht gelingen, dann weiche nicht mehr von Vergils Seite. Vor allem sieh zu, daß er nicht ohne Eskorte aufbricht. Laß alles stehn und liegen und schiffe Dich mit ihm ein – diesen Rat gebe ich Dir. Wende die Zwangsgemeinschaft dann zum Besten, indem Du Vergil dazu bewegst, sein Epos so schnell wie möglich zu beenden. Augustus wird es Dir danken, dessen kannst Du gewiß sein. Laß keine Gelegenheit verstreichen, Vergil anzuspornen. Und wenn Du bemerkst, daß er mutlos wird oder seine Fantasie sich in fruchtlosen Abschweifungen verliert, dann zögere nicht, das Mittel der Schmeichelei zu gebrauchen, oder besser noch, bekunde ihm freimütig und wortlos Deine Mißbilligung.

Vor allem erinnere ihn daran, welche Hoffnungen Augustus in seine Kunst setzt, wie berechtigt seine Ungeduld ist, den Tempel, den Vergil ihm zu weihen versprochen hat, nach so vielen Jahren nun mit allen Ausblicken, die er gewährt, und in voller Größe zu betrachten. Und stelle ihm auch vor, mit welchen Wohltaten Augustus ihn überhäufen wird, wenn erst das Werk vollendet ist.

Dein Freund Plotius Tucca, der von ferne für Dich sorgt. Und alles Gute für Vergil, der trotz seiner unbedachten Handlungen unser allerteuerster Freund bleibt.

Gespräch mit Gilles Virandes

(Erste Kassette, B-Seite)

– Ich schlief schlecht, wie gesagt, und ging morgens, bevor ich in mein Büro fuhr, häufig am Strand spazieren, dort, wo er an die Steilküste stößt. In Gedanken versuchte ich mich an den Ort zu versetzen, an dem es Aeneas geglückt war, wie Vergil in seinem Epos beschreibt, afrikanischen Boden zu betreten, nachdem er ein Unwetter erlitten und die Hälfte seiner Flotte verloren hatte.

– Zweitausend Jahre danach, übertreiben Sie nicht ein wenig?

– Natürlich mußte ich mir die Veränderungen der Landschaft vor Augen halten. So wie sie jetzt ist, kann man sie nicht einfach gleichsetzen mit der, die zu Beginn des Ersten Gesanges beschrieben wird. Anfangs nahm ich vorsichtshalber das Buch auf meinen Spaziergang mit. Doch bald wußte ich die Passage auswendig. Kommt sie Ihnen nicht bekannt vor?

»Ist eine Bucht dort, tief und still; auch lagert ein Eiland
Quer vorm Port, das reckt beidseits die Flanken, da läuft sich
Draußen die Brandung tot, zerschellt in flaches Gekräusel.
Hüben und drüben ein Riff; verzwillingt dräuen die jähen
Wandungen himmelhinauf; an ihrer Sohle gelagert,
Spiegelt die schweigende See. Inmitten lichterer Haine
Öffnet sich's droben, doch schwarz und schauerlich schattet die Waldnacht.
Drinnen, im Haupte der Bucht, – unterm hangenden Felsen die Grotte,
Süßen Wassers ein Quell und ein Sitz aus gewachsenen Steinen,
Nymphenhaus ...«

Sie sind ja gerade dort gewesen, haben Sie die Landschaft noch im Kopf? Sie werden mir zustimmen, man kommt unweigerlich zu dem Schluß, daß es zwar bestimmte Entsprechungen gibt, anderes jedoch beweist, daß der Dichter sich getäuscht hat. Wie immer man ihn anpackt, es ist unmöglich, sich wahrhaft zurechtzufinden.

– Da fällt mir ein: Gibt es nicht in der *Reise von Paris nach Jerusalem* eine Stelle, an der sich Chateaubriand zu dieser Frage äußert?

– Ja, ja, Sie haben Recht! Ich habe die Passage, die Sie meinen, natürlich eingehend gelesen. Für Chateaubriand steht außer Zweifel, daß der von Vergil beschriebene Ort identisch ist mit der Lage Karthagos. Er geht in seiner Orthodoxie so weit, sich über bestimmte Gelehrte zu erbosen, die die Vermutung gewagt hatten, »daß dieser Hafen eine Erfindung des Dichters war«. Der Poet, der Dido besang, erklärt er, sei in der Schilderung der Orte viel zu gewissenhaft gewesen, »um sich eine derartige Freiheit zu erlauben.« Aber was weiß Chateaubriand davon? Höchstwahrscheinlich war er wie die anderen beeinflußt von den unzähligen Stichen und Radierungen, die seit der Renaissance Vergils Werk zur Vorlage genommen und verschiedene Ausgaben der *Aeneis* illustriert hatten. Chateaubriand, von dem man nicht einmal weiß, ob er länger als einen Tag dort gewesen, ja ob er überhaupt an Land gegangen ist, was ein gewisser Doktor Shaw bestreitet, verlegt sogar die Landungsstelle von Aeneas sehr weit außerhalb des jetzigen Karthago, an das äußerste Ende von Kap Bon. Aber mit Verlaub, wenn man so wie ich an dieser unwirtlichen Küste entlanggewandert ist, wird einem schnell klar, daß sich kein Seemann an dieses Kap herangewagt hättte, ohne zuvor den Meeresboden zu sondieren.

– Chateaubriand war allerdings nicht der einzige, der sich zu diesem Thema geäußert hat.

– Stimmt, und Sie wissen auch, daß die unterschiedlichen Vermutungen zu einem regelrechten Schulstreit geführt haben. Schonayder zum Beispiel hat 1930 in einer Abhandlung über Vergils Beschreibung des libyschen Hafens die These vertreten, daß sehr wohl der Hafen von Ithaka oder der von Cartagena oder sogar die Bucht von Neapel als Modell gedient haben können. Letzteres hat 1932 auch Terzaghi vermutet und angesichts der fraglichen Beschreibung darauf bestanden, daß er in ihr eine Stelle der italienischen Küste wiedererkannt habe, nämlich den Strand von Coroglio sowie den Golf, an dessen Ende sich die Grotte von Sejan auftut.

– Entschuldigen Sie, aber mir ist nicht klar, worauf Sie mit dieser Geschichte hinaus wollen.

– Wozu all diese Details? Nun ja, ich gebe zu, ich hatte die Anwandlung, Material zu sammeln für ein Werk über einen bestimmten, einigermaßen rätselhaften Aspekt der Biographie Vergils. Natürlich wäre ich nicht der erste gewesen, der ein Buch über den illustren Dichter herausbringt, es gibt vielmehr eine Flut davon. Eine stattliche Anzahl wurde im Mittelalter verfaßt, nach dem Muster der Lebensgeschichten der Heiligen, grell ausgemalte Bilderbögen, gespickt mit Naivitäten und Wundern, denenzufolge die Geburt des Dichters von außergewöhnlichen Vorzeichen umgeben war: sei es der Pappelzweig, der, kaum daß man ihn in die Erde gesteckt hatte, emporschoß zu den Wipfeln der höchsten Bäume, oder der Lorbeerbaum, den man vielfältige Blüten und Früchte tragen sah. Daß dergleichen im Schwange war, erklärt sich aus einer Fehlinterpretation der vierten Ekloge, die glauben machte, daß Vergil die nah bevorstehende Geburt Christi prophezeit habe.

Zehn Jahre schon arbeitete ich über den Verfasser der *Aeneis*, erlebte Höhen und Tiefen, lange Phasen der Unschlüssigkeit, ohne zu einem Abschluß zu kommen. Zu Anfang begab ich mich kurzentschlossen nach Italien, um mich genau umzusehen an den Ufern des Mincio, wo Vergil seine Kindheit verbracht hatte, sodann Mantua, Cremona und Mailand zu besuchen, anschließend Kampanien. Am Fuß des Posillipo suchte ich vergeblich den Ort an der Bucht, an der das Haus seines Lehrers Siron gestanden hatte, den er beerbte. In Neapel legte ich meine Hand auf die bemooste Stele an seinem vermeintlichen Grab. Es liegt an der Straße nach Pozzuoli, unter der heute ein Tunnel durchgeht, im Stadtteil Mergellina, und trägt die berühme Inschrift: »Ich habe das Weideland besungen, die Fluren, die Führer.« Dann war ich in Brindisi, dem antiken Brundisium, wo er, aus Griechenland kommend, gelandet ist und schließlich starb, war sogar in Sizilien, weil er dort angeblich ein Landgut besessen hatte, zum Schluß in Athen, wo er mit Augustus zusammentraf, der ihn, schon fiebergeschüttelt, nach Italien zurückbrachte, mit Gewalt, glaube ich.

Lässig durchstreifte ich all diese Orte. Bei so einer Reise verliert man unglaublich viel Zeit mit Kleinigkeiten. Zu schweigen von den Unsicherheiten, der Warterei wegen ungenauer Fahrpläne, den Aufregungen, der Erschöpfung, dem Wechsel von Hitze und Kälte, den verdorbenen Nahrungsmitteln, den Leuten, die einen verspotten oder belästigen, einem etwas verkaufen wollen und es immer schaffen, gleich wie man sie sich vom Leibe hält, einen zu bestehlen. Wenn ich diese Reise gemacht habe – und ich bedauere nichts! –, dann vor allem, um ganz sicher zu gehen: welche Farbe die Himmel in diesen Gegenden, welchen Ausdruck die Blicke der Frauen, welche Form die Blätter an den Bäumen haben, all das, was die ungreifbare Atmosphäre eines Augenzeugenberichtes ausmacht und, selbst wenn man es nicht erwähnt, dazu beiträgt, daß alles übrige wahr erscheint.

Also war ich bei meinem Aufenthalt in Karthago, schon angesichts der Polemik, die das Ergebnis meiner Nachforschungen auslösen würde, streng darauf bedacht, genau zu sein, so exakt wie nur möglich, vor allem im Hinblick auf das, was unüberprüfbar blieb, verschwunden war oder sogar niemals existiert hatte. Ich war auf der Hut vor den Schöngeistern, die glauben, alles zu wissen, speziell, wenn es ihr Fachgebiet betrifft, und die auf einen Flüchtigkeitsfehler, auf ein Detail, das man übersehen hat, nur lauern, um es aufzugreifen, sich öffentlich lauthals darüber lustig zu machen und einen zu diskreditieren. Ich weiß, wie so etwas läuft. Selbst wenn man sich die Mühe macht, Punkt für Punkt zu erwidern, ist das Unglück schon geschehen. Alles dreht sich um sie, und man wird nicht mehr gehört.

– Aber welche Polemik meinen Sie denn?

– Dazu komme ich gleich! Ist Ihnen ein Grammatiker namens Aelius Donatus ein Begriff? Er lebte zur Zeit Kaiser Konstantins und war der erste, der eine Biographie von Vergil hinterlassen hat. An ihr haben sich alle späteren mehr oder weniger orientiert. Nun, was steht in diesem berühmten Werk, dem man später den Titel *Vita Donati* gegeben hat?

Daß Vergil, als er mit der Niederschrift seines Epos am Ende war, auf den Spuren von Aeneas all die Orte aufsuchen wollte, von denen er gesprochen hatte, ohne sie zu kennen: die Inseln in der Ägeis, Griechenland und Asien ... Fällt Ihnen an dieser Liste nichts auf? Merkwürdigerweise fehlt da etwas, und es ist keine Kleinigkeit. In der Aufzählung taucht weder Afrika noch folglich Karthago auf! Dabei ist Vergils Held, in den sich die Königin Dido verliebt hatte, einen Winter lang an diesem Ort geblieben. Ist das nicht seltsam? Zumal man von Sizilien, wo sich Vergil, wie gesagt, zuweilen aufhielt, mit dem Schiff in knapp einem Tag dorthin kommt. Ich habe es auf mehrfachen

Spaziergängen überprüft: Vom äußersten Ende des Kap Bon, das im Nordosten die Bucht von Tunis abschließt, sieht man bei gutem Wetter ganz deutlich die sizilianische Küste. Und genau das hat mich mißtrauisch gemacht. Wie denn? Bereit zu einer Reise bis nach Troja, also an die fernen Ufer Asiens, sollte Vergil sich nicht herbeigelassen haben, nach Afrika hinüberzufahren, wo sich doch gut die Hälfte der *Aeneis* dort abspielt? Ist das nicht einigermaßen verblüffend?

– Ihre Berufung nach Tunis kam also gerade recht ...

– In der Tat. Als man mir diesen Posten eines Kulturattachés anbot, verstand ich das, mit Verlaub, als Wink des Schicksals. Ich habe sofort gepackt, meine Sachen im Auto verstaut und bin nach Marseille gefahren, wo ich an Bord ging. Frankreich zu verlassen, gefiel mir nicht übel. Denn so konnte ich mir ein paar weitere Jahre gönnen, um meine Hypothese zu untermauern und mir eine Chance geben, einmal fertig zu werden. Meine Theorie wird Ihnen bizarr erscheinen. Ich weiß nicht warum, jedenfalls war ich, entgegen den geläufigen Ansichten und trotz der topographischen Irrtümer, die den Text der *Aeneis* verunzieren und es Vergils Biographen erlaubt haben, die Möglichkeit eines solchen Abstechers zu vernachlässigen, überzeugt davon, daß Vergil sich sehr wohl in Karthago aufgehalten hat. Und deshalb fing ich unverzüglich, kaum daß ich eingetroffen war, damit an, nicht nur die Orte aufzusuchen, sondern auch der Reihe nach alle wichtigen Bibliotheken der Stadt. Die Nationalbibliothek kennen Sie wohl?

– In der Straße Souk el Attarine? Es gibt ja auch die andere, die noch im Bau ist, etwas weiter oben ...

– Ich weiß. Nein, die in der Medina meine ich. Mit ihr habe ich angefangen. Eine ehemalige türkische Kaserne, noch aus der Zeit der Ottomanenherrschaft, genau unterhalb der Zitouna-Moschee gelegen. Sie verstehen, was ich sagen will?

Ja, wenn alle Kasernen in Bibliotheken verwandelt wären ... Ein schöner Traum! Auch wenn das Gebäude dieser Funktion nicht angepaßt war. Aber doch ... Sie wissen, daß es dort wahre Schätze an seltenen Ausgaben und alten Manuskripten gibt, mehr als genug, um meine Dokumentation zu vervollständigen. Im Erdgeschoß, rings um den Innenhof, waren die nicht zugänglichen Bestände eingelagert. Man wußte nicht mehr, wohin damit, die Magazine quollen über. Um auf den Regalen Platz zu gewinnen, war man schon vor geraumer Zeit dazu übergegangen, die Bücher nicht nach Inhalten, sondern dem Format nach zu ordnen, die Oktav-, die Quart-, die Foliobände also jeweils in einen Raum zu bringen. Die hölzernen Gestelle reichten bis oben an das Gewölbe und standen so eng, daß man sich nur mit Mühe in den Gängen bewegen konnte. Als sich die ersten Wasserränder an der Decke zeigten, mußte man sich den Tatsachen beugen, ein Umzug war dringend nötig. Übrigens hatte man schon begonnen, Vorbereitungen zur Verlagerung der Zeitschriftenabteilung zu treffen, die sich in einem etwas niedrigeren Seitengebäude befand. Aber es mußte schnell gehen, denn infolge der Feuchtigkeit waren etliche Sammlungen bereits in einem erbärmlichen Zustand.

Wieviele fesselnde Stunden habe ich dennoch dort verbracht, eingetaucht in den scharfen, betäubenden Geruch von altem Papier. Aufgrund meines Amtes wurde ich bevorzugt behandelt und durfte sogar bis spät in den Abend bleiben. Ich wäre nächtelang geblieben, wenn mir nicht nach geraumer Zeit die Augen in dem grellen Neonlicht und auch vor Müdigkeit gebrannt hätten. Außer den Büchern, die ich vorhin erwähnt habe, fand ich die ältesten Ausgaben der Vergilbiographien von Servius, von Probus, von Focas und dem Heiligen Hieronymus, ganz zu schweigen von zahllosen, mitunter recht langweiligen Kommentaren zur *Aeneis*, sowie sämtlichen Heften der *Antiquité classique* und der *Revue des Etudes latines*, die zwischen den Weltkriegen erschienen sind und unter anderem die *Vitae Virgilianae* von Ernst Diehl enthalten, der als erster wagte, die Umstände, unter denen der Dichter gestorben sein soll, in Zweifel zu ziehen.

Ich hätte all das in kürzester Zeit durchsehen können, wäre es nicht zu diesem Vorfall gekommen, der mich beunruhigte und beinah auch kompromittiert hätte. Ich frage mich, ob ich ungewollt die Begehrlichkeit von Krämerseelen auf einige der alten Manuskripte und Karten lenkte, die man ganz offensichtlich für mich aus den Schränken hervorgeholt hatte. Dieses Material half mir, die Topographie der Küste mit Vergils Schilderung von Aeneas' Einfahrt in die Bucht zu vergleichen, und bestärkte mich in der Auffassung, daß Aeneas und seine Flotte, sofern man das Epos beim Wort nimmt, am Ende der Marsa-Corniche gelandet sein mußten, in jener Einbuchtung des Strandes, die heute voller Felsen und flacher Stellen ist, und hinter der das Vorgebirge von Sidi Bou Said ins Meer ragt.

– Ein Vorfall, sagten Sie?

– Beschämend, wenn ich nur daran denke ... Die Bibliothek besaß mehrere Ausgaben des Vergilbuches von Aelius Donatus, das mit der berühmten Lebensgeschichte beginnt. Ich hatte beschlossen, sie alle genauestens durchzusehen. Bis dahin wurde ich immer, wenn ich eine Bibliothek betrat, von rasender Neugier gepackt. Die Nähe so vieler Bücher, nach denen ich nur die Hand auszustrecken brauchte, löste zwanghaft eine kindische Reaktion in mir aus: Ich wollte sofort in alle hineinsehen. Aber sobald ich in einem zu blättern anfing, hielt ich es nicht aus, die anderen stehenzulassen. So war ich rasch entmutigt, eine unüberwindliche Angst befiel mich, ich hatte das Gefühl zu ersticken und mußte hinaus in den Hof, um mich zu beruhigen und Atem zu holen.

Doch da ich wußte, worum es ging, war ich dieses Mal fest entschlossen, mich nicht aus der Fassung bringen zu lassen und systematisch vorzugehen. Ich hatte mir gemerkt, in welchem Regal die Donatus-Ausgaben aufgereiht waren. Eine von ihnen stammte aus Italien, Mitte des 17. Jahrhunderts, und hatte es mir gleich angetan, freilich nicht aus guten Gründen. In einer Zeit des Mangels, nach Hungersnöten oder einer Pestepidemie, war man damals gezwungen gewesen, für den Druck eine Ersatzfarbe von schlechter Qualität zu verwenden. Ihre ätzenden Bestandteile hatten das Papier angefressen, sogar durchlöchert, so daß die Buchstaben von der Oberfläche verschwunden waren, ohne deshalb ganz ausgelöscht zu sein. Vielmehr bestanden sie gleichsam im Schattenriß weiter, als hätte ein unsichtbares Feuer, präzise wie ein Schneidbrenner, sie aus dem geschlossenen Buch herausgebrannt. Sobald man es aufschlug, rieselte feine, rostfarbene Asche, vielmehr Staub heraus. Ihres Inhalts sozusagen entleert, ließen sich die Wörter nur noch lesen, wenn man die Seiten gegen das Licht hielt.

Um mir diese Kuriosität genauer anzusehen, setzte ich mich in den Nebenraum an einen Tisch, auf dem sonst Einbände restauriert wurden. Er stand vor einem der vergitterten Fenster zum Innenhof. Am Ende des Nachmittages hatte es ein Gewitter gegeben, seitdem ließ der Regen nicht nach. Schlagartig war es Nacht geworden. Mir wurde ganz übel beim Anblick solcher Mengen von Büchern, die ohne Belüftung oder hygrometrische Kontrolle den Verheerungen durch die Feuchtigkeit ringsum ausgesetzt waren. Die Regenrinnen, die das Wasser in die Zisterne unter dem Hof ableiten sollten, quollen bald über und spuckten Wasserfälle aus, die geradewegs auf den Rand des Gehsteiges prasselten. In Meterhöhe war der ohnehin heruntergekommene Putz der Mauern vollständig bespritzt. Daher verteilte sich unter den Arkaden und bis hinein in die Lesesäle eine Art Sprühregen, der sich trotz der milden Temperatur oder vielleicht wegen ihr in einen unmerklichen Wasserdampf verwandelte, der einen bis auf die Knochen frieren ließ. Damit er mich nicht durchdrang, mußte ich die Fenster schließen. Ich sah, daß sogar die Katzen, die draußen herumstrichen, bald nicht mehr wissen würden, wohin.

Die Nacht war schon fortgeschritten. Dieser Regen, der noch heftiger wurde und einen ohrenbetäubenden Lärm machte, hinderte mich festzustellen, woher eine Reihe dumpfer Schläge kam, die klangen, als stieße jemand mit der Schulter an eine Tür. Ich muß erwähnen, daß im Nebenraum über den Büchergestellen eine Plastikplane gespannt war, die man an einem weißen Holzgerüst befestigt hatte. Eine umsichtige Vorkehrung, hörte ich doch den regelmäßigen, allmählich immer rascheren Aufschlag dicker Tropfen. Durch eine undichte Stelle im Dach war das Wasser offenbar in die Decke eingedrungen. Der Wind, der durchs Fenster pfiff, drückte gelegentlich gegen die Plane mit einem Geräusch, das mich anfangs zusammenzucken ließ. Doch all dieser Lärm hinderte mich nicht, ein diffuses Krachen zu hören wie von splitterndem Holz, wenn das Schloß oder die Angeln einer Tür unter starkem Druck nachgeben. Kein normales Geräusch jedenfalls, es deutete darauf hin, daß jemand in das Gebäude eindrang.

– Hatte man Sie dort allein gelassen?

– Es gab immer einen Bibliotheksangestellten, der den Haupteingang bewachte, nahe beim Telefon. War er dabei, das Haus irgendwo abzudichten? Tatsächlich hatte ich ihn beim letzten Mal, als ich aus dem Fenster auf den Hof hinaussah, nicht mehr bemerkt. Für gewöhnlich ragte seine Stirn über die Brüstung der Empfangstheke, hinter der er im bläulichen Schimmer des

Bildschirms zu ahnen war, ganz damit beschäftigt, den immensen Zettelkatalog der Monographien in den Computer einzugeben. Daß der Mann nicht mehr an seinem Platz war, hatte mich bereits beunruhigt. Dann hielt ich es nicht länger aus und schlich mich auf Zehenspitzen in den Nebenraum.

Dort standen riesige Metallschränke, die den Blick versperrten. Ich ging weiter und befand mich zwischen Büchermauern in einem Labyrinth dunkler, verwinkelter Gänge. Dennoch hatte ich, bei einem leichten Schwanken der Schatten oder vielmehr des Lichtscheins, der von der Hofbeleuchtung hereindrang, das sichere Gefühl, daß dort jemand war, ja daß er mich bemerkt hatte. In der Hoffnung, daß es sich um den Bibliothekar handelte, rief ich, aber nichts rührte sich. Nur die Plastikplane bewegte sich fortwährend wie von einem körperlosen, geisterhaften Atem belebt, hob sich an, wölbte sich langsam und schlug mit kurzem Knall auf das Holzgerüst nieder. Ich zwängte mich zwischen den Bohlen hindurch und gelangte zu der Stelle, an der der Vergilfundus aufbewahrt war, den man dank seiner Bände von annähernd gleichem Format nicht auf verschiedene Räume verteilt hatte. Die Bücher standen übrigens so dicht gepreßt, daß es mir wahrscheinlich nicht aufgefallen wäre, hätte eines von ihnen gefehlt.

Aber so war es nicht! Kein Buch war mehr an seinem Platz, einige lagen auf dem Fußboden zwischen den Wasserlachen. Derjenige, der kurz zuvor hier gewesen war, hatte wohl einen Band unachtsam herausgezogen und nicht verhindern können, daß auch die daneben, weil ihre Einbände aneinanderklebten, mit herausrutschten und herunterfielen. Und in seiner Angst, auf frischer Tat ertappt zu werden, hatte er dieses Durcheinander hinterlassen. Während ich die Bücher wieder einstellte, wußte ich fast instinktiv, daß der Dieb nicht aufs Geratewohl zugegriffen hatte. Das entwendete Werk war kein anderes als die älteste Ausgabe der *Ars Grammatica* von Aelius Donatus. Ja, so ist es immer: Man glaubt, daß nichts eilt, daß man es sich leisten kann, seine Freuden langsam zu steigern und sich das Beste bis zum Schluß aufzuheben. Ich mit meinen Bedenken! Was für ein Idiot war ich doch!

Am anderen Ende des Raumes schlug eine Tür zu. Ich ging zum Fenster, um Hilfe zu holen, rief wieder nach dem Bibliothekar. Er sollte sich ansehen, was geschehen war. Aber es dauerte etwas, bis er auftauchte. Welche Rolle spielte er in dieser Sache? Er erzählte mir eine Geschichte, von der ich ihm schnöderweise kein Wort glaubte: Er schwor, er habe gesehen, wie jemand durch die Galerie im ersten Stock rannte, und sei sofort hinterher, wobei er den Personalaufgang benutzt habe. Dieser Weg habe ihn wertvolle Zeit gekostet, der Dieb sei unterdessen schon über die Feuerleiter auf die Dachterrasse gelangt. Als er selbst, noch außer Atem, dort ankam und sich umgesehen habe, sei der andere aus seinem Versteck hervorgestürmt und habe ihn blindlings gerempelt, dabei zu Boden geworfen, durch den Zusammenprall seinerseits das Gleichgewicht verloren und habe, noch auf den Knien, einen Augenblick gebraucht, um zu sich zu kommen, sodann das Buch mitsamt einem Stoß Blätter, der herausgerutscht war, aufgesammelt und sich, noch schwankend auf den Beinen, über die Brüstung geschwungen.

Weil er mir den Zweifel ansah, bestand der Bibliothekar darauf, mir zu zeigen, auf welchem Weg der Dieb dann entkommen war. Ich trat an den Rand des Daches und erkannte den schmalen Sims, dem er gefolgt sein sollte, bis er an einer Verengung des Gäßchens ohne größere Gefahr von der Bibliothek auf das gegenüberliegende Gebäude springen konnte. Dort brauchte er nur zwischen den kleinen Kuppeln hindurchzulaufen, die dafür sorgen, daß die Straßen im Inneren des Basars Licht bekommen, und weiter von einer Dachterrasse zur anderen, bis er an einer Regenrinne hinabrutschte zum Vordach eines dieser Parfüm- oder Gewürzläden unweit der großen Moschee.

Ich war jedoch schlecht beraten, meine Skepsis, meinen Argwohn durchblicken zu lassen. Vielleicht befürchtete der Bibliothekar, daß ich seine Version des Geschehens in Frage stellte. Jedenfalls gab er mit einer Heftigkeit, die mich überrumpelte, zu verstehen, daß ich mich im fraglichen Augenblick vielleicht nicht grundlos dort aufgehalten, vielmehr versucht haben konnte, die Aufmerksamkeit von der Flucht eines Komplizen abzulenken. Gehörte das verschwundene Buch denn nicht zu denen, die ich auszuleihen pflegte? Sie können sich vorstellen, wie schockiert ich war, als er das sagte.

Leider konnte ich mich nicht verteidigen, wie ich es gewünscht hätte, zumindest ließ man mich nicht dazu kommen. Es hatte zuvor schon eine Reihe von Überschreitungen, sogar Diebstähle gegeben. Das Durcheinander im Vorfeld der geplanten Verlagerung der Bestände lieferte dem Kustos einen willkommenen Anlaß, strengere Maßnahmen einzuleiten und sogar einige Säle für den Publikumsverkehr zu sperren. Fortan durfte ich die Bibliothek nur noch während der geltenden Öffnungszeiten betreten.

Museum von Pleggah, Vergilsaal

Vitrine Nr. 3

An der rechten Wand befindet sich in halber Höhe und hinter Glas das Porträt eines Mannes, das den Besucher durch seinen Realismus und seine Ausdruckskraft in Bann zieht. Es ist das Fragment eines Freskos aus dem Speiseraum (triclinium) *im einstigen Palast oder wenigstens der Sommerresidenz einer hochrangigen Persönlichkeit der* Colonia Iulia Concordia Karthago, *vielleicht sogar des Prokonsuls. Da sich das Gemälde wegen offenkundiger Konservierungsprobleme nicht an seinem ursprünglichen Ort erhalten ließ, mußte es herausgelöst werden. Das übrige beließ man dort im Freien, wo es den Unbilden der Witterung nicht lange standhielt. Um jedoch einen Eindruck der ursprünglichen Umgebung zu vermitteln, hat man sie nachgebildet, daher zu beiden Seiten des Bildes die kleinen Stucksäulen von blauer Farbe sowie das Kulissenfenster, das in eine Wandvertiefung des Speiseraumes gemalt worden war, um die Illusion der Echtheit zu steigern.*

Was bleibt, ist das Antlitz eines Mannes mit glattrasierten Wangen, kurzgeschorenem Haar und eckigem Gesicht, beherrscht von sehr großen dunklen Augen, so daß es an bestimmte Totenbilder aus Fayoum (Ägypten) erinnert. Von der Kleidung – einer Toga, wie sie die römischen Bürger zur Zeit von Augustus trugen – sieht man nur die schräg gerafften Falten an der rechten Schulter. Der leicht zur Seite gerichtete Blick deutet an, daß der Mann die Einladung einer Gestalt ablehnt, die links von ihm steht und ihm den Arm hinstreckt. Diese Szene, die ihr Geheimnis nicht preisgibt, wirkt dennoch auf seltsame Weise ergreifend.

Da dieses Bild in allem eine frappierende Ähnlichkeit mit dem in Susa entdeckten und heute im Bardo-Palais in Tunis ausgestellten Mosaik aufweist, kann man gleichwohl annehmen, daß es sich um ein Porträt Vergils handelt. Es war in der Tat ein gebräuchliches Verfahren, Mosaiken nach dem Modell von Freskogemälden herzustellen.

Erinnern wir kurz an die Lebensgeschichte Vergils: Er wurde 70 v. Chr. in Andes bei Mantua geboren. Nach Studien in Cremona und Mailand soll er 54 nach Rom gegangen sein, um dort als Anwalt Karriere zu machen. Nicht sehr redegewandt und zudem abgeschreckt durch die Lagerkämpfe, habe er sich 49 dem epikureischen Philosophen Siron angeschlossen, der in Neapel Schule hielt.

44 kehrt er nach Mantua zurück, um vom Ertrag des kleinen Gutes zu leben, das sein Vater ihm hinterlassen hatte. Im Jahre 40 geht er wieder nach Rom, um Entschädigung für das ihm geraubte Land zu verlangen, das ein Veteran des römischen Heeres an sich gebracht hatte, und soll bei dieser Gelegenheit zum ersten Mal Octavius getroffen haben. 38 läßt er sich in Kampanien nieder, ein Jahr danach veröffentlicht er die Bucolica. *Daraufhin wird er von Asinius Pollio, seinem Freund und Gönner, Maecenas vorgestellt. Dieser regt ihn zu den* Georgica *an, die er 29 beendet und in großen Auszügen Octavius vorliest, der nach seinem Sieg bei Actium im Jahr 27 zum Kaiser Augustus ernannt wurde. Gleich darauf beginnt Vergil mit der Niederschrift der* Aeneis.

Zehn Jahre später kann er sich, trotz der abwechselnd freundschaftlichen und drohenden Mahnungen des Kaisers[1]*, immer noch nicht entschließen, das Epos zu veröffentlichen, das viele für fast fertig hielten. Und zu diesem Zeitpunkt faßt er, unter dem Vorwand letzter Überprüfungen, den Entschluß zu einer Kreuzfahrt durch das Mittelmeer, genau an deren Ende er, am 21. September 19, im Alter von einundfünfzig Jahren verstirbt.*

---

[1] In den Jahren 27 bis 25 v. Chr. soll zu diesem Thema ein Briefwechsel zwischen Augustus und Vergil stattgefunden haben, dessen Authentizität allerdings nicht verbürgt ist. Pierre Grimal zitiert daraus (in seinem Buch *Virgile ou la Seconde Naissance de Rome*, Paris 1985; dt. *Vergil. Eine Biographie*, 1986) eine Passage, deren Ton an Flaubert erinnert:

» – Augustus: Was die Aeneis angeht, so schicke mir einen ersten Überblick oder wenigstens eine Textprobe.

– Vergil: Ja, ich bekomme viele Briefe von Dir... Aber was meine Aeneis betrifft: Hätte ich irgendetwas, das Deiner Aufmerksamkeit würdig wäre, schickte ich es gern, doch dieser Stoff ist so gewaltig, daß ich den Eindruck habe, fast wahnsinnig gewesen zu sein, als ich mir eine derart schwere Arbeit aufbürdete, vor allem da ich, wie Du weißt, diesem Werk andere Studien widme, denen ich den Vorzug gebe.«

II, 1

Lucius Varius Rufus an Plotius Tucca

Leider habe ich Deine Post erst auf Sizilien erhalten. Sie wurde mir von dem Kaufmann aus Pozzuoli überbracht, der uns dazu verholfen hat, diese Galeere zu mieten, und der dann hier zu uns stieß. Für eine Antwort war es freilich zu spät, denn wir waren gerade im Begriff, nach Afrika auszulaufen, von wo ich Dir jetzt schreibe.

Doch selbst wenn mich Dein Brief noch in Italien erreicht hätte, wäre es mir nicht gelungen, Vergil zu überreden, die Abreise aufzugeben oder zu verschieben. Es ist mir ein Trost festzustellen, daß ich Deinen Ratschlägen gefolgt bin, noch ehe ich sie kannte. In der Tat brachte ich es nicht übers Herz, Vergil, dessen Drängen ich nachgab, auf dieser Schiffsexpedition allein zu lassen. Groß war die Zahl der Freunde, die uns bei der Abreise beistanden, doch wohlweislich an Land zurückblieben wie der teure Horaz, der dafür versprach, eine kleine Versdichtung zu Ehren unseres Schiffes zu verfassen. Aber seien wir auf der Hut vor seinem sarkastischen und oberflächlichen Geist, den unvorhersehbaren Anwandlungen seiner Inspiration! Jedenfalls wollte er um nichts in der Welt mit an Bord gehen. Dabei ist er doch in seiner frühen Jugend nach Griechenland gereist, hat dort die Philosophen aufgesucht und unsinnigerweise die Sache von Brutus vertreten, was ihn beinah das Leben gekostet hätte. Am Quai fiel es ihm nicht ganz leicht, seine Bewegung zu verbergen. Er zog sich indes wie gewohnt aus der Affäre, indem er sich lustig machte über die, denen die Fähigkeit zuteil ward, auf den Flügeln der Poesie die Lüfte zu durcheilen, und die dennoch ihre Freunde und den italienischen Boden verließen, angeblich um zu kontrollieren, ob jedes Ding in dieser Welt an seinem richtigen Platz sei.

Oh ja, die Freundespflicht hat keinen geringen Preis. Ich bin Vergil wahrlich nicht aus Herzenslust gefolgt, denn Du weißt, ich mag das Meer nicht. Immerzu diese unnütze Bewegung, diese flüssige Masse, die niemals ruht, angetrieben von streitsüchtiger Kühnheit, sachkundig in Zurückweisungen, diese Gesetz gewordene Unbeständigkeit, begrenzt durch einen Horizont von tödlicher Monotonie: geradezu ein Reich des Wahnsinns! Und wie heimtückisch sie einsinkt unter dem Gewicht dessen, der sie zu betreten versucht! Derartige Ausweichmanöver müssen einen doch mißtrauisch machen. Nicht daß ich Angst hätte, aber ich bin unweigerlich auf der Hut vor der See und fürchte den heimtückischen Anschlag. Im Umgang erscheint sie mir hinterhältig wie eine Hündin, die dir mit scheelem Blick und ergebener Miene hinterhertrottet, doch nur auf den Augenblick wartet, in dem du stolperst, um dir an die Kehle zu springen. Solange du nichts tust und Abstand hältst, wird sie dir die Füße lecken, dich hündisch umschmeicheln, doch wehe, du begehst die Unvorsichtigkeit, ihr dein Leben anzuvertrauen – sofort sinkt sie ein und will dich verschlingen. Mich schaudert es, wenn ich an die undurchdringliche Tiefe denke, wo wer weiß welche Götter unsichtbar hausen und welche Meeresungeheuer, die in jedem Augenblick aus den Abgründen auftauchen können. Kalt und salzig, stolz auf ihr eigenes Getöse, vermag sie dich mit einer simplen Ohrfeige aus Schaum bis auf die Knochen zu durchnässen oder unversehens von Deck zu spülen, so wie sie sich den armen Palinurus geholt hat. Ach, in die strudelnden Fluten zu stürzen und noch zu sehen, wie das Schiff mit vollen Segeln entflieht! Allein die Vorstellung, stundenlang zu schwimmen, schnürt mir die Kehle zu. Welch furchtbarer Tod, wenn man nichts weiter tun kann, als fortwährend mit den Beinen zu strampeln, um nicht unterzugehen, und dabei doch zu wissen, daß man am Ende seiner Kraft dieses flüssige Element dann einatmen muß, daß ein Schwall Salzwasser in die Lungen dringt und einen erstickt. Umsonst taucht man wieder auf, müht sich vergeblich, Atem zu holen, schluckt dabei noch mehr Wasser, hustet, schlägt um sich, schreit, schluckt Wasser, geht unter ...

Welche Laune hat bloß Vergil dazu ermuntert, sich der Zerbrechlichkeit von ein paar zusammengezimmerten Planken anzuvertrauen und so auf dem Rücken der Wogen davonzueilen, bis das Festland aus dem Blick entschwindet? Und das in seinem Alter, bei ohnehin nicht bester Gesundheit! Wo er doch den Abschluß seines Epos endlich hätte genießen, in der Wärme des Frühsommers unter blühenden Obstbäumen hätte schlummern können, er, der die Fluren und Haine so liebt!

Aber so ist es nun mal, und mein Protest wird weiterhin nichts nützen. Zumal wir uns bislang nicht beklagen können. Laß mich also berichten: Nachdem wir eine Weile an der italienischen Küste entlangsegelten, gelangten wir, statt in die Meerenge vorzustoßen, rasch hinüber nach Trapani am Fuß des Erice. Dort nahmen wir uns Zeit, die Überreste der einstigen Troersiedlung zu besichtigen und sogar den grasbewachsenen Hügel, der die Grabstätte von Anchises sein soll. Unseren Freunden hatten wir bei der Abfahrt verkündet, daß wir uns nach Griechenland und Asien begeben wollten. Wie aber konnte Vergil, da die Gunst der Winde uns hierher geführt hatte, dem Gedanken widerstehen, nach Karthago hinüberzufahren, das eine Tagesreise von der sizilianischen Küste entfernt liegt? Auf einmal schien seine düstere und argwöhnische Stimmung wie weggewischt. Höchst aufmerksam beobachtete er jede Bewegung des Schiffes, plötzlich kam ihm ein Vers in den Sinn, er bat den alten Eros, ihn aufzuschreiben, war entzückt und lachte, seine Lebensgeister schienen neu erwacht.

Unbehindert passierten wir die von Riffen starrende Westspitze Siziliens und steuerten geradewegs auf die afrikanische Küste zu. Als wir an den Aegimurischen Inseln, hinter denen die Bucht sich öffnet, vorbei waren, stand unser Freund ganz vorn am Bug, hielt mit besorgter Miene Ausschau und ließ die Ufer, die er bis dahin nur erträumt hatte, nicht mehr aus den Augen. Leider mußte er entdecken, daß sie denen, die er beschrieben hatte, in nichts glichen. Zu beiden Seiten der Einfahrt zwar Steilküste, doch keineswegs riesenhaft! Im Osten, vom Feuer der Morgenröte scharf umrissen, ein Doppelhügel, nur nicht von himmelragender Größe. Auch wenig Wald, sehr licht, über die Hänge verstreut ... Wir kamen immer näher, aber sahen keine Insel, an der die Brandung sich brach, die geschützte Stelle eines Hafens anlag, es sei denn, man hielt dieses Kap zur Rechten dafür, hinter dem, wie man uns bedeutete, der Hügel von Byrsa aufragt. Vergil, der wohl erriet, daß ich mir Passagen aus dem ersten Gesang der *Aeneis* ins Gedächtnis rief, warf mir einen fassungslosen Blick zu: Wie ließ sich an vollendeten Versen, ohne deren Harmonie zu zerstören, auch nur irgend etwas zurechtrücken?

Solch schmerzliche Überlegungen wurden zum Glück zerstreut vom Durcheinander, das unsere Ankunft auslöste. Es ist schon wahr, daß in den fernen Provinzen jedes Schiff aus Italien die Neugier auf sich zieht. Eine Menge kleiner Ruderboote kam uns entgegen und geleitete uns zur Hafeneinfahrt. Kaum an Land, waren wir umringt, wurden wir gefeiert. Man ist so freundlich in diesen Gegenden! Zu unserer großen Überraschung war Vergils Ruf ihm schon vorausgeeilt. Wußtest Du, daß er hier alles andere als unbekannt ist? Daß man seine Verse aufsagt, zwar meistens die ganz frühen? Nur die, die Properz zur Zeit in Rom verbreitet und deren Held Aeneas ist, scheinen noch nicht übers Meer gedrungen zu sein.

Der Prokonsul, hocherfreut, Vertraute von Augustus zu empfangen, bietet uns seine Gastlichkeit im Schatten der Säulengänge. Man gibt sich alle Mühe, unseren Wünschen zuvorzukommen, aber welche sind das? Du kennst ja Vergils Bescheidenheit. Da es ihm widerstrebt, den Beweggrund seines Besuches zu offenbaren, muß ich das Geheimnis ausplaudern. Ich erlaube mir also kundzutun, daß er ein langes Epos geschrieben hat, das sich zur Hälfte in Karthago abspielt, weswegen er hier einige Nachprüfungen anstellen will. Prompt werden Liebhaber der Antike, Gelehrte und Historiker zusammengerufen, um auf unsere Fragen zu antworten. Zu spät um auszuweichen, und als Vergil vor dieser Versammlung mit tonloser Stimme enthüllt, er habe angenommen, daß Aeneas hier längere Zeit geblieben sei und sich aus Liebe zur Königin Dido beinah von seiner Mission habe abbringen lassen, herrscht ein wahrer Tumult, erhebt sich Protest von allen Seiten, schleudert man uns entgegen: Fälschung! Denn die beiden Überlieferungen, so glaubhaft jede von ihnen auch sei, stimmen zeitlich nicht überein. Zwischen der Irrfahrt von Aeneas nach der Zerstörung Trojas und später dem Exil von Dido, nachdem ihr Bruder sie beraubt und aus Tyrus verjagt hatte, liegen mehrere Jahrhunderte! Wie sollte die Königin den Troer in ihrem Palast empfangen und ihren Prunk entfaltet haben, wo sie von diesem unbewohnten Ort doch gerade erst Besitz ergriffen hatte. Daß Aeneas Rom gegründet habe, will man nicht bestreiten, zahlreiche Autoren stehen dafür ein. Aber in keinem Bericht, auch nicht unter den ältesten, wird ein eventueller Aufenthalt von Aeneas in Karthago erwähnt. Wo Vergil das denn her habe? Möge er seine Quellen nennen! Du kannst Dir seine Verlegenheit vorstellen. Und um ganz sicher zu gehen, trägt man vor ihm die Namen aller Autoren zusammen, die diese Legende behandelt haben könnten, bei denen sich indes nichts dergleichen findet, weder bei Stesichoros, Hellanicos, Timaios von Tauromenion, Ateius, noch auch im *Poenicum bellum* des ziemlich gut informierten Naevius ...

Und so fort, bis sich schließlich Zweifel einnistet und Vergil verdächtigt wird, ein Fabulierer zu sein, der seine Stellung mißbraucht, um die Leute mit Märchen einzulullen, und das Volk zu täuschen sucht. Er, den seine langsame und mühevolle Art des Sprechens behindert, kann sich zur Verteidigung nicht gleich entschließen, ist spürbar hilflos. Ringsum steht man auf und redet heftig auf ihn ein. Ich bemerke, daß sich der Ton zunehmend verschärft, daß es unweigerlich, entgegen den Gesetzen der Gastfreundschaft, die man in diesen Regionen doch heiligt, zu Beschimpfungen kommen wird. So sehe ich mich zum zweiten Mal genötigt einzugreifen, gehe nach vorn und rufe mit lauter Stimme: »Ach, wie unersprießlich ist es doch, einen Dichter anzugreifen, der sich einer bloßen Allegorie bedient, um die Herrschaft des Augustus zu rühmen, von dem jedermann weiß, daß er als Aeneas' Nachkomme und der Begründer des neuen Roms gilt! Begreift man denn nicht, daß die Heldentaten des einen für die Macht des anderen stehen?«

Du kannst Dir denken, daß meine Ansprache ernüchternd gewirkt hat. Auf diesem Ohr ist man taub gewesen. Unruhige Blicke hin und her, das Geschrei wird einen Ton schwächer. Selbst der Prokonsul, der Augustus mit Bittbriefen belästigt, auf daß er die Gründung der Kolonie, die seinen Namen trägt, mit seiner Anwesenheit weihe, bekommt plötzlich Angst, überstürzt sich in Entschuldigungen, beteuert, die Ehre zu empfinden, die seiner Stadt zuteil geworden sei. Viel mehr ist nicht nötig, um unsere Widersacher jäh zum Einlenken zu bringen. Die am heftigsten gewesen sind, verstummen kleinlaut, treten den Rückzug an. Die bis dahin geschwiegen haben, springen jetzt ein: Nichts sei so ungewiß und verworren wie die Erinnerung, und den Archiven lasse sich entnehmen, was immer man wolle, nicht wahr? Diese Legenden, der Zeitabstand dazwischen – wer wisse es schon genau? Man müsse das alles noch einmal neu berechnen ...

An den folgenden Tagen lädt uns der Prokonsul, wie um vergessen zu machen, daß er die Göttlichkeit von Augustus hat antasten lassen, mit großem Pomp in seinen Sommerpalast an der Küste, unweit der Stadt ein. Vergil zu Ehren gibt er ein prachtvolles Fest mit erlesenen Gästen, bewirtet uns mit den seltensten und köstlichsten Speisen, den würzigen Weinen der afrikanischen Küste, läßt uns mit dissonanter Musik und lasziven, barbarischen Tänzen aus den abgelegensten Gegenden dieses Erdteils unterhalten. Diesmal mangelt es an nichts, abgesehen davon, daß die Mauern des kürzlich errichteten Gebäudes noch nach frischem Mörtel und Verputz riechen und in den Ecknischen die Statuen fehlen.

Während des gesamten Festmahles richtet ein Mann, der sich im Schatten hält, seinen Blick unablässig auf Vergils Gesicht. Anfangs verunsichert, dann aufgebracht, schließlich in Sorge, daß eine derartige Zudringlichkeit zu schwerer Kränkung führen werde, erkundige ich mich bei unserem Gastgeber, was dieser Mensch von Vergil will. »Oh, fürchtet nichts! Das ist nur ein Maler, der auf mein Geheiß handelt. Siehst du die Wände hier? Ich sehne mich danach, sie mit Fresken zu schmücken!« Und zu Vergil gewandt: »Wenn du wieder fort bist, werde ich die Erinnerung an deinen Besuch hier verewigen, auch deine weitere Reise, sofern du so freundlich bist, mir nach und nach davon zu berichten. Du vermagst nicht zu ermessen, wie sehr mir daran liegt, daß man hierselbst, und für die kommenden Jahrhunderte, wissen soll, wer du bist! Du wendest deine Kunst daran, die Großtaten des Vaters der Nation und seines erlauchten Nachfahren zu schildern – sollte man dafür nicht zu Recht deine Züge betrachten dürfen? So wird dein Bild mit seinem Glanz diesen bescheidenen Ort erhöhen.«

Von solcher Fürsorge gerührt, läßt Vergil zur allgemeinen Überraschung seine Manuskripte holen, wählt mit Sorgfalt eine Rolle aus, trägt im Stehen und, wie immer, wenn es um die Dichtung geht, mit kräftiger, sicherer Stimme die umstrittene Passage vor, in der Aeneas an der Küste Afrikas landet, der Königin begegnet und ihre Seele mit dem Gift der Leidenschaft füllt. Geschickt wechselt Vergil von einem Gesang zum anderen, kommt zu den Klagen, die Dido, verzehrt von herzzerreißender Liebe, ihrer Schwester Anna anvertraut. Erinnere Dich: »Ja, sie brennt, sie schweift, die jammernswürdige Dido,/ Irrend durch Gassen und Stadt ...« Dann die fantastische Jagd in den umliegenden Gebirgen, die Verfolgung der Hirsche tief in den schwarzen Wäldern, das plötzliche Unwetter, die Grotte, in die das Paar flüchtet, dort sich vermählt, Vorspiel zu noch größeren Leiden, schließlich der Scheiterhaufen, in den sich Dido vom hohen Bollwerk hinabstürzt, als sie der Flucht des Treulosesten unter den Troern gewahr wird.

Noch eine Weile, nachdem Vergil geendet hat, bleibt das Publikum starr vor Grauen, löst sich nur langsam aus der Welt, in die seine Verse es versetzt haben, findet wieder zurück. Die Begeisterung ist so groß, daß die Tischgäste von ihren Speisebetten aufspringen, von allen Seiten Beifall und Ausrufe ertönen, Vergil umringt wird. Man umkränzt seine Stirn mit Blumen, beteuert ihm ein ums andere Mal, daß man ihn bewundere, daß er der größte Dichter sei, daß man nebeneinander zwei Altäre errichten werde, den einen für Melpomene,

Muse der Überlieferung und der Geschichte, den anderen für Clio, die dafür sorgt, daß die Taten der Heroen in epischen Versen besungen werden.

Am nächsten Tag hat man Zeit gefunden für ein paar Vorbereitungen. Man will Vergil zeigen, was er zu sehen wünscht: zuerst die Bucht, in der Aeneas gelandet ist und unter einem Felsvorspung, im Schatten des Laubwerks, seine Schiffe festgemacht hat, sodann dieses lotrecht aufragende Kap, von dem aus man die in Bau befindliche Stadt sehen kann, schließlich, in Nähe der tiefer gelegenen Häfen, den Platz des berühmten Scheiterhaufens. Seit der Gründung der Kolonie durch Julius Cäsar an der Stelle, wo nur noch Trümmer der einst von Scipio verfluchten Stadt geblieben waren, hat man in gewaltigen Arbeiten, zu denen Augustus den Befehl gab, die Ruinen der punischen Befestigungen bis auf den Boden abgetragen, desgleichen sogar die Spitze des Hügels von Karthago, auf dem der Junotempel gestanden hatte. Von mächtigen Mauern abgestützt, beherrscht nun eine weiträumige Terrassenanlage die Bucht. Dort erheben sich bereits die ersten Säulen des künftigen Capitols. Bei unserem Besuch ist man dabei, die Fundamente der Basilika und der Bibliothek zu errichten. Dennoch ist Vergil zuliebe, in wenigen Stunden über Nacht, ein Teil der Aufschüttung wieder abgeräumt worden, damit die großen Ecksteine zum Vorschein kamen, die man für Überreste des geheimnisvollen Palastes der Zauberin aus Phönizien hält. An den folgenden Tagen versichert man uns sogar, daß im Inneren des Landes jene Grotte existiere, in der sich der Dichter Aeneas und Dido bei der Liebe vorgestellt hat. Wir begeben uns dorthin, doch leider ist das, was man uns zeigt, zwar eine einsame Gebirgshöhle, aber in Wahrheit so ungesund, von einem verpesteten Rinnsal durchzogen, daß Liebende da keine Zuflucht gesucht hätten.

Vergil bemerkt sehr wohl, daß manches gestellt und dem, was er sieht, nicht zu trauen ist. Er weiß, daß man ihn versöhnlich stimmen, vielleicht auch sein Schweigen erkaufen will. Er läßt sich durchaus nicht täuschen, aber spielt mit. Hält man ihn für einflußreicher, als er ist? Jedenfalls nimmt man Rücksicht auf ihn. Linkisch und schüchtern, wie es seine Art ist, wagt er nicht zu protestieren und läßt sich von einem Ort zum nächsten führen. Man rühmt ihm den Reiz der Stadt, ihre zum Meer abfallenden Straßen, durch die eine frische Brise weht, ihre rechtwinklig angelegten, zu Blöcken geordneten Häuser. Er sieht Veteranen, die eifrig bei der Arbeit sind, die Stützmauern des Forums verlängern, mit Hilfe von Maschinen Steine die Hänge hinaufschaffen. Er bewundert die Türen, das rege Leben und die Steinplatten auf den Straßen. Im Weitergehen führt man ihn wie zufällig, doch in Wahrheit, um ihm zu schmeicheln, zur Halle der Ringkämpfer, wo neben anderen Wandzeichnungen und Inschriften seine Verse, offensichtlich von junger Hand in Eile, leider auch unvollständig und sinnentstellt angeschrieben sind. Zur Erinnerung an seinen Aufenthalt auf afrikanischem Boden haben die Bewohner einer Stadt im Landesinneren gelobt, in den Steinboden ihres Forums eine große, kreisrunde Windrose zu gravieren mitsamt den vollständigen, von ihren Richtungen abgeleiteten Namen der Winde, wie sie in der *Aeneis* aufgeführt sind: Auster, Vulturnus und Favonius, Zephyrus und Aquilo.

Zu guter Letzt scheinen die suggestiven Kräfte ihr Werk vollbracht zu haben, denn Vergil stellt im Geist die Gleichung her: Diese Stadt, die er plötzlich an Land auftauchen sah, habe Aeneas einst auf dieselbe Weise angeschaut wie jetzt er. Völlig eingenommen von dieser Verschmelzung, die er später festhalten will, fügt sich Vergil in alles: in die Trankopfer für die

Götter und die Begnadigungszeremonien zum Ruhme von Augustus, dem man einen Altar errichtet hat, weil feststeht, daß er bereits einen Platz am Firmament besitzt.

Gespräch mit Gilles Virandes

(Zweite Kassette, A-Seite)

– Ach! Diese unerbittlichen Gesetze der Anziehung zwischen irdischen Körpern! Und das in meinem Alter! Nein, aber Sie verstehen, was ich meine? Es ist schon seltsam, wie man sich unversehens auf den Rost legen und über dem Feuer der Leidenschaft wenden läßt. Mein natürliches Mißtrauen gegen die Umwelt oder mich selbst, das doch so stark ausgebildet, ja ich möchte sagen krankhaft ist, weicht, statt mich vorsichtiger zu machen, nur allzu leicht der Naivität. Ich kann noch so sehr vor den Ausschweifungen meiner Einbildungskraft auf der Hut sein, es hilft nichts. Sowie sich eine Gelegenheit bietet, gewinnt meine romantische Seite die Oberhand und bringt mich ins Schwärmen. Eine Kleinigkeit, ein Lächeln oder ein Blick genügen, und ich male mir eine Romanze aus, versteige mich zu Träumereien, deren sich selbst ein Jüngling schämen würde, und kann mich kaum davon losreißen, bis mich, meistens unter der kalten Dusche, die Realität brutal zur Ordnung ruft.

In solch geistiger Verfassung nahm ich Anna Sidonis' Einladung zum Abendessen an. Bis dahin war ich ihr nur einmal begegnet, in der Residenz auf einem Empfang zu Ehren der neuen Mitarbeiter. Kaum war ich am Ende der Treppe angelangt, die in den Festsaal führte, da ergriff mich schon das Dunkelgrün dieser Augen, der malvenfarbene Schimmer rings um die Pupillen, deren Glanz sich so noch verstärkte. Anna Sidonis stand im Hintergrund der Runde, in der man, das Glas in der Hand, die ersten Eindrücke austauschte, und sah mich an.

– Wußte sie, wer Sie sind?

– Gewiß doch. Als ich ihr vorgestellt wurde – was ich aus einem dumpfen Reflex heraus, oder vielleicht aus Angst, mit aller Macht hatte vermeiden wollen –, fühlte ich mich glatt durchbohrt. So mußte Anubis, der Gott mit dem Schakalskopf, auf seinem Posten an der Höllenpforte vorgegangen sein: Im gleichen Augenblick wurden mein argloses Herz, das sich so leicht narren ließ, und meine dem Argwohn hingegen so zugeneigte Seele wie auf Waagschalen dargeboten. So konnte sie abschätzen, bis wohin ich mich würde treiben lassen, wenn sie mir nur erlaubte, sie zu lieben.

Noch nie hatte ich das gespürt: eine Bestürzung, gemischt mit Furcht, wie man sie vor etwas Unbekanntem, Undurchdringlichem empfindet, das Gefühl, unrettbar ein anderer zu sein, das unwiderstehliche Verlangen, mich ihr zu nähern, sie zu berühren, eine Spannung wie zwischen den beiden Polen eines Lichtbogens, die der Strom in einem winzigen, labilen Strahl knisternd verbindet. In Fühlung mit ihr zu leben, wäre es mir vergönnt gewesen, hätte mich nie zur Gewöhnung und dann zur Langeweile geführt. Nichts von dem, was sie war oder tat, wäre mir vertraut, gewöhnlich geworden. Alles an ihr erweckte in mir ein grenzenloses Erstaunen: zunächst ihre Schönheit wie von einem anderen Stern. Keiner ihrer Gesichtszüge war, einzeln betrachtet, schön an sich, doch in ihrer Gesamtheit wirkten sie überwältigend. Ihre Augen, gleich denen eines Raubvogels, waren beinah zu groß, extrem langgezogen zu den Schläfen hin, aber wenn sie die Lider aufschlug, welch ein Glanz! Ach, ihre Augen! Was hätte ich darum gegeben, in ihrem unergründlichen Licht zu leben! Auf den ersten Blick auch mochte ihre Nase unschön erscheinen, gebogen oder zu scharf geschnitten, aber dem Oval des Gesichtes verlieh sie das Gepränge einer afrikanischen Maske. Ihre dunklen, vollen Lippen, hervorgehoben durch einen dünnen schwarzen Konturstrich, verlockten zum Kuß und riefen insgeheim andere Lippen auf ...

Daß ich ihr gegenüber derartiges Lampenfieber hatte, lag sicher daran, daß ich mich selber reizlos fand, vor allem älter war als sie, die durch ihre Schönheit ins Unerreichbare rückte. So ging von ihr und der Art, in der sie sich bewegte, etwas Magisches und Unnahbares aus. Da aber all meine Sinne von ich weiß nicht welcher Intuition erweckt waren, konnte ich erahnen, daß sich, gleich einem Riff unter der Wasseroberfläche, hinter dieser Haltung eine pulsierende Sinnlichkeit verbarg. Ich erriet sehr wohl, daß sie sich Mühe gab, ein vulkanisches Temperament, ein düster geheimnisvolles, aufbrausendes Wesen zu bezwingen, das sich um Konventionen nicht scherte.

Den Ablauf des Abendessens, zu dem sie mich eingeladen hatte, glaubte ich ziemlich genau vorherzusehen. Ich war ja so weit gegangen, bestimmte Informationen über sie einzuholen. So hatte ich erfahren, daß sie im Libanon geboren war, dort Archäologie und Geschichte des Altertums studiert, einen namhaften Epigraphiker geheiratet hatte. Er wurde am Eingang einer Kirche ermordet. Sie folgte dem Angebot, hierher zu kommen, das sie dem Ansehen ihres Mannes verdankte. Ihre Schönheit verleitete einige hochgestellte Persönlichkeiten dazu, sie zu umwerben, aber ihr gelang es, ihren Ruf zu bewahren und vielfältigen, mal flehentlichen, mal drohenden Werbungen zu widerstehen. Indem sie geschickt mit den ehrgeizigen Absichten des einen oder anderen spielte, setzte sie ein Projekt durch und sah sich zur Leiterin der Ausgrabungen von Pleggah ernannt, das übrigens niemanden interessierte und dessen Bedeutung sie dank ihres fernen phönizischen Ursprungs und einiger geschickter Probestiche vorausahnte. Mit Beginn der Abräumarbeiten erwies es sich, daß die Fundamente, die sie freilegte, die Richtigkeit ihrer Annahmen bestätigten, wodurch sie eine gewisse Autorität auf dem Gebiet der punischen Archäologie und relative Unabhängigkeit erlangte.

– Sie waren also in Pleggah zu diesem Abendessen?

– Wo denken Sie hin! Wenn Anna Sidonis nicht, was allerdings die meiste Zeit der Fall war, auf dem Ausgrabungsplatz hauste, wohnte sie in einem höchst angenehmen Haus, das Freunde ihr zur Verfügung gestellt hatten. Es stand in einem traditionellen Dorf, einem wahren Labyrinth enger Gassen und Treppen am Hang eines Hügels, dessen ursprüngliche Gestalt mit ihren Wölbungen und terrassenförmigen Absätzen wie durch ein Wunder erhalten geblieben war. Der Ort wurde beherrscht von einem melancholischen, in dieser Gegend ziemlich unvermuteten Leuchtturm, der bei Einbruch der Dämmerung die Eukalyptusbäume ringsum und die raren Wolken mit seinem blassen Strahl streifte. Nachdem ich von Haus zu Haus geirrt war, mich in dunkle Toreingänge vorgetastet hatte, in Sackgassen gelandet war, läutete ich schließlich beim Anblick einer Nummer, die mir die richtige zu sein schien, an einer breiten, blau gestrichenen Tür. Ich kam in einen von einem Garten umgebenen Innenhof, auf den die Räume des Erdgeschosses hinausgingen. In einer Schale sprudelte ein kleiner Springbrunnen und ließ durch die Abendluft das Plätschern klaren Wassers ertönen. Zwischen den Mauern staute sich die Wärme und steigerte die Düfte all der Blumen, die ihr tagsüber dort ausgesetzt waren. Ich sah Blütentrauben, die malvenfarbenen Schatten verbreiteten wie bei einer Sonnenfinsternis, daneben purpurrote, gezackte Kronen, die einen betäubenden Geruch verströmten, sah schwarze, auf die Erde herabhängende Blätter, zähe Kletterranken bis über den Mauerfirst und erkannte diese bleichen Pflanzen, die im Schatten von Kellern oder Gräbern wachsen und Insekten zum Verhängnis werden, wenn sie nachts dort Zuflucht suchen. Es heißt, daß man ihre glaszarten Blätter nicht brechen darf, weil dann eine milchige, für Menschen tödliche Flüssigkeit austritt. Ich ging vorbei an leuchtend gelben Blumenbüscheln, die meinen armen, zellophanumhüllten Strauß lächerlich erscheinen ließen.

Anna Sidonis nahm ihn mir mit einem spöttischen und zugleich mitfühlenden Lächeln ab, das mich von diesem Essen zu zweit alles erhoffen ließ. Sie trug ein Kleid mit weiten, bestickten Falten und hatte die Haare nach hinten gekämmt, mit einer goldenen Spange zusammengehalten, so daß sie in langen Korkenzieherlocken auf die Schultern herabhingen. In der Dunkelheit erschien sie mir noch schöner, ihre Schönheit leuchtender und auch geheimnisvoller. Als sie mir den Rücken zuwandte, während sie Eiswürfel in ein Glas tat, folgte ich geradewegs der Unvernunft, die mich den ganzen Tag heimgesucht hatte, und spürte das heftige Verlangen – Sie wissen ja, was einem so durch den Sinn geht –, mich ihr von hinten zu nähern, ihre scheinbare Wehrlosigkeit zu nutzen, sie um die Taille zu fassen und ganz leicht ihren Halsansatz zu küssen. Wäre sie mir deswegen böse gewesen?

– Höchst unwahrscheinlich ...

– Meinen Sie? Sie sind jung. Wie gut kennen Sie die Frauen? Hätte sie sich von mir umarmen und liebkosen lassen und sich ohne weiteres mir hingegeben? Hätte sie den Kopf gedreht und ihrerseits versucht, mich zu küssen? Schwer zu sagen. Sollte ich das Schicksal herbeizwingen? Wenn es schief geht, schlägt das um ins Groteske. Oder es kann sich, und sei die Wahrscheinlichkeit eins zu tausend, ein Leben dadurch wenden.

Geräuschlos trat ich näher, dabei fiel mein Blick nach rechts, in das offene Eßzimmer unter den Arkaden. Im Schein der Kerzen konnte ich am schimmernden Silbersbesteck erkennen, daß die Teller nicht, wie ich doch hoffen durfte, einander gegenüberstanden, vielmehr war, ich sah es bei einem schrägen Schritt rückwärts, der Tisch für drei gedeckt.

Schlagartig war meine Kühnheit dahin, eine Flut widersprüchlicher Empfindungen überwältigte mich. Hatte Anna etwas davon bemerkt in dem peinlichen Schweigen, das nun eintrat und das sie mit Fragen aufzulockern versuchte? Ich antwortete mit den üblichen Belanglosigkeiten und hätte diese Atempause gern genutzt, um die Kontrolle über mich zurückzugewinnen. Aber dafür war es leider zu spät, ja, was konnte ich tun, ich war ihrer Macht erlegen! Vergebens mühte ich mich, zwischen ihr und mir diesen Wall aus höflicher Indifferenz wiederzuerrichten, den ich nicht so schnell hätte einreißen dürfen. Gleichzeitig mußte ich gegen die furchtbare Enttäuschung ankämpfen und gegen die Zerstörungen, die sie anrichtete, während das, was in mir am meisten gefährdet, am verletzlichsten ist, wehrlos und blank dalag. Immerhin schaffte ich es, dem Impuls zu widerstehen, auf dem Absatz kehrt zu machen. Wem auch sollte ich dieses Debakel anlasten? Meine Schuld war es, daß ich mich von Träumereien hatte narren und dazu bringen lassen, Dinge zu glauben, die keine reale Grundlage besaßen. Wie man ein optisches Gerät einstellt, indem man die Brennweite reguliert, so versuchte ich, die Situation wieder zu sehen, wie sie tatsächlich war.

Ich weiß nicht, wie ich reagiert hätte, wäre ich an René Teucères Stelle gewesen. Von den Lichtern der Terrasse für einen Augenblick geblendet, trat er soeben durch die Eingangstür in den Garten. Ohne im geringsten Rücksicht auf mich zu nehmen, lief Anna ihm entgegen, es kränkte mich sehr. Bald war nichts mehr übrig von der Selbstbeherrschung, die sie sonst zur Schau stellte, nichts auch von der verschwommenen Wertschätzung, die sie mir bis dahin bekundet hatte. Teucère war nicht darauf gefaßt, mich hier vorzufinden, und konnte, anders als es mir gelungen war, seine Enttäuschung nicht verbergen. Anna hatte uns beiden denselben Streich gespielt. Als Teucère mich erkannte – ich hatte mich in den Schatten zurückgezogen, um ihn besser beobachten zu können, und stand da mit uninteressiertem, spöttischem Ausdruck, an einen Flügel der Fenstertür gelehnt –, vermochte er eine Geste des Unwillens nicht zu unterdrücken.

Anna schlug vor, daß wir in das Bücherzimmer hinübergingen, denn im Garten, sagte sie, würden bald die Mücken überhand nehmen. Jeden von uns an einem Arm mit sich ziehend, führte sie uns zu dem Regal, auf dem säuberlich aufgereiht die Werke von Teucère standen : eine Geschichte der Entstehung Roms, die ein Bestseller gewesen war; ein Buch über die Cäsaren; der Bericht von seiner Segelfahrt durch das Mittelmeer, den ich gelesen hatte, ohne etwas vom Verfasser zu wissen; eine kleine Kartographie der Höllenschlünde gemäß den Ortsvorstellungen der antiken Welt; schließlich diverse, eher technische Abhandlungen über Prinzipien der zeitgenössischen Museologie. In der rechten Ecke des Raumes hing unter Glas eine graphische Darstellung der Formationsgeschichte Trojas mit Datierung der Hauptschichten, die Teucère selbst für eine Beilage von *Libération* gezeichnet hatte – zu einer Zeit, als diese Zeitung noch Beilagen herausbrachte. Und es hing da, was mir als der Gipfel erschien, ein gerahmtes Foto, auf dem Teucère am Bug des Schiffes posierte, das er für seine berühmte Reise auf den Spuren von Aeneas benutzt hatte. In den Armen hielt er seinen Sohn, der inzwischen zehn ist, den kleinen Jules, von dem er sich nicht mehr trennte. Anna, die in den Kleinen ganz vernarrt schien, wollte immerzu von ihm hören.

Als wir bei Tisch saßen, glaubte ich, keinen Bissen hinunterzukriegen, die Kehle war mir zugeschnürt vor Enttäuschung und Unwillen. Anna richtete von Zeit zu Zeit das Wort an mich, aber ich spürte genau, daß sie in ihrer frisch entflammten Leidenschaft nur eine flüchtige Aufmerksamkeit für mich übrig hatte. Es machte mich rasend, denn offensichtlich waren die beiden nicht füreinander geschaffen, gab es nur Trennendes zwischen ihnen, hatten sie sich durch ein pures Wunder getroffen. Sie werden sagen, daß ich nur aus Rachsucht so rede. Aber ich übertreibe nicht. Sie wirkten tatsächlich so, als gehörten sie zu völlig verschiedenen Welten, ja beinah Epochen. Es war doch klar, daß es zwischen ihnen nicht gehen würde, daß es sich um eine Laune handelte – vor allem bei ihm. Er war dermaßen bedacht auf seine Zukunft und seine Karriere! Bei der ersten Gelegenheit würde er sie fallenlassen, und sie wäre es, die dann leidet. Daß ausgerechnet ich ihnen den Vorwand lieferte, sich ein weiteres Mal zu treffen. Ich wäre besser fern geblieben. Ich hätte mich für mein Erscheinen verwünschen können.

– Warum hatte Anna Sidonis Sie denn eingeladen?

– Angeblich, um mich kennenzulernen. Tatsächlich aber machte mein Dabeisein ihnen die Sache leichter und half den Anstand wahren. Wäre Teucère allein gekommen, hätte es Gerüchte gegeben, vielleicht sogar einen Skandal. Völlig absorbiert von seiner Anwesenheit, stellte sie ihm in einem fort Fragen, auf die er bereitwillig, mit einer winzigen Spur von Überheblichkeit antwortete. Er war der perfekte Tischgast. Was kann einem mehr auf die Nerven gehen! Außerdem geizte er nicht mit Geschichten und Anekdoten über die zahlreichen Museen, die er für die Unesco überprüft hatte. Überall dort, wo die Römer östlich des Mittelmeeres Länder kolonisiert, Straßen gebaut oder Städte errichtet hatten, war Teucère in dienstlichem Auftrag erschienen. Nebenbei verkniff er es sich nicht, seine Kollegen herabzusetzen, von denen ich einige vom Hörensagen kannte. Selbstgefällig erzählte er von seinen Auseinandersetzungen mit den Behörden in diversen Ländern, namentlich der Türkei, an denen er anscheinend ein nicht verhohlenes Vergnügen gefunden hatte – auch wenn er einen tragischen Preis dafür zahlen mußte. Was mich im weiteren stark beunruhigt hat: die Streiks der Arbeiter und die Streitigkeiten, die Teucère provozierte, mit denen er sie zum Äußersten trieb, die Diebstähle und Veruntreuungen, die darauf folgten und ihm Gelegenheit gaben, Stärke zu demonstrieren. Ich war enttäuscht, daß Anna zuhörte, ohne sich zu solchem Verhalten zu äußern.

Gegen Ende der Mahlzeit, als er sah, daß seine Angebereien mich langweilten und ich mich zum Aufbruch anschickte, wandte er sich mir zu. Doch es war Anna, die, vielleicht in heimlichem Einverständnis mit ihm, mich halblaut fragte, ob es stimme, daß ich ein Kenner des Zeitalters von Augustus und besonders ein Vergilspezialist sei.

– Also davon wußte sie!

– Ja, ich sagte es schon, Teucère kannte hier alles und jeden. Um mich für sein Museumsprojekt einnehmen zu können, hatte er in Erfahrung gebracht, wer ich war und wofür ich mich hauptsächlich interessierte. Und er konnte dem Einfall nicht widerstehen, auch seine Freundin davon zu unterrichten, daß ich meine gesamte Freizeit in der Bibliothek verbrachte. Hätte ich lügen sollen? Wozu wäre das gut gewesen? Ich sagte also, ich sei eher Autodidakt und seit längerem mit einer Arbeit befaßt, die aber liegengeblieben sei. Ich erläuterte ihr, genau wie vorhin Ihnen, das Ziel meiner zahllosen kritischen Lektüren der

Aeneis, ich sagte, daß es sich dabei freilich nur um Vermutungen handelte und all diese Textvergleiche meine ursprüngliche Eingebung leider keineswegs bestätigen konnten.

– Ich glaube nicht, daß Sie damit ihre Neugier gezügelt haben.

– Sie sagen es! Meine Andeutungen bewirkten eher das Gegenteil. Doch schließlich, was gab es da geheimzuhalten? Als die beiden mir vorwarfen, ihnen von meiner Arbeit nichts gesagt zu haben, schob ich die Eigenwilligkeit meiner Hypothese vor. Damals wußte ich ja noch nicht, daß Teucère in seinen Forschungen über Aeneas eine hundertmal kühnere Position vertrat. Da mir aber das Problem am Herzen lag, offenbarte ich den beiden in aller Kürze, wovon ich überzeugt war: einerseits, daß Vergil mit hoher Wahrscheinlichkeit in Karthago gewesen ist, zum anderen, daß dieser Aufenthalt, der ihm die Augen öffnete über den Niedergang der Machtausübung von Augustus, entscheidend zu seinem Entschluß beigetragen hat, das Epos unvollendet zu lassen, also auf dessen Veröffentlichung zu verzichten. Dabei beließ er es, statt sich um den Ruhm zu kümmern, den er zu Lebzeiten hätte erlangen können, und trotz der tödlichen Gefahr, der er sich durch diese Haltung unweigerlich aussetzte.

Als ich geendet hatte, erregte Anna den Unwillen von Teucère, indem sie ausrief, daß er und ich das Zeug dazu hätten, uns gut zu verstehen. Aus der Reserve gelockt, mußte er sich wohl oder übel erklären. Was Sie interessiert, sagte er, ist herauszufinden, ob Vergil nach Karthago gekommen ist, ob er mit eigenen Augen die Orte betrachtet hat, an denen seine *Aeneis* sich abspielt und die im Epos beschrieben sind, nicht wahr? Nun, ich gehe einen Schritt weiter und versuche herauszubekommen, welche Orte Aeneas, nachdem er hier gelandet war, tatsächlich betreten hat.

– Teucère war also überzeugt von der Authentizität des Helden aus Troja?

– Wie gesagt, seine Kreuzfahrt durch das Mittelmeer hatte ein einziges Ziel: zu beweisen, daß die Reise, die das Epos beschreibt, genügend reale Elemente enthält, um keine bloße Legende zu sein. Anschließend ging er daran, ein Höchstmaß an Indizien zu versammeln, die belegen sollten, daß auch der Held selber alles andere als erfunden war.

– Ließ sich wohl nicht so leicht beweisen.

– So ist es. Im Lauf des Gespräches kamen wir natürlich zu der Frage, was in der *Aeneis* wahr und was falsch ist. Teucère hatte leichtes Spiel, die unstrittige Autorität auf diesem Gebiet zu zitieren, ich meine Jérôme Carcopino, der seinerzeit ein ganzes Buch den Spuren einer trojanischen Landung an der Küste Italiens, nahe von Ostia, gewidmet hat. Im übrigen, hatte man nicht, und seit langem, das Grab von Aeneas lokalisiert? Auf die Fragen, die Vergils Biographie aufwarf, hatte Teucère eine Antwort schnell bei der Hand: Wenn Vergil fast den gesamten Text der *Aeneis* geschrieben hatte, ohne das Bedürfnis zu verspüren, sich vorneweg an Ort und Stelle kundig zu machen oder nachträglich auch nur die geringsten Überprüfungen vorzunehmen, dann deshalb, weil er, und zwar reichlich, über Dokumente verfügte, dank derer er sich von der historischen Realität seines Helden überzeugen konnte.

– Ein vollendeter Trugschluß!

– Und weil diese Dokumente, an deren Stelle ja die *Aeneis* trat, nicht mehr existierten, sah sich Teucère zu einer genaueren Nachforschung aufgerufen. Besaß er indes die wissenschaftlichen Mittel, um aus einem Abstand von dreitausend Jahren einen Sachverhalt nachweislich zu bestätigen?

– Ich will Sie nicht kränken, aber Anna Sidonis hatte recht: Mit der *Aeneis* als gemeinsamer Grundlage stimmten Ihre jeweiligen Untersuchungen doch in vielem überein.

– Solange sie sich wechselseitig stärkten, zweifellos, aber es steckte in ihnen auch der Keim zu künftiger, erbitterter Rivalität. Vorerst jedoch, und wenn man Teucères Logik folgte, ergab sich die Frage, weshalb Vergil darauf verzichtet haben sollte, sich nach Karthago zu begeben, wenn doch Aeneas einst dort gewesen war? Anna ließ die Gelegenheit nicht aus, mir zu eröffnen, daß es für das eine wie das andere Hinweise gebe, namentlich in Pleggah, mochte auch René Teucère nicht zustimmen, den sie offenbar anstacheln wollte: Das Mosaik, rief sie aus, sollte man ihm das Mosaik nicht zeigen? Dann sah sie mir geradewegs in die Augen und sagte, daß ich sprachlos sein würde. Sie gab zu, daß sie über dem ständigen Wühlen in der Erde dazu neige, die Texte zu vernachlässigen, in diesem Fall die Dichtung, der die Archäologen, zu Unrecht, nur einen geringen Wert für die Wissenschaft beimäßen, weswegen sie unbedingt an meine Hilfsbereitschaft appelliere. Wie vor ihr schon Teucère, lud sie mich ein, sowie ich Zeit hätte, zu ihr nach Pleggah hinauszukommen, was ich übrigens bald schon tun wollte. Er ist aber stark beschäftigt! sagte Teucère und stimmte ein höhnisches Lachen an.

– Anscheinend teilte er ihre Begeisterung nicht.

– Gelinde gesagt. Als er aufstand, folgten Anna und ich seinem Beispiel, aber beide jetzt fast mit Bedauern. Ohne auf Teucère zu warten, ging ich die enge kleine Straße hinunter, deren Pflaster durch die Nachtfeuchtigkeit glatt war. Als ich mich auf halber Strecke umdrehte, um zu sehen, ob Teucère nachkam, konnte ich auch im Schatten des Portals erkennen, wie er in der halboffenen Tür stand und Anna küßte. Ein kurzer Anblick, aber er brachte mich fast um, es war wie ein

Dolchstoß, ungelogen, wirklich ein körperlicher Schmerz zwischen den Rippen! Und war ihm dieser Kuß nicht sogar geraubt worden? Mit schnellem Schritt, ohne auf die Rufe von Teucère zu reagieren, der mir nachgelaufen kam, ging ich zum öffentlichen Parkplatz, auf dem mein Wagen stand, und fuhr weg.

– Warum haben Sie nicht versucht, ihm Anna auszuspannen? Vielleicht hätten sie Chancen gehabt.

– Ja, aber erst hätte ich mein Selbstvertrauen wiedergewinnen müssen. Und davon war ich weit entfernt. Ich war nicht sicher, auf der Höhe zu sein. Wie gesagt, ich fuhr Hals über Kopf los, das war es dann. Aus Rücksicht gegenüber den anderen, aus Angst, sie zu enttäuschen, hatte ich es mir angewöhnt, mich zurückzuziehen. Es war besser so. Wer war ich denn? Worauf konnte ich mir etwas zugute halten? Ich hatte nicht viel zu verbuchen. Soviele Jahre darangegeben für einen verrückten Einfall, der durch nichts je bestätigt wurde, das war schon zum Verzweifeln. Nichts riskierte ich mehr, nicht einmal in der Liebe. Deshalb kam mir die Verwaltungsarbeit sehr entgegen. Sie verschafft einem, wenn man sich hinter ihr verschanzt, eine Scheinidentität und die nicht zu verachtende Möglichkeit, ganz ungestraft Schaden anzurichten. Ideal für jemand wie mich, der keine Leidenschaften mehr besaß. Doch etwas ganz anderes war es, mit einer echten Frau konfrontiert zu sein, mit ihrem Wunsch nach Ausschließlichkeit, ihren Ansprüchen und Launen. Wäre der Weg frei und wäre ich jünger gewesen, wer weiß, ob ich mich nicht offenbart hätte. So aber, mit Teucère als Rivalen ... Er machte sich keine Sorgen und plagte sich nicht mit Skrupeln. Anstatt daß diese Rivalität mich antrieb, um Anna zu kämpfen, war ich angewidert, daß sie in eine so plumpe Falle getappt war. Man konnte direkt an ihrer Intelligenz und ihrem Durchblick zweifeln. Teucère war ihrer nicht würdig, das war sonnenklar. Daß ich den Kampf ablehnte, hatte nichts mit Feigheit zu tun, vielmehr mit Müdigkeit, ich war so niedergeschlagen. Diese Glut am Grund ihrer Augen hätte mich verzehrt, wenn sie gewollt hätte. Soll ich sagen, daß ich im Lauf des Abends – aber täuschte ich mich da nicht schon wieder? – zu merken glaubte, daß Anna, wenn auch ganz flüchtig, etwas wie Bedauern spürte.

Nun, ich war schlicht und einfach eifersüchtig! Sie wandte ihre Gunst einem anderen zu, und ich war, ohne jede Überheblichkeit, hellsichtig genug zu erkennen, daß er das nicht verdiente. Ja, mochte er auch vorgeben, daß er ganz ihrer Sache diente, ich wußte, was ihn antrieb, war Eigennutz. Und ich, der ich Anna alles gegeben, mit ihr ein neues Leben begonnen hätte, sah mich zurückgestoßen in die Finsternis. Er hingegen triumphierte! Das war so ungerecht! Aber daran durfte ich nicht denken, denn anstatt mich aufzubringen, zog dieser Gedanke mich erst recht nieder. Derart tief war meine Enttäuschung, daß ich schon das dumpfe Verlangen spürte, mich hinzulegen und zu sterben.

Museum von Pleggah, Vergilsaal

Vitrine Nr. 4

Die Vitrine links im Saal bietet dem Betrachter zwei Gegenstände dar, die unbedeutend erscheinen und doch aufgrund ihrer Seltenheit sehr kostbar sind.

Der erste ist ein zylindrischer, länglicher Stab mit leicht verstärkten Enden wie Griffe, in die zwei Faunköpfe geschnitzt sind, der eine mit heiterem Ausdruck, der andere fratzenhaft. Diese kleinen Kunstwerke gelten als symbolische Darstellung der Zwiespäl-

tigkeit künstlerischen Schaffens: triumphierend und selbstgewiß auf der einen, von Zweifeln gequält auf der anderen Seite. Aus Elfenbein gefertigt, das aufgrund der schlechten Lagerung jetzt gelblich und an einem Rand gespalten ist, diente dieser Gegenstand – man stellte ihn auch aus Holz oder Knochen her – als Mittelachse für die sogenannten volumen: zusammengerollte, lange Papyrusbänder, deren Fabrikation bis ins 7. Jahrhundert n. Chr. ägyptisches Monopol blieb. Man hat verschiedene Qualitäten verzeichnet: Das Papyrus »Augustus«, so genannt zu Ehren des Kaisers, gehörte zur Spitzenkategorie und war zu Recht berühmt für seine unvergleichliche Weiße und Feinheit. Wegen seiner Zartheit sind leider nur ganz wenige Schriften auf diesem Material vollständig und unbeschädigt erhalten geblieben.

Das kleine Brett gleich daneben ist eines der Schreibtäfelchen aus Buchsbaum, die die Römer für Notizen zu verwenden pflegten. Man konnte mit Tinte darauf schreiben, jedoch gebräuchlicher war es, das Holz mit einer dünnen Wachsschicht zu überziehen und die Buchstaben mit einem Griffel einzuritzen. Diese Technik hatte den Vorteil, daß sich die Wachshaut durch Erhitzung wieder glätten und die Tafel sich erneut verwenden ließ. An der schmalsten Seite sind zwei kleine Löcher zu erkennen, die darauf verweisen, daß dieses Täfelchen mit einem oder mehreren gleichartigen verbunden war, wofür man dünne Lederschnüre verwendete, vergleichbar dem Prinzip unserer Ordner. Es genügte später, die Holztafeln durch Pergamentblätter zu ersetzen, um entstehen zu lassen, was man einen codex nannte, den Vorfahren der Bücher, wie wir sie heutzutage benutzen.

Dieses System stellte gegenüber dem volumen einen beträchtlichen Fortschritt dar. Einerseits konnte man, weil sich die Seiten wenden ließen, schneller zurückschlagen, um einen Passus oder ein Zitat zu finden, auf das man sich dank der Folionumerierung mühelos zu beziehen vermochte, zum anderen hatte der Leser nun die

Hände frei, da er nicht mehr die Griffe der Rolle halten mußte, und konnte das Buch auf einen Tisch legen, sich mit Korrekturen oder der Exegese beschäftigen.

Auf dem ausgestellten Täfelchen sind noch Schriftspuren erhalten, anhand derer man feststellen konnte, zu welchem Text sich der Schreiber – ein Student oder ein Gelehrter? – Notizen gemacht hatte. Es handelt sich um kurz kommentierte Auszüge aus dem Aeneomastix *oder der* Geißelung der Aeneis, *dem Werk eines gewissen Carvilius Pictor, der heftig mit Vergil ins Gericht ging wegen der Anleihen und Fehler, die er ausfindig gemacht hatte und damit zugleich anprangern wollte .*

Die Tatsache, daß ein Text dieser Art in Pleggah gefunden wurde, zeigt, daß Vergils Aufenthalt in der Gegend nicht unbemerkt geblieben war, gleichwohl die Kritiker nicht zum Verstummen gebracht hatte. Eine verstohlene Ablehnung bewegte die Gemüter weiterhin, noch lange nach Vergils Abreise und seinem Tod, trotz – oder sogar wegen – dessen Berühmtheit. In seiner kurzen Biographie über den Dichter zitiert der Grammatiker Donatus zahlreiche Autoren, die in den Jahrzehnten zuvor bemüht waren, die vermeintliche Vollkommenheit der Aeneis *in Frage zu stellen, so Herenius, der ihre himmelschreiendsten Fehler zusammentrug, oder Perellius Faustus, der die vor allem von Homer abgeschriebenen Stellen vermerkte, oder Sextus Publius Galba, der eine Liste der Unstimmigkeiten aufstellte.*

Diese Kritiken waren freilich nicht neu, sondern wurden schon zu Lebzeiten des Dichters weitergetragen, bis hinein in die engste Umgebung von Augustus. Dessen oberster General und rechte Hand, Vespasianus Agrippa, versagte es sich zum Beispiel nicht zu verkünden, daß Vergil nur einem Einfall von Maecenas gefolgt sei, dem Erfinder einer neuen Maniriertheit, die nicht mehr emphatisch oder schwächlich, sondern in gewöhnlichen Worten daherkomme und aus diesem Grund geheimnisvoll wirke. Sueton zufolge erlosch die Kritik auch nicht mit Vergils Tod: Kaiser Caligula höchstpersönlich versuchte ja, aus den Bibliotheken die Werke und Porträts von Vergil zu verbannen, dem er »keinerlei Genie und ein sehr geringes Wissen« zubilligte.

II, 2

Plotius Tucca an L. Varius Rufus

Mein armer Plotius, freu Dich nicht zu früh über diese Reise, an der Du, wie man errät, schließlich doch Vergnügen gefunden hast. Für Augustus ist sie in allem ein Ärgernis. Über Eure Eskapade nach Afrika und die Risiken, die Ihr dabei eingegangen seid, ist er tief erbittert und hat mich in recht scharfen Worten davon unterrichtet. Denn so hatte er sich die Dinge nicht gerade vorgestellt. Daher befiehlt er Euch, entweder das Manuskript auf italienischen Boden sicher zurückzubefördern, oder Euch nach Griechenland zu begeben und ihn dort zu erwarten, wo er auf dem Rückweg aus Asien Station zu machen gedenkt.

Mein Freund, ich flehe Dich an, diese Warnung nicht auf die leichte Schulter zu nehmen. Hier braut sich ein Unwetter zusammen, und in jedem Augenblick kann der Blitz auf Euch herabsausen. Vor allem sieh zu, daß Du nicht vor lauter Lässigkeit den Eindruck erzeugst, Du arbeitetest gegen den Kaiser. Das würde er nicht hinnehmen. Um Dir die Wahrheit zu sagen – ich selbst erkenne ihn nicht wieder. Während man in Rom eifrig dabei ist, seinen Triumphzug vorzubereiten – bin ich denn nicht herhergekommen, um die Prunkveranstaltungen abzusprechen – und ich schon wieder dorthin unterwegs sein müßte, hält er mich hartnäckig in seiner Nähe fest. Er ist argwöhnisch geworden, schroff und unliebenswürdig.

Gegenüber seinen engsten Beratern zeigt er sich hochmütig und herablassend. Alle herrscht er an, selbst seinen General Agrippa, den Urheber so vieler Siege. Dieser spürt wohl, daß der Wind sich gedreht hat, und hält es gar für angebracht, Vergils Stil affektiert zu nennen.

Ist Augustus zu lange in Asien geblieben, und hat ihn das an den Fehler von Marcus Antonius erinnert, ihn deshalb so reizbar gemacht? Oder liegt es an Euren Extravaganzen, plagt ihn die Tatsache, daß Ihr Euch gegen seinen Bescheid nach Karthago begeben habt? Offensichtlich fürchtet er, daß Ihr letzten Endes das Epos verpfuschen werdet. Im Vertrauen auf Vergils Versprechen, auf das Du in Deinem Brief ja anspielst, hat Augustus dieses Werk immer als einen Tempel sich zu Ehren, folglich als seinen Besitz betrachtet. Außerdem sind ihm, weil er sich zahlreiche Passagen hat vorlesen lassen, noch dazu vom Autor selbst, der Inhalt des Epos und seine eigene Rolle darin gut in Erinnerung, ja man kann sagen, mit der Zeit sogar in verklärter Erinnerung geblieben. Hütet Euch also, ihm die Freude zu verderben, indem Ihr sein Bild irgendwie trübt, indem Ihr verändert, was seinen Wünschen bislang entsprochen hat. Hütet Euch davor, wer weiß welche originellen Einfälle einzuarbeiten oder Anspielungen, die ihm mißfallen, ihn feindselig stimmen könnten, oder gar aus törichten Skrupeln da und dort die Lobpreisungen zu streichen, deren Gegenstand er ist. Zu schweigen von seiner Furcht, daß die *Aeneis*, in der er einen so bedeutenden Platz einnimmt, auf dem Transport von einer Küste zur anderen verlorengehen, vernichtet werden, Eure gefährlichen Abenteuer nicht unbeschadet überstehen könnte.

Zudem hält er es für ein ganz verkehrtes Prinzip, vor Ort überprüfen zu wollen, ob die Stätten, an denen sich so viele bedeutende, in so viele Legenden dann eingeflossene Handlungen zugetragen haben, ihrem Ruf auch wirklich entsprechen. Wozu soll es gut sein, sich um die Richtigkeit eines in der Tat unwahrscheinlichen Datums zu sorgen oder darum, ob dieser oder jener Ort zu den Heldentaten paßt, die sich an ihm abgespielt haben? Und ich glaube fast, daß er recht hat. Du, der Du auch ein Dichter bist, weißt selbst am besten, daß das Kunstwerk seine eigene Wahrheit besitzt, die Vorrang vor der Wirklichkeit hat, ja diese erst erschafft und ihr eine Haltbarkeit verleiht, ohne die nichts von einem Jahrhundert zum anderen überliefert werden könnte. Es irritiert ihn, daß ausgerechnet ein Dichter von so sicherer Sprache ... Muß Vergil denn wissen, ob die Ahnen des Augustus – und des Geschlechts der Julier –, die längst schon bei den Göttern weilen, tatsächlich und Punkt für Punkt die Großtaten vollbracht haben, die die Legende beglaubigt? Würdest auch Du, wie seine Feinde es tun, in Abrede stellen, daß seine Mutter Atia, als sie im Apollotempel eingeschlafen war, den Besuch der göttlichen Schlange empfing? In all diesen Überprüfungen, die Ihr hinter seinem Rücken vorzunehmen beabsichtigt und die er lächerlich findet, erblickt er, wie mir scheint zu recht, einen inakzeptablen Argwohn, der sich gegen ihn selbst kehrt. Sein natürliches Mißtrauen läßt ihn befürchten, daß Ihr, indem Ihr den Dreck wieder aufwühlt, mit dem seine heftigsten Feinde ihn einst beworfen haben, hinter all Euren Vorsichtsmaßnahmen etwas gegen ihn aushecken könntet. Auch wenn es Eure Absicht nicht ist, erinnert ihn das unweigerlich an die Niederträchtigkeiten von Cassius aus Parma, der sich über den angeblich afrikanischen Ursprung seines Urgroßvaters lustig machte, oder von Marcus Antonius, der zu verstehen gab, dieser Ahn sei Bäcker oder Parfümeur gewesen, oder auch an die Attacken gegen den Vater, den man beschuldigte, Geldwechsler gewesen zu sein. Du weißt, womit die beiden ihre Verleumdungen bezahlt haben! Laß Dir also gesagt sein: Je mehr Augustus an Euer Unternehmen denkt, desto mehr mißbilligt er es – und in Ausdrücken, die nichts Gutes verheißen.

Du, der Du mich vor meiner Abreise nach Asien mit so vielen klugen Ratschlägen versorgt hast, bleib nun nicht taub für die meinen, ich beschwöre Dich! Du begreifst, in welch extrem gefährliche Situation unsere Freundschaft mich bringt: Stell Dir vor, bei all den Spitzeln, die sich hier herumtreiben, daß man unsere Briefe abfangen und uns denunzieren würde! Ich sage es Dir noch einmal: Bestürme Vergil, bevor es zu spät ist, seine Reise schleunigst zu beenden, und paß vor allem auf, daß er in seinem Epos auch nicht ein Wort ändert, ohne es vorher mit Augustus abgesprochen zu haben. Nur so kann dieses Mißverständnis aus der Welt geschafft werden.

Mein Freund, gib also besser auf Dich acht als bisher, und verheimliche Vergil nichts mehr von den Gefahren, die ihn bedrohen.

Gespräch mit Gilles Virandes

(Zweite Kassette, B-Seite)

– Und Sie, als Sie nach Pleggah gefahren sind, haben es ohne Mühe gefunden? Ich war mir beim ersten Mal nicht sicher. Bei der Ausfahrt aus der Stadt folgte ich richtig der asphaltierten Landstraße, wie auf dem Plan angegeben, den Anna mir überlassen hatte. Nach einer Biegung führte die Straße am römischen Aquaedukt entlang, der streckenweise bis auf den Erdboden zerfallen oder sogar eingesunken war, dann wieder erhob sich das Mauerwerk in gewaltigen Bögen, überspannte bisweilen die Straße, so daß man im lückenhaften oberen Teil noch das Profil der ovalen mannshohen Leitung erkennen konnte. Dann plötzlich gabelte sich die Straße, führte zwischen Obstgärten hindurch, und ich verlor bald die Orientierung.

Ich beging die Unvorsichtigkeit, mich an einen Schäfer zu wenden, der am Straßenrand stand und voll Stolz darüber, daß man seinen Dienst in Anspruch nahm, sogleich tat, als verstehe er, wonach ich ihn fragte. Um seine Ortskenntnis wie auch seine Hilfsbereitschaft zu beweisen, zeigte er auf gut Glück in eine Richtung, von der ich wußte, daß sie falsch war. Ich sah ihn ungläubig an, doch er war nicht bereit zuzugeben, daß er sich im Überschwang seines guten Willens unüberlegt geäußert und vielleicht geirrt hatte. Weil es gegen seine Ehre verstieß, sich zu berichtigen – das wäre für ihn wie das Eingeständnis einer Lüge gewesen –, versteifte er sich darauf, mich weiter in die falsche Richtung zu weisen, und nicht nur das, er nötigte sie mir förmlich auf. Gekränkt, weil ich ihm widersprach und mich weigerte, dort entlang zu fahren, fing er an sich aufzuregen und mit seinem Stock herumzufuchteln, dessen eisenbewehrte Spitze bei jeder seiner windmühlenartigen Armbewegungen näher daran war, den Lack meines Autos zu zerkratzen. Außerdem trieb das Gefuchtel seine bis dahin ruhige Herde auseinander, sehr zum Zorn des furchteinflößenden Hütehundes, der bellend umherlief, um wieder Ordnung zu schaffen. Zwischendurch blieb er kurz stehen und fixierte mich mit seinen gelben Augen, böse und vorwurfsvoll. Da der Hirtenknüppel drohte, auf die Motorhaube niederzusausen oder, schlimmer noch, die Windschutzscheibe zu zertrümmern, hielt ich es für klüger, vorher zu verschwinden, und fuhr in vollem Bewußtsein, daß es der falsche Weg war, auf eine Piste voller Schlammlöcher und gespickt mit Schottersteinen, die gegen die Ölwanne schlugen. Würde ich umkehren können? Ich war sicher, daß der Schäfer, stur wie er war, am Wegrand Wache stand. Auf einer Anhöhe bemerkte ich, worauf ich bislang nicht geachtet hatte: dicke Wolken, aus denen es bald regnen würde.

Wütend über den Beweis meiner Schwäche, verließ ich mich, als ich an eine Kreuzung kam, nun auf meine Eingebung und die Form der Hügel und entschied mich, gegen alle Wahrscheinlichkeit, für den Weg nach rechts. Nach einigen Kilometern gelangte ich auf den Gipfel einer Erhebung, von wo man einen weiten Blick über die Wölbungen und Mulden der Landschaft hatte. In der Ferne erschien die äußerste Wolkenbank wie eine weißglühende Metallplatte, herausgeschnitten von den Sonnenstrahlen, die nur noch schräg hervorzudringen vermochten und mit ihren Lichtstreifen, gleichsam als letztes Mittel und als wollten sie deren Sprießen eindämmen, die blauschwarzen Blütenmuster schraffierten, die sich über den gesamten Horizont erstreckten und an die ornamentalen Keramikfriese alter Türkenpaläste erinnerten. Da auf einmal entdeckte ich vor dem schmutzigen Hintergrund des Himmels ganz fern den einsamen Umriß einer antiken Säule, gekrönt von einem Kapitell. Der Schäfer hatte also doch nicht ganz unrecht gehabt. Ich ließ meiner Erleichterung freien Lauf und schmetterte aus voller Kehle ein Liedchen.

Zunächst noch unsichtbar, von der Landschaft verdeckt, traten die Ruinen von Pleggah nach und nach deutlicher hervor. Was von weitem wie eine Ansammlung einfacher Felsen ausgesehen hatte, zeigte sich hinter einer Biegung der Piste, bei nunmehr verändertem Blickwinkel als ein Thermenbogen oder als halb zerfallener Eingang zu einer Grabstätte. In der Talmulde weiter unten standen die Holzhütten und Zelte des Archäologenlagers. Bläulicher Rauch stieg kerzengerade in die reglose, drückende Luft dieses frühen Nachmittags und legte sich dann Schicht für Schicht über den Boden als glatte, einheitliche, die Unebenheiten des Terrains bedeckende Oberfläche.

Es standen schon andere Autos längs einer Mauer, an der ich parkte. Vom Geräusch des Motors und dem Zuschlagen der Autotür angelockt, blickten mehrere Köpfe aus einem Gewölbe hervor. An ihrem Strohhut erkannte ich Anna, sah das strubbelige Haar von Jules, der losrannte, sowie er mich bemerkte, auf die Rufe seines Vaters nicht hörte, sich in meine Arme warf. Was hatte ich dem kleinen Kerl getan, daß er mich derart in sein Herz schloß? Alle waren seit dem Morgen da. Nach dem Mittagessen hatten sie aus Angst vor Regen einige Dinge in Sicherheit gebracht. Ich kam nicht auf die Idee, daß ich stören könnte, meinen Besuch hatte ich ja angekündigt. Aber aufgrund meiner Verspätung war ich nicht mehr erwartet worden. So hatte ich das Gefühl, in irgendeine Traulichkeit einzudringen, die sich in meiner Abwesenheit, da niemand mehr mit mir rechnete, hergestellt und in der man es sich bereits bequem gemacht hatte. Jetzt mußte man sich wieder fangen und mir gegenüber so tun, als ob ...

Woran René Teucère vor allem lag, war, uns mit seinem Geländewagen zu dem verlassenen ehemaligen Gehöft aus der Kolonialzeit zu fahren, das er restaurieren lassen wollte, um es als Museum einzurichten. Fürwahr ein schönes Gebäude, stattlich und solide, leicht wieder instandzusetzen, nur für meine Begriffe viel zu weit von der Ausgrabungsstätte entfernt. Der Beweis: Selbst Anna konnte das Haus, außer mal zum Übernachten, nicht nutzen, um ihr Material dort aufzubewahren, und mußte Hütten bauen lassen. Hatte ich nicht recht, was meinen Sie?

– Wissen Sie, solche Fragen habe ich mir nicht gestellt, als ich dort gewesen bin. Durch das Gebäude pfiff von allen Seiten der Wind. Durch die Fensterhöhlen konnte man, dank dem Licht, das durch die zerstörten Teile des Daches drang, innen nur rauchgeschwärzte Wände sehen. Nicht sehr einladend. Schwer, sich vorzustellen ...

– Ja sicher! Teucère jedenfalls erdolchte mich bald mit Blicken. Wie konnte ich es wagen, Kritik an seinem Projekt zu äußern? Ich beharrte nicht darauf. Anna sah lächelnd beiseite. Dann kehrten wir an den Grabungsort zurück und gingen zu einer gerade erst freigelegten Stelle. Auf dem Fußboden einer Villa, dicht neben einem Brunnen, war ein Mosaik zu sehen, das eine Meereskarte darstellte, darauf Fische mit vorquellenden Augen, Strände und von weißen Wellen gesäumte Riffe. Mehrere Schiffe liefen in eine Bucht ein, die von Klippen umgeben war. Deren Unwirtlichkeit hatte man durch die Anwesenheit brüllender Löwen verdeutlicht. Zwar war der Fußboden nicht vollständig freigelegt, aber seine Ornamente und Einfassungen ließen sich in der Vorstellung unschwer rekonstruieren. Leider war das Mosaik an der Seite, wo die Bucht endete, durch Erde und Scherben zerstört worden, bis auf den Ansatz von vermutlich stilisierten Festungsmauern, die das Vorhandensein einer Stadt illustrieren sollten. Das Hauptsächliche aber, womit man den Ort hätte identifizieren können, fehlte. Im oberen Teil des Bildes war ein Schiff in voller Fahrt zu sehen, an seinem Bug eine Gestalt in stolzer Haltung, und in einer Ecke der Anfang einer Inschrift: MAR, dann ein Buchstabe, der sich nicht eindeutig erkennen ließ. Anna hatte zunächst vermutet: MARE, also Meer, vielleicht als Anspielung auf die »Völker des Meeres«, die Phönizier. Teucère war überzeugt, es handele sich um Aeneas, der in die Bucht von Karthago einfuhr. Als sie mich nach meiner Ansicht fragten, erklärte ich, aufgrund bestimmter Indizien würde ich eher an Vergil denken, vielleicht sogar an eine Überlagerung beider Figuren. Ähnelte der beschädigte Buchstabe nicht eher einem

O: MARO. Publius Vergilius Maro, in Erinnerung an den Aufenthalt des Dichters an der afrikanischen Küste.

Niemand stimmte mir zu. Die Vermutung, die ich geäußert hatte, war ihnen nie in den Sinn gekommen. Schweigen herrschte, während ich mich mühte, einige Photos zu machen. Der Arbeiter, der uns gefolgt war, schöpfte mit der hohlen Hand Wasser aus einem eisernen Eimer und besprengte den Boden. Die Farben wurden plötzlich frisch, das Mosaik leuchtete auf, und für einen Augenblick schien es sogar, als würde sich unter den Garben der Wassertropfen diese Meereslandschaft beleben.

Während wir noch in Gedanken versunken dastanden, schob sich die Hand des kleinen Jules verstohlen in meine. Er zog mich zur Seite, aus dem Kreis heraus, damit ich mit ihm zusammen das Gelände weiter besichtigte. Es war oberirdisch von römischen Ruinen bedeckt, erstarrt in ihrer antiquierten Eleganz, der die Zeit nichts hatte anhaben können, die älteren Unterbauten stammten von den Karthagern und glichen, wie sie so aus dem Boden ragten, den monolithischen Gliedmaßen eines riesenhaften Wesens, das man erschlagen und hastig verscharrt hatte. Dieses Ursprüngliche war da wie in einem ewigen Wachzustand, als könne es sich nicht entschließen zu verschwinden, und hatte in seiner Niederlage etwas Verletztes, Schmerzliches, das einem die Kehle zuschnürte.

Teucère versuchte noch, die Gründe zu erläutern, die für seine These sprachen, aber als er merkte, daß wir nur mit halbem Ohr zuhörten, wurde er einsilbig, schüttelte mit düsterer Miene den Kopf und brummte vor sich hin. Man muß auch sagen, daß es drückend schwül war. Das Gewitter blieb unablässig grollend in der Ferne wie ein mit der Lanze auf Abstand gehaltenes Raubtier, das gereizt und machtlos seine Beute umkreist.

Der kleine Jules, der immer noch meine Hand hielt, strengte sich an, mich vom Weg der anderen abzubringen. Allmählich gelang es ihm, mich beiseitezuziehen, hinein in dieses Gewirr aus Mauerresten und Gäßchen, unter deren großen auseinanderliegenden Steinplatten sich unergründlich und beunruhigend die Spur der Kloake dahinzog. Jules schlängelte sich zwischen Disteln und Wildgras hindurch und vergnügte sich damit, die Touristenführer nachzuahmen, zeigte mit dem Finger auf imaginäre Gebäude, auf die Tempel blutrünstiger und mißgestalter Gottheiten, geradewegs aus Comics oder Science-fiction-Filmen entsprungen. So entfernte er mich, vielleicht absichtlich, von seinem Vater und Anna, die, ohne weiter auf uns zu achten, dem römischen Weg folgten, am Grund der Senke entlang, dann hinauf zum Theater, wo mein Vorgänger seinerzeit Konzerte organisiert hatte. Jules und ich hingegen erreichten, fast ohne es zu bemerken, den Grat des gegenüberliegenden Hügels, von dem man zu den unterirdischen Zisternen gelangte, die Jules mir unbedingt zeigen wollte, angeblich weil es dort riesengroße Libellen mit durchsichtigen bunten Flügeln gab, die man leicht fangen konnte.

Er ließ mich los und rannte davon, um als erster am Junotempel zu sein, kletterte an dessen verfallener Seite hoch, während ich außen herumging, dann langsam die breite Treppe hinaufstieg. Der Tempel, der seine Säulen zum größten Teil behalten hatte, war in konzentrischen Kreisen angelegt. Die erhöhte Mitte umschloß einen grob behauenen Stein, offenbar eine Kult- oder Opferstätte karthagischen Ursprungs. Die Überreste der Kuppel, die in instabilem Gleichgewicht auf dem Peristyl ruhte, ließen römische Bauweise erkennen. Der etwas tiefer gelegene, von einer hohen, ebenfalls kreisförmigen Mauer umgebene Chorumgang stammte aus christlich-byzantinischer Zeit.

Von dort, wo wir standen, konnten wir das kleine Tal ganz überblicken. Jules formte die Hände zum Trichter und versuchte, sich seinem Vater bemerkbar zu machen. Der reagierte zunächst willig auf die Rufe, hatte es aber nach einer Weile satt, ging weiter und tat, als höre er nichts mehr. Nur Anna, die es nicht übers Herz brachte, dem Kind, das sich die Lunge aus dem Leib schrie, nicht zu antworten, machte uns Zeichen, solange es ging. Doch allmählich wurden die Gestalten dort unten kleiner, sie verschwanden hinter dem Laub eines Feigenbaumes oder einem Lorbeerbusch und tauchten in größerem Abstand wieder auf, dicht aneinander geschmiegt. Entstand dieser Eindruck aufgrund der Entfernung oder der Enge des Weges, den sie zur Abkürzung genommen hatten? Wäre es nach mir gegangen, wäre ich durch das Buschwerk hinabgestürmt und hätte die beiden in ein paar Sätzen eingeholt, mich zwischen sie gedrängt.

– Und wie nahm Teucères Sohn die Sache auf?

– Er hatte nichts bemerkt oder tat vielleicht so. Ganz in sein Rufen vertieft, merkte er nicht einmal, daß wir die beiden aus dem Blick verloren hatten, nun aber richtig. Niemand antwortete mehr. Nachdem er ein paar Mal in die Luft, dann mit geschlossenen Füßen von einer Mauer gesprungen war, mich zwischendurch fragend ansah, hörte er plötzlich mit alledem auf, ergriff wieder meine Hand und murmelte, daß er mir etwas anderes zeigen wolle, unter der Bedingung, daß ich es für mich behielte.

– Worum ging es denn?

– Er blieb bei den Ruinen einer Villa oder vielmehr, den Maßen nach zu urteilen, eines Palastes stehen, dessen Ausgrabung anscheinend noch nicht begonnen hatte, es waren nur da und dort Probestiche ausgeführt worden. Ein wenig abseits öffnete sich eine Grube mit senkrechten Wänden wie bei einem frisch ausgehobenen Grab. Ein Stück Säule, das noch fest im Boden steckte, ragte quer über die Tiefe und bildete eine Art Stufe, von der aus man auf einem freigelegten Mauerrand Fuß fassen konnte und zu einem einsturzgefährdeten Abschnitt hinübergelangte. Die drei ersten Stufen einer Treppe kamen aus der Erde hervor und endeten vor der Grundmauer. Unten, in ungefähr zwei Metern Tiefe und geschützt von einer mit Steinen beschwerten Wellblechplatte, waren direkt an der Wand jenes Mauerstückes, auf dem wir soeben gegangen waren, die Reste eines Gemäldes zu erkennen: ein gemaltes Fenster, auf dessen Sims ein Korb voller Früchte dargestellt war. Der Stuckteil des Fensters, der die Illusion der Echtheit verstärken sollte, hatte sich aus der Wand gelöst und seine Hohlform hinterlassen. Noch faszinierender war, daß sich neben der Fensterverkleidung das Gesicht eines Mannes abzeichnete, das nicht nur identisch war mit demjenigen, das wir kurz zuvor betrachtet hatten, sondern, es wurde mir da erst bewußt, auch dem Vergilporträt stark ähnelte, das man als Mosaik im ersten Stockwerk des Bardo-Museums in Tunis bewundern kann. Der Mann, dessen glattrasiertes Gesicht von riesigen schwarzen Augen beherrscht war, blickte leicht seitlich, zu einer dunklen und unförmigen Silhouette hin. Diese war stark beschädigt, erhalten geblieben nur eine ausgestreckte Hand, die eine malvenfarbene Phiole hielt, es konnte aber auch eine Feige sein. Dagegen sprach allerdings die Angst, die sich im Blick des Mannes ausdrückte.

Der kleine Jules ergriff wieder das Wort, um mir zu verraten, daß sein Vater gesagt habe, es handele sich um Aeneas, der vor einer Höllengöttin stehe – Proserpina wohl eher als Melpomene oder Clio. Jules schien das sehr zu gefallen. Ich hingegen war mir überhaupt nicht schlüssig. Was bedeutete diese Szene? Ich konnte sie noch so nah und gründlich betrachten, mir wurde nicht klar, was es mit dieser Frucht – oder dieser Phiole – auf sich hatte, die man dem Mann mit solchem Nachdruck hinhielt und die zu beachten er sich mit wilder Entschlossenheit weigerte.

Mir blieb nicht die Zeit, mehr in Erfahrung zu bringen. Die Wolken waren, ohne daß sich ein Lüftchen regte, hinterrücks kohlschwarz geworden. Vom Sonnenlicht blieb nur noch am Horizont ein dunkelgrüner Schein, undurchsichtig wie der Boden einer Flasche, und trübte die Sicht, verzerrte die Umrisse: eine wahre Weltuntergangsstimmung, unversehens durchzogen von funkelnden, raschen, schneidenden, an den Rändern malvenfarbenen Blitzen, die seidig knisterten, wie verstohlen und ganz so, als wollten sie schönes Wetter machen. Bis die erste Detonation, ohrenbetäubend und unerwartet, dicht auf die Funkengarbe folgte, die an der Einschlagstelle nicht weit von uns die Steine umherfliegen ließ. Als hätte dieser Blitz uns erreichen wollen, ohne Vorwarnung und über den Daumen gepeilt, ungenau, weil aus zu großer Entfernung geschleudert. Man konnte also damit rechnen, daß das Feuer bald treffsicherer werden würde. Nachdem es unsere Aufmerksamkeit eingeschläfert hatte, kam das Ungeheuer jetzt mit frischer Kraft und im Sturmschritt direkt auf uns zu. Wir mußten schleunigst verschwinden. Es war zu spät umzukehren oder gar das Museum aufzusuchen, wir konnten nur noch auf gut Glück loslaufen, um irgendwo, nur schnell, einen Unterschlupf zu finden.

Als hätte es nur auf dieses Signal gewartet, entfesselte das Unwetter, während wir liefen, über uns seinen Orkan, der die Sträucher schüttelte, die Palmen zerzauste, Blüten von ihren Stengeln riß. Über den Boden fegten dicke Knäuel aus trockenem Gras, gespickt mit Stacheln, rollten auf uns zu und zerkratzten im Vorbeisausen Jules die Waden. Als er nahe daran war zu weinen, mußte ich ihn wohl oder übel auf den Rücken nehmen. Die ersten Tropfen bombardierten den Boden ringsum, ich rannte auf die imposante Masse der Sommerthermen zu.

In einem Vestibül fanden wir Unterschlupf unter einem halb zerfallenen Bogen, von dem aber noch genug übrig war, um uns weiter innen, vor einer Trennwand mit erhalten gebliebenen Reliefs, Schutz zu bieten. Ich setzte das Kind ab, das vom Laufen, dem Lachen und Weinen einen Schluckauf hatte. An derart heftige Anstrengungen nicht gewöhnt, rang ich nach Luft und starrte auf den schwarz-weiß gemusterten Marmorboden, den der hereinbrechende Regen unverzüglich überschwemmte. Wir mußten uns einen Platz suchen, an dem wir mit angehockten Beinen sitzen konnten. An der Wand hinter uns, auf einem verwaschenen Grund von roter Kreide, schien eine Frauengestalt – oder handelte es sich bloß um Wasserflecken? – sich zu uns herüberzubeugen, erstarrt in der Haltung einer sakralen Tänzerin, die Handbewegung in der Schwebe, zwei Fingerspitzen aneinandergelegt. Die Mauern in diesem dunklen Winkel rochen nach Schimmel und Salpeter. Eine Nische, in der früher gewiß eine Statue gestanden hatte, war leer.

Dort konnten wir nichts anderes tun als abzuwarten. Das Getöse war so stark, daß man sein eigenes Wort nicht verstand. Große Hagelkörner prasselten auf den Boden, aber sie waren ziemlich wässrig und begannen zu schmelzen, kaum daß wir sie in der hohlen Hand hielten. Anfangs amüsierten wir uns damit, sie zu fangen und weit wegzuwerfen, manchmal auch in die Höhe. Aber als die Blitze näherrückten, saß Jules doch lieber still und drückte sich an mich, zumal es kalt wurde. Ich machte mir allmählich Sorgen. Was, wenn der Regen nicht nachließ?

Kurz vor Einbruch der Dunkelheit riß der Horizont im Westen auf. Auf dem überfluteten Boden mühten wir uns, über Rinnsale springend, im Schlamm watend zum Ausgrabungslager zurückzukehren. Auf halber Strecke tauchten Anna und René auf, auch sie auf dem Rückweg. Sie gingen vor uns her und faßten aneinander dabei um die Hüfte. Ich hätte es mir denken können! Und doch schmerzte mir das Herz. Als sie uns bemerkten, ließen sie sich schnell los, verlegen, ertappt worden zu sein. Ohne unsicher zu werden, erzählten sie uns, daß es ihnen gelungen war, sich in eine Grotte zu flüchten. Soviel Rechtfertigungsdrang bestätigte mir, daß etwas geschehen war. Ihr hatte es die Haare durcheinandergebracht und die Wangen gerötet. Er, blasser als sonst, schien mir gegenüber peinlich berührt und befangen. Ich sah genau, daß sie einander verstohlen kurze Blicke zuwarfen, als wollte sich jeder von ihnen vergewissern, daß der andere nichts erkennen ließ von dem, was geschehen war. Augenscheinlich waren sie verändert. Ich versuchte, Haltung zu bewahren. Ich war wie jemand, der auf offener Straße verletzt, ja tödlich getroffen wird, aber nicht will, daß man aus der Wunde das Blut fließen sieht, und, weil der Schmerz noch nicht eingesetzt hat, weiter aufrecht geht, bemüht, kein Aufsehen zu erregen, bis er in eine stillere Straße abbiegen, sich an eine Mauer lehnen kann, das Ausmaß des Schadens betrachtet, auf die Hacken herabsackt und das Bewußtsein verliert.

In gewisser Weise hatte auch meine Stunde geschlagen. Fortan war ich aus dem Spiel. Und weil es so war, gab es für mich keinen Grund, noch länger dazubleiben. Außerdem hatte ich von ihrem Getue genug. Sollten sie sehen, wie sie zurechtkamen, es war ihre Sache. Ich wollte rasch nach Hause, um schwarz auf weiß festzuhalten, was ich gesehen hatte. Den archäologischen Beweis für Vergils Aufenthalt in Karthago?

Aus meiner Sicht wurde das Mosaik durch das Fresko bestätigt und bildete den Anfang des Beweises, nach dem ich suchte. René Teucère hatte wohl die merkwürdige Mischung aus Verstimmung und Erregung, in der ich mich befand, bemerkt und kam mir schnell hinterher, als ich mich sang- und klanglos aus dem Staub machen wollte. Er deutete eine versöhnliche Geste an, als wollte er mich beim Arm nehmen – ich zuckte zusammen – und bedankte sich dafür, daß ich mich während des Gewitters um seinen Sohn gekümmert hatte. Anna mußte ihm geraten haben, etwas zu tun, um mich zu besänftigen.

Ich wollte mit Teucère nichts mehr zu schaffen haben, wandte mich ab und öffnete die Autotür. Trotz des Schmerzes, der mich, diesmal verzögert, mit voller Wucht traf – schon war ich entschlossen, Teucère zu verletzen – hielt mich irgend etwas zurück. Da fragte er mich, ob Jules mich zu dem Porträt geführt habe. Offensichtlich ärgerte es ihn, daß sein Sohn mir dieses Fresko gezeigt hatte, von dem er fürchtete, es könne seine These schwächen. Im nachhinein habe ich mich gefragt, aber bin dem nicht nachgegangen, ob Teucère die Einrichtung des Museums beschleunigen wollte, um die Ausstellung des Freskos zu verhindern. Was ich sagen will, ist, daß das Mosaik vielleicht noch Verwirrung stiften, das Gesicht dieses Mannes auf dem Bild aber kaum noch Zweifel hinterlassen konnte.

Mit meiner Geduld am Ende, hielt ich Teucère entgegen, daß er zu Unrecht weiter darauf beharre, Aeneas sei an dieser Küste gelandet und sein Abbild sei es, das man versucht habe zu rekonstruieren. War dieser Kerl doch überzeugt davon, daß der von Vergil inszenierte Held wahrhaftig existiert hatte!

– Was ist denn daran so unwahrscheinlich?

– Jetzt fangen Sie auch noch damit an!

– Es ist doch gelungen, die Episode des trojanischen Krieges zu datieren, die Brandspuren nachzuweisen. Hat die Legende nicht einen wahren Kern? Sie haben es vorhin selbst erwähnt.

– Ja, aber man muß es mit der Chronologie schon genau nehmen. Der Fall von Troja, nach dem Aeneas die brennende Stadt verließ, um am Schluß einer zehnjährigen Irrfahrt Rom zu gründen, hat sich Ende des 13. Jahrhunderts v. Chr. zugetragen. Karthago jedoch, dies zur Erinnerung, ist kaum vor dem 9. Jahrhundert entstanden, 814 v. Chr. ist das von den Archäologen gemeinhin angenommene Datum. Demzufolge kann Aeneas niemals Dido begegnet sein, die die Stadt gründete, bald nachdem sie, um 819 herum, aus Tyrus vertrieben worden war.

Ich frage mich, ob Teucère nicht ein wenig den Realitätssinn verloren hatte. Sie wissen ja, Archäologen sind in mancher Hinsicht wie Romanautoren. Sie steigern sich in Dinge hinein, auf die andere gar nicht kommen würden, und zimmern sich dann Geschichten, in denen sie sich schließlich selbst nicht mehr zurechtfinden. Sie leben in einer Art ständiger Halluzination. Ausgehend von einer Tonscherbe oder einem einfachen Wort lassen sie Tag für Tag imaginäre Welten erstehen, von denen niemand außer ihnen etwas ahnt, und mühen sich ab, sie bis ins Detail auszugestalten, sie dabei permanent im Bewußtsein zu behalten, um dieses oder jenes Teil, das neu zum Vorschein kommt, am passenden Platz unterzubringen, was besonders anstrengend für sie ist. Die geistige Anspannung wird schließlich so stark und die Konzentration auf die innere Sicht so anhaltend und maßlos, daß sie den Realitätsbezug verlieren, von der Wirklichkeit abheben und im Stoff dessen versinken, was sie selbst herzustellen oder vielmehr wiederherzustellen versuchen.

Kaum hatte ich ihm meinen Standpunkt zur Unvereinbarkeit der Daten dargelegt, lachte Teucère mir ins Gesicht. Dann warf er mir mit derselben Herablassung, die ich ihm gegenüber gezeigt hatte, vor, ihn belehren zu wollen. Selbstverständlich sei ihm klar, daß die Liaison zwischen Dido und Aeneas von Vergil für die Zwecke seines Epos erfunden worden war, auch um mithilfe der Legende den erbarmungslosen Krieg zu erklären, der zwischen Rom und Karthago herrschte. Und dennoch! Mit Berufung auf zahlreiche lateinische Historiker, zumeist Zeitgenossen von Vergil – Teucère zitierte mir durcheinander Varro oder die *Römische Altertumskunde* des berühmten Dionysius von Halikarnassos, demzufolge die frühen Römer seit langem in Italien ansässige Griechen waren –, behauptete er, seine Auffasung spiegele genau die des Dichters. Umsonst erwiderte ich, daß nichts gesichert sei, daß diese Historiker ohne jede Überprüfung und aus dem Verlangen, einander zu überbieten, lediglich etruskische Legenden aus dem 6. Jahrhundert v. Chr. wiederaufgenommen hätten – Teucère antwortete nur mit resigniertem Seufzen.

Also gut! Damit komme ich zum Kern seiner Argumente: Hätte Vergil, bei seinem Alter, die Mühe auf sich genommen, dem Zorn von Augustus zu trotzen und sich auf eine Mittelmeerreise von mehreren Jahren zu begeben, einzig und allein um Landschaften zu betrachten, die er unbesehen beschrieben hatte, und vor Ort zu überprüfen, ob das, was er erfunden hatte, richtig war? Nein, wenn er diese Expedition unternahm, dann um Realitätspartikel aufzufinden, an denen die Aeneas-Legende angesetzt hatte: Tumuli, griechische Inschriften, Antiquitäten, Stadtgründungen, Weihgaben etc. Im Hinblick auf Augustus und dessen Herkunft hatten ihn Zweifel ergriffen. Dementsprechend stark war sein Verlangen, eine archäologische Spur, und sei sie noch so gering, der Anwesenheit seines Helden in Italien und Afrika ausfindig zu machen.

René Teucère ereiferte sich nun seinerseits und fragte mich, ob ich ihn weiterhin für einen Schwachkopf halten wolle. Für seine Behauptungen könne er den Beweis liefern, sagte er. Morgen würde er mir, wenn ich wollte, die Kopie von vier Briefen zustellen, die aus jener Zeit stammten und die er kürzlich entdeckt habe. Bislang habe er noch zu niemandem darüber gesprochen. Und es gebe vier weitere, die er aus Zeitgründen noch nicht übersetzen konnte. Er sei gespannt auf meine Reaktion.

Überflüssig zu sagen, wie begierig ich war, diese Briefe zu lesen! Ich mußte mich stark zurückhalten, um nicht nachzuhaken und Fragen zu stellen. Anna und der Kleine waren beinah schon heran. Wonach hätte ich ausgesehen? Ohne einen Blick zu ihr und leider auch ohne beruhigende Worte für Jules, der furchtbar erschrocken war, mir ohne Erlaubnis seines Vaters das Bild gezeigt zu haben, warf ich mich ins Auto und fuhr los.

ZWEITER TEIL

Vitrine Nr. 5

Im Hintergrund erkennt man eine große Wandkarte, die den Gesamtumriß des Mittelmeerbeckens darstellt. Der verantwortliche Graphiker hat sich eigens am Modell der Meereskarten aus der Antike und der Renaissance orientiert. Diese Portulankarten versuchten mit den damaligen Mitteln, nicht nur die Küsten mit ihren Zugängen und Gefahren (Riffe, natürliche Häfen, Landmarken, Sandbänke, Flußmündungen) sowie allem, was einem Schiff in Schwierigkeiten hilfreich sein konnte, möglichst genau wiederzugeben, sondern auch zahlreiche Hinweise auf Strömungen und jahreszeitliches Vorkommen der Winde, auf deren Richtung und Vorbedeutung zu liefern, also anzugeben, ob man eine geschützte Stelle aufsuchen sollte oder nicht.

So wie die nautischen Instruktionen heutzutage, waren damals diese Karten das Vademecum der Schiffskapitäne, die sie in wasserdichten Behältnissen aufbewahrten und sich nie von ihnen trennten. Sie erwiesen sich in kritischen Augenblicken als wertvolle Hilfe, in einer Epoche, in der die Seefahrer nicht immer Herr ihrer Boote waren und diese, den launischen Elementen einmal ausgeliefert, leicht vom Kurs abkamen. Dann mußte man schleunigst versuchen sich zurechtzufinden, während man an unwirtlichen Küsten entlangfuhr.

Die vorliegende Karte verzeichnet in Rot die mutmaßliche Route von Aeneas bei seiner Fahrt durch das Mittelmeer von Kleinasien bis nach Italien. Zwischen dem Untergang Trojas und der Gründung von Lavinium sollen der Äneis zufolge fast zehn Jahre vergangen sein, während einige antike Historiker wie Dionysius von Halikarnassos und vor allem Varro einen Zeitraum von nur zwei Jahren annehmen. Die punktierte blaue Linie bezeichnet die Route praktisch in umgekehrter Richtung, so wie Vergil sie auf den Spuren seines Helden einschlagen wollte. Die durchgezogene Linie markiert die tatsächlich zurückgelegte Strecke, kürzer als die geplante, weil nach einigen Monaten der Tod dazwischentrat.

Hier und da hat der Kartograph mit Sorgfalt die verschiedenen Etappen eingetragen: Antandros am Fuß des Idagebirges, wo die Troer ihre Flotte zimmerten; die Stadt Aineia im ruchlosen Thrakien; das inspirierte Delos, die Berggipfel von Naxos mit ihren Bacchantinnen; Donusa die grüne, Olearons Buchten, Paros, weiß wie Schnee, die durchs Meer versprengten Zykladen, sodann die verpesteten Gestade von Kreta. Die Strophaden, düster und schmutzig; Zacynthus' Wälder, Dulichium, Same und Neritus' steinerne Warte, Ithaka und seine Riffe, der steile Leucatas, Actium mit der kleinen Bucht; der Hafen von Chaonia, Buthrotums herbe Gastlichkeit; von Ceraunia dann hinüber zu den niedrigen Hügeln Italiens ; der Golf von Tarent, gegenüber das göttliche Lacinium; die Burg von Caulon, das Schiffe zerbrechende Scylaceum; vorbei an Locri, dem Ätna Trinacriens, unfest über seinen heulenden Schlünden, der höllischen Werkstatt der Zyklopen; die tosende Enge von Pelorum umsegelnd, die steinige Mündung der Pantagia, Megaras Buchten, Thapsus dicht über den Fluten; die Insel Ortygia mit der Quelle Arethusa, die Ebene, die der träge Helorus düngt, die Steilküste von Pachynum, Paralaxus und sein trügerisches Kap, Camarina in der Ferne, Gela und die mächtigen Mauern von Agrigent; das palmenliebende Selinus; die Tiefen von Lilybaeum, übersät mit unsichtbaren Klippen, dann der Hafen von Drepanum und sein freudloses Ufer.

Schließlich, Italien gegenüber, zu dem man später erneut wird segeln müssen, das üppig reiche Karthago, unerbittlich in seinem kriegerischen Elan.

III, 1

Lucius Varius Rufus an Plotius Tucca

Dein Brief hat mich diesmal rechtzeitig erreicht, während wir noch am Fuß des Ätna eine Erholungspause einlegten. Deinen Instruktionen folgend, waren wir in Richtung Süditalien unterwegs, um nach Griechenland weiterzufahren und pünktlich zu dem von Augustus festgesetzten Treffen zu erscheinen. Aber als wir an der Steilküste von Kap Pachynum vorbei waren und an der Ostküste Trinacriens[1] entlangfuhren, hat uns ein Unwetter, in dieser Jahreszeit überraschend, auf offener See ereilt und beinah untergehen lassen. Tatsächlich hatten wir es nicht einmal kommen sehen, am Horizont keine einzige dieser Wolken, die in unseren Gegenden durch ihren bedrohlichen Anblick auf sich aufmerksam machen und dem Steuermann Zeit lassen, einen geschützten Ort aufzusuchen. Es wurde nur zu unserer Rechten der Himmel ganz weiß, als käme ein Kreidenebel direkt auf uns zu. Der Africus, ein heißer Wind, der Sand mit sich führt und einem mitten in der Gischt die Kehle ausdörrt, fing an, die See aufzupeitschen und wilde Wellen an Deck zu werfen. Ich fühlte mich offen gestanden alles andere als wohl. Vergil hingegen, der sich trotz meiner Rufe am Schandeck festklammerte, wollte nichts vom Schauspiel der entfesselten Elemente versäumen. Wie sie losgelassen wüteten, der Eurus die Pole hin und her schüttelte, der Aquilo in den Tauen pfiff, die Segel teilweise fortgerissen wurden, das Schiff zurückgeschleudert zu den Untiefen der libyschen Syrten: Das

[1] Sizilien (Anm. d. Übers.)

alles wirst Du, als hättest Du es selbst erlebt, im Ersten Gesang wiederfinden. Denn kaum war das Meer wieder ruhig, machte Vergil von diesem kurzen Schreckenserlebnis einen vorzüglichen Gebrauch, indem er den Bericht vom Sturm, der Aeneas traf, ausführlicher und bewegter gestaltete.

Doch leider, zu meinem großen Kummer muß ich sagen, daß dies nur ein Strohfeuer war. Nach Abklingen der frischen Erregung, die mehr auf seine Nerven als in die Tiefe seiner Inspiration gewirkt hat, deutet nun alles darauf hin, daß er nicht weitergehen wird. Seit Tagen beobachte ich ihn, belauere seine Reaktionen. Und ich verspüre eine unerklärliche Angst. Während die braven Winde die Segel blähen und das Schiff stabilen Kurs hält, haben seltsame Stimmungen und finsterer Groll Vergils Horizont verdüstert. Den ganzen Tag sitzt er am Heck vor der Truhe mit seinen Manuskripten und betrachtet in abwartender Haltung deren Umfang. Zuerst dachte ich, daß er abschätzen wollte, was neu zu schreiben und zu verändern sei, und daß es das Ausmaß der bevorstehenden Arbeit war, das ihn so niederdrückte. In der Anfangszeit hatte er fieberhaft genutzt, was er zu sehen bekam, um bestimmte Passagen zu verändern. So kam ihm dieser Sturm gelegen und inspirierte ihn, oder Szenen, die er miterlebte, dienten ihm dazu, die Geschäftigkeit auf dem Hang des Hügels heraufzubeschwören, wie sie beim Bau des alten Karthago geherrscht hatte. Die Arbeiter verglich er mit Bienen und ließ etwas weiter Aeneas selbst mit anpacken.

Du siehst, da gibt es nichts, was dem Ruf des Kaisers schaden könnte oder gegen ihn gerichtet wäre. Wohl eher hatte Vergil seine Reise geplant, um sich den Regeln dieser Altertumsschwärmerei anzupassen, die in Rom seit den ersten Rezensionen von Varro um sich griff. Vielleicht befürchtete er, der sich auf diesem Gebiet nicht zu Hause fühlte, daß ihm offenkundige Irrtümer unterlaufen sein könnten, daß er den

Ansprüchen der Gelehrten und Historiker, die vernarrt waren in die Ursprünge, nicht genügte. Er hatte Angst, zur Zielscheibe ihrer Kritik zu werden, und wollte vielleicht den übelgesinnten Zensoren den Wind aus den Segeln nehmen. Zumal ihm bewußt war, daß seine Verschmelzung der Legende von Aeneas mit der von Dido, so originell sie sein mochte, die Wahrheit malträtierte. Der Aufruhr, den er mit dieser Version in Karthago auslöste, und die Bemerkungen, die er dabei zu hören bekam, auch wenn wir die Sache rechtzeitig beilegen konnten, haben ihn verstört. Bis dahin hatte er sein Epos stets nur als Phantasievorstellung gesehen. Dort, an der Küste Afrikas, schlug ihm die Wirklichkeit voll entgegen und öffnete ihm die Augen.

Obwohl sein Epos durch das Ferment der Fabel nichts eingebüßt, ja im Gegenteil, an Pathos und Emotion gewonnen hatte, fürchtete Vergil nun, daß das Werk als aus der Luft gegriffen oder wenig kenntnisreich gelten könnte. Daher mußte von dem Augenblick an, als man ihm den Gefallen erwies, die Liebesgeschichte hinzunehmen, die doch nichts anderes als eine von ihm erfundene Legende war, alles übrige untadelig sein. Seine Sorge um Exaktheit, zunächst auf Geographisches beschränkt, erstreckte sich bald auch auf die historischen Fakten. Und steckt darin nicht etwas ganz Legitimes? Entspricht das nicht den Bemühungen von Augustus, der dafür sorgt, daß die alten Zeremonien wiedereingeführt und die zerfallenen Denkmäler wiederhergestellt werden, die von unserer glanzvollen Vergangenheit zeugen? Zutiefst beunruhigt beim Gedanken, daß irreparable Schnitzer den Wert des Ganzen zunichte machen könnten, lebte Vergil nur noch für die Aufgabe, an Ort und Stelle zu überprüfen, ob alles so war, wie er es sich vorgestellt hatte. In dieser Hinsicht hätten die Lokalstudien auf dem Hügel von Byrsa beispielgebend sein können, gab es doch in seiner Beschreibung krasse Abweichungen, die den Ort unkenntlich machten. Doch leider hat sich sein Berichtigungseifer gelegt. Bald brachte er nicht mehr die Energie auf, die Verbesserungen, die sich ihm in seltener Deutlichkeit auferlegten, mit aller Konsequenz voranzutreiben.

Einen Augenblick lang dachte ich, daß ihm die Gesamtanlage der *Aeneis* nicht mehr gefiel, oder auch, daß er sich fragte, ob das epische Genre noch dem Zeitgeschmack entsprach, ob diese Form nicht inzwischen obsolet war, zu großspurig, leicht lächerlich erschien. Du weißt, was gegenwärtig in Rom Mode ist: kleine Stücke, die banalste Alltäglichkeiten wiedergeben, eine unbedeutende, kraftlose, einfach parodistische oder mit gelehrtem Gepränge prahlende Literatur. Hatte Vergil das Gefühl, seine Kraft verschlissen zu haben bei der Arbeit an einem Werk, das ihn nicht befriedigte? Als er das Ganze noch einmal las und so viele Unvollkommenheiten erblickte, ist er da verzweifelt?

Weshalb aber diese Anfechtungen? Tag für Tag habe ich versucht, dahinterzukommen. Denn uns allen, namentlich dem Kaiser, hat er genügend Auszüge vorgetragen, als daß wir wissen können, womit wir es zu tun haben. Dieses Epos, darin stimmst Du sicher mit mir überein, ruft doch uneingeschränkt unsere Bewunderung hervor. Woher also kommt ihm die finstere und heimlich herangereifte Entschlossenheit, nicht zu verbessern und zu verändern, sondern im Gegenteil, mit stummer Wut ins Fleisch des Texte zu schneiden, Verse zu eliminieren, die vermeintlich die Reinheit der Absicht beflecken, zweifelhafte, herkömmliche, ungeschickte Passagen zu entfernen, die aus seiner Sicht dem Werk einen gespreizten Zug verleihen? Das war es, was mich zunächst alarmiert hat.

Nach diesen Vorbemerkungen ist mir klar, daß ich jetzt entweder schweigen muß, was Verrat wäre, oder weiterreden und damit ebenfalls verraten. Jedoch, um Dir gegenüber redlich zu bleiben, muß ich mich, auch wenn es mir widerstrebt, dazu entschließen, die unfaßliche Tat bekanntzugeben, die Vergil zu begehen sich anschickt. Ich muß das Risiko auf mich nehmen, eines Tages dafür verdammt zu werden, daß ich standhaft dem Staat zu Diensten war und gewagt habe, absolute Offenheit zu bekunden. Wenn noch etwas für mich sprechen kann, so laß Augustus nur wissen, daß diese Expedition in keiner Hinsicht auf meine Initiative zurückgeht, daß ich immer dagegen war. Wenn ich mitgefahren bin, dann gegen meinen Willen und um dem gefällig zu sein, der, wie Du selbst mir berichtet hast, lange gezögert hat, einen Entschluß zu fassen. Wohl dem, der vorausgesehen hätte, welche Wendung die Ereignisse nehmen würden!

Es dauerte also nicht lange, bis ich erkannte, daß Vergils Zweifel – lobenswert, wenn sie dem Werk dienlich sind – eine Kehrseite haben, sofern sie dem Herrscher schaden. Augustus in seiner großen Weisheit hatte recht, mißtrauisch zu sein. Denn hat der Zweifel einmal zu wirken begonnen, kann er wer weiß wohin führen. Dergleichen bringt unweigerlich nur Enttäuschungen mit sich! Am Ende unseres Aufenthaltes in Karthago hat Vergil begriffen, daß die Allmacht des Cäsar ihn schützt und, bei Strafe des Verbrechens der Majestätsbeleidigung, ihm die Gewähr zu bieten vermag, daß niemand mehr die Liebe zwischen Dido und Aeneas bestreiten wird. Daß die bloße Berufung auf den Namen Augustus schon genügte, die Situation zu Vergils Gunsten zu wenden und als wahr gelten zu lassen, was reine Fabel war, hat ihn tief bestürzt. Anschließend erlebte er, daß man sogar versuchte, die Wirklichkeit zu verstellen, nur um die Ungereimtheiten seines Epos zu rechtfertigen, weil man annahm, daß er ein Vertrauter des Kaisers und dessen Hofdichter sei.

Wie ich schon sagte, hatte so viel Beflissenheit den Nachteil hervorzuheben, daß die Glaubhaftgikeit seines Poems von der Gunst des Herrschers abhing. Du erinnerst Dich an Augustus' Siege über Sextus Pompejus, dann über Marcus Antonius bei Actium: Nach all den Schreckensjahren, in denen Italien in Bürgerkrieg und Chaos versank, sollte Rom endlich den Frieden kennenlernen! So faßte Vergil, getragen von Bewunderung für Augustus, den Plan, die Verdienste des neuen Romulus zu besingen. Damals schien die Protektion durch den Retter des Vaterlandes eher ein Trumpf zu sein, aber heutzutage und im Lichte seiner Gewissenserforschung fragt sich Vergil, ob diese Gunst nicht als kompromittierend empfunden wird. Ist sie nicht eine Belastung geworden? Sollten Existenz und Lebensfähigkeit seines Epos damit erkauft werden?

Die Zeiten haben sich geändert. Zehn lange Jahre sind verflossen. Der Frieden hat nicht aufgehört zu herrschen, gewiß, aber für Vergil wie auch für einen Teil des römischen Volkes ist, das muß man zugeben, ein Traum zerronnen. Als Augustus das Grab von Alexander aufbrechen ließ, um einen goldenen Kranz dort niederzulegen und die sterblichen Überreste mit Blumen zu bedecken, hatten viele geglaubt, dies geschehe, damit er besser in Alexanders Spuren treten könne. Manche waren enttäuscht festzustellen, daß sie mit einem Übermaß an Vorsicht regiert wurden und keine einzige Eroberung stattfand, die Begeisterung zu wecken vermochte.

Es läßt sich nicht bestreiten: Am kaiserlichen Hof hat sich die Klüngelei wieder eingeschlichen, ist der Neid erstarkt, mehren sich Zwist und Intrigen. Um sich davor zu schützen, duldet Augustus keinerlei Kritik mehr. Nach außen hin freundlich, vernichtet er mit eisernem Griff doch die, von denen vermutet wird, daß sie sich ihm in den Weg stellen wollen. Mehr denn je herrscht er mit uneingeschränkter Macht.

Du weißt besser als ich, wie sehr er, auch wenn es nicht den Anschein hat, in der Furcht vor Verschwörungen lebt. Die Denunziation blüht, sogar Maecenas steht unter Verdacht.

Ganz seiner Arbeit hingegeben, hat Vergil die Situation nicht beachtet. Und dies, obgleich einige seiner liebsten Freunde, angefangen mit dem Dichter Quintinius Varius, bekannt für seine Freimütigkeit, eines gewaltsamen Todes, unter ungeklärten Umständen starben. Erinnere Dich an Gaius Cornelius Gallus. Die Nähe des afrikanischen Bodens hat Vergil die Züge dieses Mitschülers und Beschützers seit je ins Gedächtnis zurückgerufen. Er konnte nicht umhin, sich an die Beschuldigungen zu erinnern, die vor einigen Jahren gegen diesen ersten Präfekten Ägyptens laut wurden. Hatte man ihn, dem es mißlungen war, Unruhen einzudämmen, nicht angeklagt, sie geschürt zu haben? Augustus entzog ihm die Freundschaft, und er wurde, dem feindseligen Senat ohne Verteidigung ausgeliefert, der Veruntreuung und des Verbrechens an der Person des Kaiser selbst für schuldig befunden. Ich war bei Vergil an jenem düsteren Tag, als wir erfuhren, daß der Freund gezwungen worden war, sich das Leben zu nehmen. Wie stark war Vergil ihm verbunden, der ihn schon frühzeitig durch seine Ratschläge zur Dichtung ermutigt hatte! Wie ist er ihm mit einem Teil seines Wesens unablässig treu geblieben! Es wird berichtet, daß Augustus, bewegt von Gallus' Tod, eine Träne vergossen habe. Ich für meinen Teil weiß, daß Vergil geweint hat. Du kennst das Ausmaß seiner Empfindsamkeit. Er gibt sich ruppig, doch ein Nichts, ein kränkendes Wort, eine grobe Geste verletzen ihn dauerhaft. Und dann dieser höchst ungerechte Tod eines Freundes! Und anschließend die Nötigung, in den *Georgica* die Fabel von Aristaeus an die Stelle der Passage zu setzen, die dem Lob auf Gallus gewidmet war. Ich weiß, daß er seit jener Zeit, auch wenn er nie darüber gesprochen hat, nicht mehr derselbe war. Ein purer Zufall? Von jenem Augenblick an hat er die direkte Lobpreisung des Herrschers aufgegeben, das Risiko eingeschränkt, indem er den Umweg über die Fiktion nahm, die Figur des Aeneas als Maske benutzte. Vielleicht war das der Zeitpunkt, an dem er seine Meinung über den Kaiser revidierte und unbewußt begann, ein dumpfes Ressentiment gegen ihn zu nähren.

Zehntausend Verse später, als er endlich um sich blickte, wurde er allmählich von Ratlosigkeit erfaßt. War der Vergleich von Augustus mit Aeneas wirklich so treffend? Erschien er nicht gar ein wenig überzogen? Genau das begann Vergil zu befürchten: daß seine verhüllte Apologie des neuen Herrschers von Rom mit ihrem übertriebenen Lob ungelegen kommen, keinen Anklang finden, schlimmer noch, daß sie in späteren Jahrhunderten als Liebedienerei gelten könnte. Sollte dies das Ergebnis all seiner Anstrengungen sein? Sollte er sich derart verirrt haben, daß man ihn für einen dieser mit Herrscherlob beauftragten Dichter halten wird? Schon wirft er sich vor, sich allzuoft der Heuchelei schuldig gemacht und seine Kunst auf Abwege geführt zu haben, indem er sie in den Dienst einer nunmehr als despotisch und brutal gewerteten Macht stellte! Er fürchtet, in den Augen der Nachwelt als Höfling zu erscheinen, als eine Art verseschmiedender Ideologe.

Folglich kam er unweigerlich dazu, seine Rolle zu überdenken, und sogleich dünkte ihn die Freundschaft seines Gönners eigennützig. Diesen kümmert es tatsächlich nicht, ob die *Aeneis* dem Zeitgeschmack entspricht, auch nicht einmal, ob ihr Verfasser mit ihr zufrieden ist. Da liegt für ihn nicht das Problem, besitzt er doch die Mittel, sie zum Gegenstand allgemeiner Bewunderung zu machen, vorausgesetzt, daß die illustre Herkunft seiner Person ohne Umschweife verkündet wird. Von dieser Aura umkränzt und ausgestattet mit solch fabelhaftem Ansehen, wird er sich dann den Luxus gestatten können, daß er, ohne ein Wort davon zu glauben, Ehrungen und Titel verschmäht und sogar vorschlägt, die Republik wieder einzuführen. Dafür aber muß das Werk, das berufen ist, seine Verdienste zu besingen, stark genug sein, die Gemüter zu ergreifen. Und deshalb legt er so großen Wert auf die *Aeneis*: weil sie Format und Atem eines echten Meisterwerkes hat. Denn was hätte irgendein Stück in Versen, doch von mittelmäßigem Zuschnitt, beweisen können? Da wir beide, den Umständen entsprechend, ja reichlich Lobdichtung verbrochen haben, wissen wir sehr wohl, daß so etwas kaum zählt! Dieses Epos aber befindet sich kraft seiner offensichtlichen Ferne vom Zeitgeschmack, und gerade auch dank seines ausgreifenden Umfangs, exakt auf der Höhe seiner Aufgaben. Gibt es doch kein besseres Mittel, das Publikum von Augustus' Göttlichkeit zu überzeugen, als sein Ahnenwappen aus ebendem Erz zu gießen, in dem sich schon das Feuer, das die Paläste des antiken Pergamon zerstörte, der Scheiterhaufen, in den sich die unglückliche Dido stürzte, widergespiegelt haben wie auch die unheilvollen Schatten, die Aeneas bei seiner Durchquerung des gottlosen Tartarus umgaben, und der Glanz der Schwerter, die den heißbegehrten Boden von Lavinium mit Blut tränkten. Schönheiten in Hülle und Fülle ... Allein die *Aeneis*, durchglüht vom Feuer heroischer Taten der Begründer Roms, wird im Ganzen durchsetzen, was bei nüchterner Betrachtung niemand akzeptiert hätte.

Doch leider hatte man dabei nicht mit den Folgen dieser unter ungünstigen Vorzeichen unternommenen Reise gerechnet. Die paar Nachforschungen, die Vergil anstellte, brachten ihn zu der Überzeugung, daß Aeneas diesen Teil der afrikanischen Küste niemals betreten, ja daß er vielleicht nie existiert hat. Wäre unser neuer Orpheus nur weitergegangen, hätte er sich doch gehütet sich umzudrehen! Kurz, der Aufenthalt hier hat eher wie eine Offenbarung gewirkt. Infolgedessen betrachtet er nun voller Skepsis, und nicht ohne Bestürzung, die göttlichen Ursprünge des Geschlechtes der Julier, das zurückgeht auf die Venus Genetrix, Mutter der Aeneaden, und den kleinen Julus also, Sohn des Aeneas und Gründer von Alba Longa. Diese Filiation erscheint ihm nun, obgleich Ennius im ersten Buch seiner *Annalen* darüber berichtet, Sallust und Titus-Livius sie bestätigen, als bizarr, seiner Kunst nicht würdig, untragbar, beinah vulgär. »Die Tat des Helden, der Rom gegründet hat, gewiß doch, ich habe sie besungen! Aber war es nötig, so viele Glanztaten zu verschmelzen mit dem geschickten und ach wieviel zaghafteren Aufstieg dessen, der sich heute zu ihrem Erben erklärt?«

Er, der nur vorgehabt hatte, die Unternehmungen eines Menschen zu besingen, sieht sich nun dazu angehalten, die Tugenden eines Gottes zu feiern. Diese Lehre hat er aus seinem Aufenthalt in Karthago zurückbehalten: Noch bevor die Leute dort etwas wiederaufbauten, um darin zu wohnen, hatte man bereits einen Tempel für den Kaiser errichtet, wie man es für die Götter zu tun pflegt. Sollte seine Dichtung solcher Maßlosigkeit zur Geltung verhelfen? Als er diese Frage aufwarf, machte er mich zu seinem Zeugen: Ob ich die abscheulichen Schriften von Sextus Pompeius gelesen habe, die einst Augustus als verweichlicht schmähten, ob ich den von Marcus Antonius verbreiteten Klatsch kenne, demnach die göttliche Abstammung bloße Fiktion sei und Octavius sich die Adoption durch seinen Onkel Cäsar für den Preis einer Entehrung erkauft habe? Ich zittere beim Gedanken, diese gräßlichen Verleumdungen zu erwähnen.

Jetzt fürchte ich, daß für Vergil der Augenblick gekommen ist, in dem er sich zwischen seinem Gewissen und dem Willen des Herrschers von Rom entscheiden wird. Wenn ich mich nicht täusche, so steht für ihn die Wahrhaftigkeit seiner Kunst, also dessen, was ihm am teuersten ist, auf dem Spiel, und ich glaube nicht, daß er die Absicht hat zurückzuweichen. Er gibt ohne weiteres zu, nicht wie der junge Horaz zu sein, der es versteht, sich von den Mächtigen fernzuhalten und unbehelligt den nötigen Nutzen daraus zu ziehen. In der Tat ist Vergil weit weniger geschickt. Er hat Angst zu enttäuschen und übertreibt deshalb, bis er sich schließlich selbst verabscheut. Also wird ihn auch nichts daran hindern, in die entgegengesetzte Übertreibung zu verfallen. Nichts ist schlimmer, als wenn ein Ängstlicher extreme Entschlüsse faßt, die der Vernunft zuwiderlaufen und, noch bevor die Tat ihnen folgt, jede Aussicht auf einen Kompromiß erlöschen lassen.

Je mehr ich über die Situation nachdenke, desto deutlicher habe ich das Gefühl, daß er eine Überzahl an unvollkommenen Versen zum Vorwand nehmen wird, um das ganze Epos liegenzulassen. Wird er auch nur diese Reise fortsetzen? Bei unserer Zwangslandung an der Küste der Zyklopen hat er bloß einen gelangweilten Blick auf die brodelnden Ufer geworfen, an denen der Ätna in seinen Höhlen ein schauerliches Grollen ertönen läßt. Ja, wenn es darum ginge, nichts mehr abzuändern oder höchstens einige Passagen zu streichen, die ihm besonders kompromittierend erscheinen, so würde ich dem Versuch einer gütlichen Einigung zustimmen. Er aber wird es damit nicht bewenden lassen!

Denn zur Stunde zieht er Bilanz. Er habe sich von der höflichen Gewinnsucht des Kaisers einfangen lassen, von der Beharrlichkeit seiner Briefe, in denen sich kaum verhohlene Drohung mit falscher Milde, Zynismus mit Verschlagenheit mischt. Vergil beschuldigt sich, keinen Mut besessen und sein Werk durch Erbärmlichkeiten beschädigt zu haben – so mit der Beschreibung dieses Kampfschildes, die im vorhinein den Triumph bei Actium preist, von dem manche behaupten, er sei eher der Leichtfertigkeit des Gegners als Augustus' eigenem Verdienst geschuldet gewesen. »Und hat nicht später dann, bei Naulochus, Agrippa das Wichtigste geleistet, während Augustus dem Schlaf erlag?« Zuweilen überkommen ihn Wellen von Scham, er nimmt es sich übel, das Wesentliche dem Nichtigen geopfert und die Glaubhaftigkeit dessen erhöht zu haben, was er nun als Mystifikation ansieht. All die Anachronismen und freiwilligen Irrtümer – einzig und allein, um Augustus zu gefallen, ihn zu beweihräuchern! So viel überzogenes Lob, das sein Epos entstellt, es kentern läßt wie ein manövrierunfähiges Schiff, das, an Land gezogen, den Blicken seinen hohlen Rumpf darbieten würde!

Zu Anfang glaubte ich, daß er, niedergeschmettert vom Ausmaß der anstehenden Korrekturen, nichts mehr anrühren wollte. Jetzt aber fürchte ich, er hegt viel radikalere Gedanken. Wie wird Augustus reagieren, wenn Vergil sich davonstiehlt, wenn er darauf besteht, ihm das Epos zu entziehen? Als ich mich noch nicht entschieden hatte, ihn zu begleiten und er annahm, ich würde auf italienischem Boden bleiben, weißt Du, worum er mich da bat? Ich sollte sein Manuskript aufbewahren und ihm versprechen, es zu verbrennen, falls ihm ein Unglück zustoßen würde. Nun denn, seit wir Karthago verlassen haben und er die Hoffnung verlor, fürchte ich, daß er selbst dieses Unglück herbeiführen wird. Dem getreuen Eros, der es mir weitersagte, hat er seine Absicht anvertraut, die Truhe mit dem Manuskript tief in einer Grotte zu verstecken oder über Bord zu werfen. Seitdem bin ich um den Schlaf gebracht und versuche ständig, ihn zu überwachen. Aber wer sagt, daß meine Wachsamkeit niemals bei einem Fehler ertappt wird?

Mein lieber Plotius, sieh zu, ob Du mir irgendwie helfen und verhindern kannst, daß das Allerschlimmste geschieht, denn wenn der *Aeneis* ein Unglück zustieße, wären auch wir beide ganz sicher in großer Gefahr.

Gespräch mit Gilles Virandes

(Dritte Kassette, A-Seite)

– Ich erwähnte bereits Aelius Donatus, diesen Grammatiker, der im vierten Jahrhundert n. Chr. gelebt und einen Vergilkommentar verfaßt hat, dessen Einleitung unter dem Titel *Vita Donati* uns Bruchstücke der Biographie des Dichters überliefert. Wenn man aber weiß, daß es sich dabei nur um die Übernahme eines Kapitels aus Suetons *De Poetis* handelt, einem leider verschollenen, doch seinerseits anderthalb Jahrhunderte nach Vergils Tod geschriebenen Werk, ist es dann nicht legitim, nach der Gültigkeit seines Inhalts zu fragen? Was ich zu tun begann, als ich in der Bibliothek arbeitete. Bis dann René Teucère plötzlich mit dieser lateinischen Abschrift eines mysteriösen Manuskriptes erschien und sich damit brüstete, den Blätterstapel im Archiv einer ehemals religiösen Einrichtung entdeckt zu haben.

– Doch in Wirklichkeit stammte er aus der Bibliothek des Souk El Attarine, nicht wahr?

– Ich wollte ihm schon zu verstehen geben, daß ich mich nicht hinters Licht führen lasse. Aber was konnte ich ihm beweisen? Außerdem stimmt es ja, daß derartigen Einrichtungen, wie zum Beispiel der Stiftung der Weißen Väter, noch bis zum Ende des Protektorats oftmals Amateurarchäologen und Bibliophile ihre Sammlungen seltener Bücher vermacht haben. Und weil die Mittel fehlten, war man häufig gezwungen, die

Bände in irgendeiner Ecke zu stapeln, ohne daß jemand die Zeit gehabt hätte, sie zu inventarisieren oder sorgfältig durchzusehen. Kurzum, Teucère blieb dabei, auf diesem Weg an den Briefwechsel zwischen Lucius Varius Rufus und Plotius Tucca gekommen zu sein. Sie wissen, von wem ich rede?

– Von den beiden Herausgebern der *Aeneis*?

– Ich sehe, Sie kennen sich aus. Trotzdem, nehmen Sie mir es nicht übel, wenn ich alles noch einmal erzähle, von Anfang an: Ein Dichter stirbt, zweitausend Jahre ist das her. Kein Grund zur Aufregung, werden Sie sagen. Aber die Todesumstände sind unklar geblieben, worüber sich bis heute niemand gewundert hat. Zwangsläufig, angesichts all dieser Ausschmückungen durch die offizielle Hagiographie! Mir jedoch sind diese Verherrlichungen in ihrer Maßlosigkeit immer suspekt erschienen, zumal sie sehr früh, schon zu Lebzeiten von Augustus begonnen haben. Verdeckten sie nicht irgendein schreckliches Geheimnis? Ich ahnte, daß man, vielleicht ohne sich dessen bewußt zu sein, für irgendeine abscheuliche Handlung gegen den »sanften Vergil« Vergebung suchte.

– Was meinen Sie damit?

– Oh, ganz sicher, man hatte seine Sache gut gemacht, und jeder war bestrebt, noch eins draufzusetzen. Was ist geschickter, als jemanden mit Lobreden zu ersticken! Denn gerechterweise muß ich sagen: Nichts von dem, was Vergil bescheinigt wurde, ist falsch. Es sind die Lücken seiner Biographie, die dunklen Stellen, das Schweigen und die Ungereimtheiten, auch wenn die einzelnen Tatsachen erwiesen sind, worin sich die Hinweise verbergen, aus denen ein aufmerksamer Geist den verlorenen Zusammenhang wiederherstellen und erschließen kann, daß es einen Komplott gab und daß der Tod des Dichters nur scheinbar zufällig war.

– Wieso scheinbar?

– Nichts ist durchgesickert. Nicht die geringste Vertuschung, die irgendwen dazu bringen konnte, diese Version zu bestreiten oder eine andere anzubieten. Und das Ganze war pathetisch genug, um der Legende Stoff zu liefern, um die Kommentare eines Heeres von Biographen zu nähren, die wie versteinert waren von der Schreckensvorstellung, daß Vergil im Augenblick seines Todes verlangt habe, sein Werk zu zerstören.

Für das Unternehmen der Desinformation stand reichlich Zeit zur Verfügung, um aufzuräumen. Nachträglich erscheint alles so stimmig: das Ende der Bürgerkriege, die Rückkehr des goldenen Zeitalters, die Wiedergeburt Roms, der Prunk des Zeitalters von Augustus (»Ich habe ein Rom aus Backstein übernommen, ich hinterlasse es euch in Marmor«), seine vermeintliche Milde. In Wirklichkeit aber war der Kaiser bereits dabei, sein eigenes Standbild zu formen, seine kindischen und allzu leichtgläubigen Zeitgenossen von seiner göttlichen Abstammung zu überzeugen. Aus dem Abstand weiß man jetzt, daß dieser Bursche skrupellos und seine Herrschaft von Morden begleitet war. Ist man nicht hinlänglich davon unterrichtet, daß seine Linie Ungeheuer hervorgebracht hat in Gestalt von Tiberius, Agrippina, Caligula, Nero und Konsorten?

Nach Vergils Tod herrschte Augustus unumschränkt noch dreißig Jahre. Mehr als genug, um die Spur der Schandtaten zu verwischen oder zu tarnen, die die Herausbildung des Kultes um ihn, der schon zu seinen Lebzeiten begann, hätten stören können, und um Leute zum Schweigen zu bringen, die es übrigens vorgezogen hatten, nichts zu bemerken.

– Aber Vergil hatte doch Freunde?

– Gewiß, und einige von ihnen hätten sofort beunruhigt sein müssen. Aus welchem Grund gab der Tod eines so großen Dichters, der den Ursprung Roms verherrlicht und damit zur Vergöttlichung von Augustus beigetragen hatte, keinen Anlaß zu Trauerfeierlichkeiten, zu ehrendem Angedenken in einer Ode? Man befand, daß die *Aeneis*, die zum unantastbaren Emblem des aufstrebenden Imperiums geworden war, dem Ruhm des Dichters genügte und, in Anbetracht seiner Geschichten von flötenden Hirten und seiner langweiligen Beschreibungen von Rinderherden auf der Weide, wahrlich ausreichte. Dieses jähe Abrücken von ihm ist dem Neid seiner Rivalen zugeschrieben worden. Sicher ist, daß die Aussicht, an die Donaumündung ins Exil geschickt zu werden, wie wenig später Ovid wegen einer Belanglosigkeit, angeblich, weil er »gesehen hatte, was niemand zu sehen vermag«, zur Abschreckung derer angetan war, die die Versuchung verspürt hätten, sich in etwas einzumischen, das sie nichts anging. Sogar Horaz, bei anderen Gelegenheiten durchaus redselig, hütete sich wohlweislich, den Tod dessen zu erwähnen, der ihn am Hof eingeführt hatte.

– Aber was sagt nun die *Vita Donati*, von der Sie vorhin gesprochen haben, genau dazu?

– Ja, gehen wir an die Quelle, das ist besser. Über den Sachverhalt, der uns beschäftigt, schreibt Donatus dies: »In seinem zweiundfünfzigsten Lebensjahr beschloß Vergil, letzte Hand an die *Aeneis* zu legen, sich dazu nach Griechenland und nach Asien zu begeben und drei Jahre nichts anderes zu tun, als sein Werk zu überarbeiten (...). Da er aber unterwegs, in Athen, mit Augustus zusammentraf, der aus dem Orient nach Rom heimkehrte, faßte er den Entschluß, sich nicht zu entfernen, ja mit dem Kaiser zurückzureisen, doch zog er sich während eines Besuches im nahegelegenen Megara bei sengender Hitze eine zehrende Krankheit zu, die ihn, zumal die Schiffsreise nicht unterbrochen wurde, derart schwächte, daß es ihm noch viel schlechter ging, als er in Brundisium eintraf, wo er nach wenigen Tagen starb (...)«

– Ich sehe da keine Spur von böser Absicht oder einem Komplott.

– So, glauben Sie? Da ist ein Dichter, der zehn Jahre der Krönung seines Lebenswerkes gewidmet hat. Er ist damit noch nicht ganz fertig. Entgegen der Meinung einiger seiner Biographen, die zu wissen glauben, daß er schon damals den Entschluß faßte, die *Aeneis* nicht zu vollenden oder wenigstens nicht zu veröffentlichen, will er sich eine kleine Vergnügungsreise genehmigen, einzig zu dem Zweck, die Stätten aufzusuchen, die er in seinem Epos besungen hat, ohne sie zu kennen, und dort die nötigen Korrekturen nachzutragen. Was hat ihn denn, und unter so fadenscheinigem Vorwand, dazu getrieben, das Weite zu suchen? Vor wem – oder wovor – wollte er sich davonstehlen?

Gipfelpunkt der Ironie: Kaum hat er sich drei Schritte aus Italien entfernt, begegnet er unverhofft Augustus, der aus dem Orient zurückkehrt. Glücklicher Zufall – oder erzwungenes Zusammentreffen? Niemand weiß das. Jedenfalls reicht ihm die Begegnung für den »Entschluß, sich nicht zu entfernen», sodann stracks umzukehren. Es ist diese Formulierung »sich nicht zu entfernen», die mich eher beunruhigt, suggeriert sie doch, daß Vergil einen Rüffel von Augustus bekommen hat. Seine Pläne, seine Vorbereitungen, seine Ortsbesichtigungen in letzter Minute? Nicht mehr daran zu denken! Man erlaubt ihm gerade noch – und ich schätze, unter guter Bewachung – einen letzten Abstecher nach Megara. Und da sollen wir glauben, er sei aus freien Stücken ins Nest zurückgekehrt, sei weder Drohungen noch Druck ausgesetzt gewesen?

Donatus erzählt weiter, daß Vergil, nachdem er sich bei seiner Besichtigung der Ruinenstadt Megara, wo sich einst so viele Philosophen hervortaten, eine »zehrende Krankheit« zugezogen hatte, in Agonie verfiel. Unzufrieden mit dem Zustand seines Epos und gepeinigt vom Gedanken, ein unvollkommenes Werk zu hinterlassen, habe er »ständig nach seinen Aufzeichnungen verlangt, um sie selber zu verbrennen«.

Kommt Ihnen da nichts merkwürdig vor? Kann man sich vorstellen, daß ein italienischer Bauernsohn, gewöhnt an Sommerhitze und Feldarbeiten, leidenschaftlicher Anhänger der Mittagsruhe im Schatten, die er anderswo so gerühmt hat, sich von der ganz normalen und gefährlichen Härte der Sommersonne überraschen läßt? Wußte man damals nicht, und zwar besser als heute, um die schädlichen Wirkungen ihrer zur Mittagsstunde senkrecht herabtreffenden Strahlen? War der Gebrauch von Hüten unbekannt? Sollte Vergil weniger umsichtig gewesen sein als diese Touristenscharen, die in Shorts unablässig, auch zur heißesten Tageszeit, die Pyramiden oder die Akropolis aufsuchen? Und sollte man seinen angeblichen Wunsch, sein Werk zu zerstören, nicht mit Vorsicht behandeln? Äußert man solchen Wunsch denn ohne stichhaltige Gründe? Literarische einerseits – doch wäre das Werk so fehlerhaft gewesen, daß Vergil sich zu diesem Extrem entschloß, hätte es uns unbedingt auffallen müssen. Haben Sie etwas davon bemerkt? Außerliterarische Gründe andererseits – das würde nach bitterer Enttäuschung, nach Rachegelüsten klingen, und wäre also der Wachsamkeit der Kommentatoren entgangen!

– Wollen Sie damit sagen, daß wir diese Gründe nicht bemerkt haben, daß man sie uns verborgen hat?

– Das war mein erster Gedanke. Weshalb ist die Landung in Karthago aus seiner Biographie ausradiert worden? Dafür mußte es einen – zweifellos politischen – Grund geben, der mit Augustus' Wunsch zusammenhing, daß die Aufmerksamkeit der Römer nicht auf Vergils Aufenthalt in Afrika gelenkt würde, daß man sich nicht für dessen Verlauf interessierte, nichts darüber verbreitete.

Indes erschienen mir die beiden in Pleggah ausgegrabenen Porträts von Vergil, auch wenn René Teucère diese Zuordnung hartnäckig bestritt, als durchaus bedeutsam. Ich stelle das Klima der Epoche ja in Rechnung und räume ein, daß sie vielleicht nicht zu Beginn der Kaiserzeit ausgeführt worden sind – oder dann insgeheim, als eine diskrete Ehrenbezeigung für den Dichter. Jedenfalls brachte mich alldies zur Überzeugung, daß die Erklärung des Rätsels im Briefwechsel von Varius und Tucca enthalten war.

– Ich würde da übrigens gern einen Blick hineinwerfen.

– Später, wenn wir Zeit haben, zeige ich Ihnen den Anfang. Und ich hatte mich nicht getäuscht. Wie soll ich Ihnen meinen Schock beim Entziffern der vier Briefe beschreiben, die René Teucère mir einige Tage später zukommen ließ? Nie hätte ich so etwas für möglich gehalten. Ich war ganz aus dem Häuschen! All diese bisher unbekannten Einzelheiten, ein solch frischer Ton. Als wäre man selbst dabeigewesen! Zudem war alles stimmig. Versetzen Sie sich in meine Lage, nach so vielen Jahren ungeduldigen Wartens! Kurz, es war unglaublich. Freilich erwartete mich auch eine Enttäuschung. Als die erste Begeisterung verflogen war, mußte ich einsehen, daß zumindest in diesen ersten Briefen nichts dafür sprach, daß es einen Zusammenhang zwischen Vergils Aufenthalt in Karthago und der Unterbrechung seines Epos gab.

Wie dem auch sei, die Zuneigung, die Varius und sein Briefpartner Vergil entgegenbrachten, ließ mich vermuten, daß sie, wäre sein Tod kein Zufall gewesen, nie und nimmer den Freund stillschweigend begraben hätten. Oder wenigstens wäre dann nicht einer von beiden, von Schuldgefühlen geplagt, auf die Idee gekommen, sein Gewissen zu erleichtern, indem er in den Text der *Aeneis* kleine, verdeckte Hinweise auf Gründe einfließen ließ, aus denen das Unabänderliche dann geschah. Vergil stirbt 19 vor unserer Zeitrechnung, die *Aeneis* erscheint im Jahr 17. Man sollte also volle zwei Jahre gebraucht haben für die Herausgabe des Epos, das Vergil zum Zeitpunkt seiner Abreise aus Italien zwar nicht als vollkommen, wohl aber als fast beendet ansah! Nicht zu vergessen, daß unsere beiden Herausgeber von Augustus ausdrücklich den Auftrag hatten, nichts abzuändern, sogar die unvollendeten Verse so zu belassen. Sie arbeiteten zu zweit, die Kopisten gar nicht mitgerechnet. Also, ich finde, das war mehr als genug. Womit haben sie ihre Zeit denn zugebracht, was meinen Sie? Donatus zufolge hat Varius Rufus höchstens die Bücher zwei und drei umgestellt und vier Verse zu Anfang des ersten Gesanges gestrichen.

Also begab ich mich, ohne weitere Anhaltspunkte zu besitzen, auf den riskanten und bislang unerforschten Weg, im Text selber nach kryptischen Andeutungen zu suchen, die da und dort verstreut lagen wie Steinchen, mit denen man eine Spur markiert. Ich mußte nichts weiter tun, als genau zu lesen, dem Geschriebenen Wort für Wort zu folgen, bestimmte Metaphern miteinander in Verbindung zu bringen. Das Epos fungierte als Spiegel sowohl der Epoche als auch der geistigen Verfassung dessen, der es geschrieben hatte. Wie ein Seelenseismograph verzeichnete es in der Tiefe die Anspannungen und Enttäuschungen, die zum Tod seines Verfassers geführt hatten und die man unmöglich tilgen konnte, ohne dabei alles zu zerstören. Im Textkörper des Epos ruhten wie in undurchdringlich dunkler Erde die Gründe für Vergils in mancherlei Hinsicht unbegreiflichen Tod. Im übrigen gab es vielleicht weitere Hinweise auf diesen Mord bei Horaz oder Ovid.

Weil nun Teucère mir nicht, wie versprochen, die nächsten vier Briefe gab, aus denen allein wahrscheinlich die fehlenden Erklärungen hervorgehen würden, habe ich vorgegriffen und meine eigenen Nachforschungen in diese Richtung gelenkt, die in der Tat beinah meinen Untergang verursacht hat. Ich setzte mir also in den Kopf, den Indizien nachzugehen, die dafür sprachen, daß Vergil einem Komplott zum Opfer gefallen war, von dessen Schändlichkeit die Nachwelt Kenntnis erhalten sollte. Wäre ich dieser Idee noch für längere Zeit gefolgt, hätte die Entwirrung jenes imaginären Gespinstes meine paranoiden Tendenzen gewiß auf die Spitze getrieben und mich um den Rest meines klaren Verstandes gebracht, war das Unterfangen doch beträchtlich und uferlos. Denn geht man bei einem Text, den man anfängt zu übersetzen, von vornherein von einem derartigen Verdacht aus, erscheint einem alles verfälscht, pervertiert. Das besessene Nachschlagen im Wörterbuch trägt nur dazu bei, die Ambivalenz der Bedeutungen zu steigern und einen in Verwirrung zu stürzen. Der simpelste poetische Vergleich, der geringste Bezug auf eine zweideutige Gottheit verweisen sogleich auf eine Vielzahl möglicher Bedeutungen. Hoch dosiert, erweisen sich solche Übungen in der Folge als tödliches Gift für den Geist.

– Aber Sie haben dennoch etwas herausgefunden?

– Nehmen wir ein Beispiel. Zu Anfang des sechsten Gesanges gibt es einen expliziten Verweis auf das Labyrinth, »der Mühsal Haus und unentrinnbaren Fehltritts.« Harmlos, nicht wahr? Mir aber schien dies auch als Metapher für das Epos selbst gemeint zu sein. Denn so wie das Labyrinth von Dädalus errichtet worden war, um im Innersten den Minotaurus zu verbergen, war die *Aeneis*, wie man weiß, als Tempel gedacht, der Augustus aufnehmen und seine Taten verherrlichen sollte. Von daher gibt es nicht den geringsten Zweifel am Vergleich zwischen dem Kaiser von Rom und dem Mann mit dem Stierkopf: Beide sind sie von derselben Natur des Ungeheuers. Der eine verschlingt alljährlich seine Portion an jungen Athenern, der andere mordet nach und nach, die ihm dienen. Wenn man hinzunimmt, daß beide derselben Mutter entstammen, nämlich Söhne der Venus sind, wird ersichtlich, daß auch Augustus gemeint ist im Vers, der den Minotaurus anherrscht:

»Greulicher Buhlschaft Bild, ... ein Denkmal schändlicher Lüste.«

Gleich darauf die Erwähnung von Dädalus, der »mit eigener Hand die Tücken und Zweideutigkeiten des Palastes entwirrt, die blinden Schritte am Faden führt«.[1] Soll das nicht eventuelle Leser zu größerer Umsicht anhalten? Beachten Sie die Worte *Tücken* und *Zweideutigkeiten*. Sind sie etwa geeignet, die Architektur eines Palastes zu kennzeichnen? Offensichtlich nicht, vielmehr beziehen sie sich auf den Stoff und die Ausdrucksweise eines literarischen Werkes! Wird hier nicht die Besonderheit des Vorgehens von Dädalus, als Prototyp jeder kritischen Lektüre, in unüberbietbarer Deutlichkeit zum Beispiel erhoben?

– Und auf diese Weise haben Sie immer weitergemacht?

– Das stimmt Sie skeptisch, nicht wahr? Doch kaum hatte ich meine Suche in diese Richtung gelenkt, wollte es das Schicksal, daß mich der Mut verließ. Lag es an meiner Erregung, meiner Erschöpfung oder dem Aufenthalt in der Fremde? Sowie ich mich an den Tisch setzte, meine Wörterbücher, Notizen und Skizzen hervorkramte, wurde mir übel.

---

[1] Nadaud zitiert aus der Übersetzung von Jacques Perret. Die deutsche Übertragung von Rudolf Alexander Schröder gibt die Passage anders wieder: »Bis dann Dädalus, erbarmend über der großen/ Liebe des Königskinds, mit Knäul und Faden das Irrsal/ Schlichtet und wegbar macht...« (Vergils Aeneis, Berlin-Darmstadt-Wien 1969, S.115–116). [Anm. d. Übers.]

Waren das die ersten Anzeichen der geistigen Vergiftung, von der ich vorhin sprach? Lief meine ganze Beweisführung ins Leere? Sie wissen ja, daß keine Textuntersuchung, so genau und erhellend sie auch sein mag, jemals ein Fundament der Gewißheit darstellt. Ich hatte eine solche Menge von Vermutungen zusammengetragen, daß sie ihrerseits eine Art Labyrinth bildeten, das so verzwickt war, daß sich niemand darin zurechtgefunden hätte und ich mich selbst allmählich darin einschloß.

Übelkeit, sagte ich? Eher war es Erschöpfung. Ich fand kaum noch die Kraft durchzulesen, was ich geschrieben hatte, hier einen Irrtum, dort eine Ungenauigkeit zu berichtigen. Zuerst glaubte ich, meine Methode sei daran schuld. In Anbetracht der Unmenge angehäufter Notizen hatte ich begonnen, hintereinanderweg zu schreiben, um nur den Faden nicht zu verlieren. Dann ging ich an die Überarbeitung einzelner Teile, unsystematisch, nahm mir vor, was mich am meisten interessierte. Mit dem Ergebnis, daß ich mich nicht mehr zurechtfand. Ich saß fest in der eigenen Falle. Keine meiner Hypothesen konnte ich erhärten. Und wozu sollte ich es weiter versuchen, wenn doch alle in dieselbe Sackgasse führten?

Ich hätte bei Null wieder anfangen, alles von vorne Satz für Satz erneut durchgehen müssen, gründlicher diesmal, das heißt, ohne irgend etwas stehenzulassen, das nicht hieb- und stichfest war. Doch wenn ich eine Bedeutung einigermaßen klar herausgeschält hatte und sie dann auf andere abstimmen wollte, verwirrten sich diese. Die ganze Mühe war rein vergebens! So geriet ich immer öfter in Verzweiflung. Statt mich damit herumzuplagen, die Eingriffe von Varius oder späteren Kopisten aufzuspüren, hätte ich besser daran getan, das Ganze wegzuwerfen. Mit welcher Wonne hätte ich meine Notizblätter zerrissen, sie in den Wind gestreut!

Vielleicht war es der Gegenstand selber, der schließlich diesen schlimmen Einfluß auf mich ausübte. Vergils Unzufriedenheit am Ende seines Lebens reizte nicht gerade zum Optimismus. War sie ansteckend? Wie er hatte auch ich an Dinge geglaubt, die zerrannen. War ich auf dem Irrweg mit meiner Annahme, daß Varius und Tucca ihm beigestanden hatten? Vielleicht war seine Absicht, das Werk zu verbrennen, besser begründet, als ich dachte. Stellen wir uns vor, ihm sei klar geworden, daß seine guten Freunde, die Dichter, hinter seinem Rücken Briefe wechselten, daß sie von Augustus angeheuerte Agenten waren, die sich ohne jeden Skrupel sein Erbe teilen und sein Werk zurechtbasteln und daraus entfernen würden, was immer Gefahr lief, dem Kaiser zu mißfallen oder nicht ganz zu seinen Gunsten auszufallen. Der Schatten des Dichters, der im tiefsten Zweifel gestorben war, geisterte um mich, unheilvoll und niederdrückend, als sei er nicht wirklich begraben. Nein, das war nicht der sonnengleiche Vergil, der ungehobelte Klotz voller Erhabenheit, der triumphale Barde, der sich um die Beschaffenheit der Unterwelt nicht scherte und dessen Schatten Dante als Führer gedient hatte auf dem Weg durch die neun Kreise der Hölle! Im Gegenteil, es war der Vergil, der sich von Augustus umschmeicheln und anherrschen läßt, der am Wert seines Epos zu zweifeln beginnt, der herumbessert, ohne mehr zu wissen, was man ihm ankreidet, der bereut, daß er dabei zu viel oder nicht genug getan hat, der unter widerwärtigen, unklaren Umständen zu Tode kommt.

Wie infiziert nahm ich die Last des unvollendeten Werkes auf mich, das für immer denjenigen enttäuschen muß, der es hervorgebracht hat. Sie wissen, wie das ist: Man fängt an, ein Buch zu schreiben in einer bestimmten Situation, in momentaner geistiger Aufwallung und Erregung, im Gefühl der Dringlichkeit. Zehn Jahre später beschäftigt man sich nicht mehr auf dieselbe Weise damit, erscheint seine Veröffentlichung nicht mehr so unabdingbar. Das ist das Risiko der Werke, die zu lange reifen. Sie altern auf dem Halm, blähen sich auf und welken vor der Ernte. So sind auch unter meiner Feder die Worte ungreifbar, fadenscheinig geworden. Sie erschienen mir alle ersetzbar und keiner Notwendigkeit mehr zu gehorchen. Dieser Eindruck war sicher falsch, denn unter der Hand war trotzdem etwas dabei, sich zu vollenden, sich einen Weg zum Licht zu bahnen, zur Wahrheit dessen, was zweitausend Jahre zuvor stattgefunden hatte, aber es war ein undeutlicher, verschlungener, schwer erkennbarer Weg.

Museum von Pleggah, Vergilsaal

Vitrine Nr. 6

Auf der kannelierten Säule rechts in der Ecke des Saales erblickt man die alles beherrschende Marmorbüste von Cäsar Augustus. Sie wurde in den Trümmern der Sommerthermen von Pleggah gefunden, wo sie eine Nische des Ruheraumes neben dem caldarium *geschmückt hatte, und ist zur Hälfte zersprungen.*

Die Machart der Büste entspricht dem Skulpturenkanon des 1. Jh. v. Chr., den eigenwilligen Gesichtsausdruck ausgenommen. Die Form der halbgeöffneten Lippen und die scharfen Falten der Mundwinkel stehen in auffälligem Kontrast zu den im übrigen jugendlichen Gesichtszügen. Trotz der Nähe zu so berühmten Modellen wie dem Grollenden Jupiter *in majestätischer Sitzhaltung, mit strenger Miene bereit, aus der erhobenen Rechten seinen Blitz auf die Erde herabsausen zu lassen, oder dem* Rächenden Mars, *dessen linkes Bein das Körpergewicht trägt, während er ausholt, seine scharfe Lanze zu schleudern, weicht diese Skulptur durch* die Verzerrung des Mundes von der damals herrschenden Manier derart ab, daß sie sofort den Namen Zürnender Augustus erhielt.

Im Umfeld von Pleggah findet man nicht selten Büsten des Kaisers Augustus, mit denen seinerzeit die meisten Verwaltungsgebäude und häufig auch Villen bedeutender Persönlichkeiten geschmückt wurden. Doch dabei handelt es sich im allgemeinen um herkömmlichere Darstellungen, die dem aufstrebenden Kult um Augustus dienten. Der Wiederaufbau Karthagos unter dem Namen Colonia Iulia Concordia Karthago erinnert an das Geschlecht der Julier, in erster Linie also an Julius Cäsar, der 44 vor unserer Zeitrechnung die Neugründung auf den Ruinen der hundert Jahre zuvor von C. Scipio Aemilianus geschleiften Stadt veranlaßte, ferner an Cäsars Adoptivsohn Octavius Augustus, der im Jahr 29, kurz nach seinem Sieg bei Actium, dreitausend Siedler entsandte, um die Akropolis auf dem Byrsa-Hügel wiederaufzubauen. Im gleichen Jahr wurde ihm der Titel Imperator auf Lebenszeiten zuerkannt und begann eine Vergötterung, von der etliche Stadtgründungen unter dem Namen Caesarea zeugen. Überliefert ist auch die Existenz von Augustus geweihten Tempeln, zum Beispiel in Tarragona, und sogar eines Tempels in Mytilene, in dem Priester amtierten. Durch Senatsbeschluß unter die himmlischen Gestirne und, wenig später, auch unter die Gottheiten aufgenommen, trug er den ihm feierlich verliehenen Namen Augustus, das heißt »der Erhabene«.

Seine berühmte Milde, von ihm zu einem wesentlichen Kennzeichen seiner Göttlichkeit erhoben, ist von Historikern gelegentlich bestritten worden und vielleicht nur Blendwerk gewesen. Tatsächlich hatte wohl die Heuchelei einen kräftigen Anteil am schmeichelhaften Bild, das der Kaiser von sich verbreiten ließ. Doppelzüngigkeit und Lüge waren anscheinend die häufiger gebrauchten Waffen dieses geschickten Herrschers, der es sehr bald meisterhaft verstand, seine Feigheit zu bemänteln und seine Verbrechen zu vertuschen, seine Mißerfolge durch die Erfindung von Legenden oder ihm gün-

stiger Voraussagen auszugleichen. Als einer der ersten wußte er die Dichter zur Verherrlichung seiner Herrschaft zu verwenden und aus dem Vermögen der Literatur ein Instrument zu machen, dazu bestimmt, seinen Ruhm zu schmieden, ihm Unsterblichkeit zu sichern, die Zeitgenossen zu täuschen mit allerhand Wundergeschichten, die bezeugten, daß er den Schutz der Götter genoß.

Er war so geschickt, auch Bescheidenheit als Tugend für sich zu verbuchen, und tat, als widersetze er sich dem ihm dargebrachten Kult, aus dessen Phase gegen Ende seiner Herrschaftszeit die Büste des Zürnenden Augustus *zweifellos stammt. Möglicherweise ließ der Bildhauer, indem er sich über die Konventionen der Offizialkunst hinwegsetzte und damit vielleicht auch gegen die herrschende Politik protestierte, seinem Ressentiment freien Lauf und brachte einen verspäteten Rachewunsch zum Ausdruck.*

III, 2

Von Plotius Tucca an L. Varius Rufus

Jetzt kommt die schlechteste Nachricht, die ich je gezwungen war, Dir zu übermitteln, und ich tue es zutiefst betrübt, doch bist Du nicht schuldlos daran, denn sie ist zum großen Teil eine Konsequenz der Vorsorge, die Dein letzter Brief enthielt.

Bis dahin begnügte sich Augustus, verstimmt zu sein über die Seefahrt, die Ihr unternommen habt, ohne Euch herabzulassen, ihn zu Rate zu ziehen. Trotz meiner Erklärungen versteifte er sich darauf, den genauen Zweck dieser Expedition nicht zu erfassen. Vor Ort die wichtigsten Bestandteile eines fast beendeten Epos überprüfen zu wollen? Zur Not hätte er gebilligt, daß Vergil derlei Nachforschungen anstellte, bevor er daran ging, den zunächst in Prosa abgefaßten Text in Verse umzuwandeln. Aber jetzt, da das Werk zur Veröffentlichung ansteht? Wer würde es wagen, so eine Entschuldigung vorzubringen? Schwer hinnehmbar. War Vergil noch ganz bei Verstand? Erst eine Weile später fragte sich Augustus nach dem wirklichen Sinn dieser Reise. Für drei Jahre! Das erschien ihm reichlich unangebracht. Soviel Zeit zu vergeuden, um zwei oder drei Details zu klären – da konnte man schon stutzig werden. Und allmählich, je mehr er darüber nachdachte, witterte er ein Ablenkungsmanöver. Wollte man etwas vor ihm verbergen? Was aber? Er war außerstande, sich dazu zu äußern, und begriff das Motiv um so weniger, als er nicht nachgelassen hatte, Vergil seine Freundschaft zu bezeigen.

Man muß wissen, daß seine Siege hier im Orient seiner Wachsamkeit kaum Abbruch taten. Je weiter er von Rom weg ist – in der letzten Zeit erreichten ihn von dort, durch die Entfernung aufgebauscht, mannigfache Gerüchte und Alarme –, desto mehr ist er auf der Hut und verlangt, über alles informiert zu werden, was einer Machenschaft oder Verschwörung auch nur ähnelt. In diesem Zusammenhang erfuhr er durch seine Informanten, daß ich einen Brief von Dir bekommen hatte. Die Reaktion ließ nicht auf sich warten, er lud mich auf der Stelle vor. Ich hätte im Erdboden versinken mögen.

Er las Deinen Brief und war bestürzt. Er fiel aus allen Wolken. Es war schlimmer, als er sich vorgestellt hatte! Wieso hatte Vergil, den er für einen treuen Anhänger hielt, seine Einstellung ihm gegenüber dermaßen geändert? Schon diese Skrupel, ein Werk zu veröffentlichen, das von allen erwartet und von ihm ohne Unterlaß großzügig gefördert wurde, waren mehr gewesen, als er fassen konnte. Daß jedoch der erheischte Aufschub nur ein Alibi war und verbergen sollte, daß sich der Dichter anschickte, ihn im Stich zu lassen, daran hätte er nicht im Traum gedacht! Dieser bäuerische Mensch mit dem plumpen Auftreten und den groben Manieren war ihm bisher ohne jeden Falsch erschienen, als unbedarft, von den Musen zwar geliebt und mit echtem Talent begabt, doch war er kaum mehr als ein Sohn aus dem Volke, ein Emporkömmling. Wie geschickt hatte er sein Spiel verdeckt! Diese ständigen Ausflüchte, diese Verschleppungsversuche, dieses Kokettieren – letztlich, um Augustus hinters Licht zu führen! Von soviel Böswilligkeit ihm gegenüber war er niedergeschmettert!

Und dann Dein erbaulicher Brief! Zuerst mußte Augustus vernehmen, daß ihr beinah in einem Sturm umgekommen wäret, sodann, daß der Verfasser des Werkes, das den Ruhm des Kaisers besiegeln und seine Herrschaft heiligen sollte, zu viele Fragen stellte, seine Nase in Angelegenheiten steckte, die ihn nichts angingen, und folglich sich anschickte, an der göttlichen Herkunft des Herrschers zu zweifeln, das ihm gespendete Lob zurückzunehmen oder nach unten zu korrigieren, wo Augustus sich doch in Gestalt von Aeneas für den eigentlichen Helden dieser Geschichte hielt und auf den Abschluß des Epos wartete, um sich darin in Aktion zu erleben! Man muß der Wahrheit ins Auge blicken: Vergil selbst hat ihm durch seine Lesungen und Versprechen den Mund reichlich wässrig gemacht, doch er zwang sich zur Zurückhaltung und versuchte, nichts zu forcieren. Zugegeben, ein Herrscher, dazu ein so großmütiger wie er, mag sich zehn Jahre gedulden, um die Vollendung des Werkes abzuwarten, das ihn unsterblich machen wird. Was sind schon zehn Jahre im Angesicht der Ewigkeit? Aber immer noch weiter? Nein, das ist kaum denkbar. Und schließlich, wenn die Qual des Wartens vorüber, der große Tag gekommen zu sein scheint, wird einem mitgeteilt, daß alles in Frage steht! Daß ein Dichter aus dem Nichts, einer, dessen Vater nicht einmal Bürger von Rom war und dem man den Landbesitz bei Mantua, der ihm geraubt worden war, zurückerstatten ließ, dem man in der Folgezeit half, dem ungesunden Sumpfklima seiner Heimat zu entkommen, den man gehätschelt und protegiert, bei Tisch empfangen, dem man vertraut und seine Freundschaft geschenkt hat, daß dieser Dichter also Umstände macht, sich ziert wie eine launische Schöne, verkündet, daß er noch nicht entschlossen sei, und sich bitten läßt! Wozu hat man Scharen von Barbaren besiegt, Italiens Einheit und den Frieden wiederhergestellt, den Parthern die gedemütigten römischen Adler entrissen, wenn so ein hergelaufener Schreiberling einen obendrein noch hinhält wie eine Frau ihren Liebhaber, einem die Ehre abschneidet, einen lächerlich macht, indem er bestreitet, daß man von illustrer Herkunft sei!

Wie soll ich es anders sagen? Das hielt Augustus nicht aus! Ja, ich gehöre zu denen, die aufgrund Deiner unglücklichen Einfälle den Ausbruch seines Zorns miterleben mußten. Und ich wünsche niemandem die schreckliche Auszeichnung, in die Situation zu geraten, in der ich mich befand, allein, verletzlich, dem zürnenden Augustus ausgeliefert. Er lief kreuz und quer durch den Raum, knirschte mit den Zähnen, stampfte mit den Füssen, schrie herum, daß ihm diese *Aeneis* schnurzegal sei, daß er genügend Ehrentitel für sich verbuchen könne, um nach alledem noch scharf zu sein auf diese ewige Rohfassung, die mitsamt ihrem anmaßenden Autor getrost verrotten könne.

Dann setzte er sich wieder. Das Blut wich ihm aus den Adern, er wurde leichenblaß und verfiel in diese fürchterliche Starre, in der er, ganz in sich verkrochen, die grausamsten Entschlüsse zu fassen pflegt. Deine Briefe lagen auf dem Boden, und niemandem wäre eingefallen, sie aufzusammeln. Seine engsten Berater stahlen sich davon, aber mir war, zu unser beider Unglück, leider nicht erlaubt, dasselbe zu tun, und ich glaubte wahrlich, meine letzte Stunde sei gekommen. Ein schwefelgelber Schimmer – von Haß im Reinzustand! – überzog das Weiße seiner Augäpfel, die bei ihm größer sind als bei einem Pferd. Er starrte mich an, daß es mir durch und durch ging, als existierte ich nicht. Seine violett verfärbten Lippen, von denen ich nichts ablesen konnte, zitterten vor ohnmächtiger Wut.

Schließlich kam er, reglos und ohne mit der Wimper zu zucken, wieder zu sich. Er gebot mir näherzutreten. Mit kaum vernehmbarer Stimme flüsterte er mir zu, daß er nicht wisse, wessen ich mich in dieser Angelegenheit schuldig gemacht habe, es auch nicht wissen wolle und mir ein letztes Mal sein Vertrauen gewähre, daß er von Stund an nicht eine Zeile, die ich schreiben oder erhalten werde, zu lesen verlange, daß er mir folglich freistelle, was ich Dir zu erklären für angebracht hielte, sobald seine Befehle ausgeführt seien, über die wir absolutes Stillschweigen zu bewahren haben.

Wir stehen also mit dem Rücken zur Wand. Die Anweisungen von Augustus sind einfach und zugleich so furchtbar, daß ich sie kaum weitergeben kann. Mir verschwimmt alles vor Tränen, nach jedem Wort muß ich aussetzen. Wie wirst Du reagieren? Wirst Du gehorchen oder, von Entsetzen gepackt, mich alleinlassen mit der ungeheuerlichen Tat, die uns obliegt? Wirst Du Dich ihr entziehen und die Flucht ergreifen wie ein Geächteter? Dann aber wisse, daß mein Leben in Deiner Hand ist und auch, daß Du niemals Ruhe finden könntest. Früher oder später würde man Dich einfangen, und Du müßtest die Schmach einer qualvollen Hinrichtung erleiden, im Zirkus ans Kreuz geschlagen, zusammen mit entlaufenen Sklaven.

Nachdem nun die Musen Vergil inspiriert und ihm beigestanden haben, auf unwiderlegliche Weise die göttliche Abstammung von Augustus zu etablieren, wird als nicht hinnehmbar erachtet, daß derjenige, der ausersehen war, unter ihrem Diktat zu schreiben, gegenwärtig widerruft. Auch wird, was immer er im Hinblick auf diese Leugnung unternimmt, doch niemals auslöschen können, was für alle Ewigkeit in den Himmel graviert ist. So wird gestraft, wer derart geheiligte Worte ausgesprochen hat! Und man setzt sich nicht ungefährdet über die Götter hinweg, die man selber mitschuf, sollte man auch, ausnahmsweise, den Glauben an sie verloren haben. Folglich darf niemand, schon gar nicht der Künstler, dessen Werk dem Herrscher zum Beweis seiner Göttlichkeit dient, sich dann gegen Vorrechte auflehnen, zu denen er diesem ja erst verholfen hat. Woher nimmt Vergil die Dreistigkeit, sich dem Wollen eines Gottes zu entziehen, dessen oberster Wille sogar darin bestehen kann, ihn zum Tod zu verurteilen?

Denn genau darum handelt es sich. Du findest in dieser Sendung ein Säckchen mit schwarzem Pulver, gewonnen aus der Verbrennung einer behaarten Pflanze, die Milch gibt. Es liegt bei Dir, dieses Gift in Wasser aufzulösen, das Du heimlich in Vergils Nahrung mischst. Achte darauf, dies mehrmals zu tun, damit man glaubt, daß die Beschwerden von einem unbekannten Fieber herrühren, das sich Vergil an den glühenden Gestaden Afrikas zugezogen hat.

Ja, Du begreifst: Im Gegensatz zu der herrschenden Meinung kennt Augustus – und seine eigene Familie kann dies am ehesten bestätigen – keine Gnade, schon gar nicht denen gegenüber, die er besonders geliebt hat. Hat er einmal seine Zuneigung dargebracht, verlangt diese eine Anhänglichkeit, die selbst das finstere Grab nicht aufzulösen vermag. Das Schlimmste ist eingetreten, wir müssen uns dazu entschließen. Ich gebe selbstverständlich zu, daß ungeachtet des Anteils, den Vergil selber hat, Du die schwerste Rolle dabei übernimmst. Aber füge Dich auch noch dem zweiten, ebenso gebieterischen

Wunsch von Augustus. Er hat verfügt, daß fortan und bis zur Zwischenlandung in Athen, wo Du ihm das Manuskript in die Hände legen sollst, Du allein für die Unversehrtheit der *Aeneis* verantwortlich bist. Hüte sie wie Dein Leben. Meide so sehr Du kannst die Wut der Stürme, entferne Dich nie zu weit von der Küste, auf daß Du Dich immer retten kannst.

Da uns nun nach dem unwiderruflichen Beschluß von Augustus und unter seinem göttlichen Schutz die Aufgabe zufällt, dem Leben Vergils ein Ende zu bereiten, laß uns Trost in dem Gedanken finden, daß durch unser Zutun sein Werk endlich erscheinen und den Ruhm erlangen wird, der ihm gebührt. Dank uns wird Vergil, und sei es auch höchst ungewollt, den Platz zur Rechten Homers einnehmen dürfen. Betrachten wir seinen Tod als Preis dafür, daß er einer der größten Dichter dieser Zeit und die *Aeneis* ein unvergängliches Meisterwerk wird, ganz dazu bestimmt, die Jahrhunderte zu überdauern.

Gespräch mit Gilles Virandes

(Dritte Kassette, B-Seite)

– Warum fühlte ich mich dermaßen betroffen von der Frage, ob Vergil in Karthago gewesen ist? Wieviele Jahre habe ich damit zugebracht, des Rätsels Lösung zu finden! Was hat das in mir aufgerührt? Welche innere Unruhe sollte durch diese Geschichte verborgen werden? Brauchte ich das, um glücklich zu sein? Und mehr noch, durch welche Veranlagung wurde ich zum gebannten und taktlosen Zuschauer der Liebe zwischen René Teucère und Anna Sidonis, ich, ein enttäuschter Beamter, vom sterilen Verwaltungswesen verödet, als wären mir die Adern ausgetrocknet.

– Aber waren Sie nicht vor allem dafür verantwortlich, den Fortgang der Arbeiten am Museum von Pleggah zu überwachen?

– Sie machen mir Spaß! Im nachhinein erscheint das so einfach! Ich hatte ja, und nicht nur einmal, versucht, Anna Sidonis vor den Machenschaften Teucères zu warnen. Aber bedenken Sie meine Situation. Anna erriet natürlich, daß ich in sie verliebt war, und hörte nicht auf meine Verdächtigungen. Der Gipfel war, daß sie mir mißtraute! Damit hatte sie im Grunde freilich recht. Hätte sich mir die Gelegenheit geboten, mich an Teucère zu rächen – ich hätte nicht eine Sekunde gezögert. Vorerst aber konnte ich schon von Glück sagen, daß Anna nicht alles daran setzte, mich zu meiden. Weiterhin in ihrer Nähe zu sein, wenn auch ohne die geringste Hoffnung, war zwar schmerzhaft, sie aber gar nicht zu sehen, wäre eine Qual gewesen. So ließ ich es dabei bewenden und verlangte nicht nach mehr. Ich ahnte, daß sie mich eines Tages brauchen würde. Diese Erwartung genügte, mein Unglück zu mildern.

– Meinen Sie, daß sie in ihrer Leidenschaft für Teucère ihm völlig freie Hand ließ?

– So war es nun mal. In den Vorgesprächen, die wir mit den örtlichen Behörden führten, verstand Teucère sehr geschickt, unsere Bedenken einzuschläfern. Ja, er hatte Berufserfahrung, nicht umsonst war er Museologe. Schematische Darstellungen, Lagepläne, Tabellen, Schaubilder – er wußte, wie man die Dinge darstellt und die Leute für sich gewinnt. Er wirkte derart überzeugend, daß man den Eindruck bekam, sich um nichts mehr kümmern zu müssen. Das kam allen sehr entgegen, wohlgemerkt! Denn nüchtern betrachtet, handelte es sich um ein Projekt, das von außerhalb, durch eine internationale Institution finanziert wurde und dessen Stätte von zweitrangiger Bedeutung war. Wahr ist, daß wir uns alle auf ihn verlassen haben!

Anna Sidonis hatte sich Respekt verschafft, als sie die Avancen, die ihr von mehreren Seiten gemacht wurden, zurückwies. Doch nun entdeckten unsere Partner, daß sie eine Liaison mit René Teucère hatte. Mehr als einer mußte sich also gekränkt fühlen, und das hätte schlecht ausgehen können. Freilich ließen sie sich nichts anmerken und wollten ihre Zusagen deshalb nicht zurücknehmen. Aber es wurde schon deutlich, daß sie enttäuscht und verletzt waren. Aus Stolz zogen sie es vor, sich für das Projekt nicht zu interessieren, sollte Anna Sidonis doch allein damit zurechtkommen. Hätte sie allerdings bei den Besprechungen, an denen sie als Leiterin der Ausgrabungsstätte teilnahm, die Stimme erhoben, dann weiß ich nicht ... Aber solange keine Veruntreuung der Gelder festgestellt wurde, war ich nicht berechtigt, mich einzuschalten. Ich bin kein Archäologe und konnte mich zu den inhaltlichen Problemen nicht äußern. Wenn man mich nach meiner Ansicht fragte, dann nur als beratende Stimme.

– Immerhin verwalteten Sie die von der Unesco bereitgestellten Mittel.

– Das schon. Ich überprüfte die Richtigkeit der Rechnungen und leitete die Aufstellungen an die zentrale Zahlstelle weiter. Von dieser Seite her war alles in Ordnung. Teucère hatte einen Vertrag mit einem ortsansässigen Unternehmer abgeschlossen, der die Pläne eines italienischen Architekten, nach dessen Besuch vor Ort entworfen, ausführen sollte. Es ging darum, dieses verlassene Gehöft umzubauen. Ich wies zwar darauf hin, daß es zu weit von der Ausgrabungsstätte entfernt lag, aber eine andere Lösung kam nicht in Frage, das da oder gar nichts. Man zeigte uns das verkleinerte Modell. Nun, umwerfend war es nicht, aber die Anlage war einfallsreich und die Innengestaltung nicht schlecht durchdacht. Was unserer Aufmerksamkeit entging, war indes der Inhalt und dessen Präsentation. Ich gebe zu, daß der Ausschuß, dem die Schirmherrschaft oblag, nicht wachsam genug war. Außerdem wußte ich nicht, daß Anna Teucère die Schlüssel zu dem Lager anvertraut hatte, in dem die Ausbeute der Grabungen aufbewahrt war, eine alte punische Zisterne, an der sie eine Eisentür hatte anbringen lassen. Was war zwischen ihnen abgesprochen? Ich wage die Hoffnung, daß sie ihn auf Dinge hingewiesen hat, die sie ausgestellt sehen wollte. Mich fragte sie sogar, ob ich damit einverstanden sei, daß ein Teil des ersten Stockes, den man den »Vergilsaal« nennen wolle, der *Aeneis* gewidmet werde. Dort sollten archäologische Belege für den Aufenthalt von Aeneas und den Besuch Vergils in Karthago versammelt werden.

– Eine Idee von Teucère? Nicht gerade geschickt getarnt.

– Sie wirkte durchaus verlegen, als sie mir das sagte. Ich merkte ja, daß ich bei dieser Sache Bürge und Geisel zugleich war. Mit Sicherheit würde Teucère versucht sein, alles für sich zu beanspruchen. Vergil in Karthago? Da hatte er keine Einwände, solange feststand, daß dieser, wie die damaligen Chronisten angaben, ja nur dem angeblichen Aufenthalt von Aeneas dort zur historischen Glaubhaftigkeit verhelfen wollte.

Kurz nachdem er mir die ersten Briefe gegeben hatte, gestand er mir sein Erstaunen darüber, daß es Plotius Tucca nicht gelungen war, Augustus vom Sinn dieses Unternehmens zu überzeugen, denn es wäre doch nur zu dessen Vorteil gewesen, Vergil nach den Spuren des Ahnherren suchen zu lassen. Ich erwiderte, daß Augustus dagegen war, weil er offenbar kein ruhiges Gewissen hatte und auf seine Vortäuschungen ja nicht selbst hereinfiel. Die Dichtung, alles schön und gut – sie war vortrefflich geeignet, diesem Zeug Glauben zu verleihen –, aber doch mit Abstand, eingehüllt in den Nebel der Mythen und Legenden. Da er das Ganze erfunden hatte, wußte er sehr wohl, daß man bei genauerem Hinsehen entdecken würde, daß nichts davon stimmte. Die Überprüfung, die Vergil sich in den Kopf gesetzt hatte, konnte ihm also nur schaden. Früher oder später würde der Schwindel auffliegen.

Und genau das muß meiner Ansicht nach passiert sein. Obwohl es mit einem Dichter ja hätte funktionieren können. Die Unbestimmtheit der Kunst – damit sind sie vertraut, vor allem die jungen. Dazu ein paar wohlgezielte Drohungen, und man kann ihnen gemeinhin weismachen, was immer man will. Aussichtslos bei Vergil, der wirklich überaus genau war. Schon von Natur aus. Er war bei weitem nicht der Naive, für den man ihn hielt. Man hätte es ahnen können angesichts seines heimlichen Interesses für Philosophie. Bei einem Versemacher schon ein schlechtes Zeichen! Im Alter dann, als er Bilanz zog, stieg Verbitterung in ihm auf. Eine schlechte Ratgeberin! Drängt sie doch dazu, Rechnungen zu begleichen.

Als sich herausstellte, daß dieser zunächst symbolische Ausflug in eine ganz andere Richtung führte, als die bloße Pilgerfahrt zu einer minutiösen Nachforschung vor Ort wurde, mußte die Sache kurzerhand beendet werden. Denn Vergil brauchte nicht lange, um zu bemerken, daß er nichts von dem, was er suchte, finden würde und daß das Erhabene in seinem Epos allein seiner Vorstellungskraft entspringen mußte. Das Werk hatte schließlich keine Berichte zu liefern. Seit Jahren stand er unter Druck, auf daß seine Dichtung der Historie Verstärkung bot. Und als Höfling, der seinem Fürsten gefallen wollte, hatte er manches dazuerfunden. Das ließ sich nun nicht mehr umkehren. Sollten die Dinge also bleiben, wie sie waren! Die Geschichte von Dido und Aeneas? Frei erfunden, eigens, um die Leser zu rühren und auf romaneske Weise den Ursprung der punischen Kriege zu erklären.

– Was bewirkte denn seinen Sinneswandel?

– Den Briefen von Varius Rufus zufolge waren es die lokalen Gelehrten, die man um ihren Beitrag gebeten hatte. In jenem Küstenstrich Afrikas hatte Augustus beileibe nicht nur Anhänger! Als Vergil nun ganz arglos sein Projekt darlegte, war es für sie ein Kinderspiel, die Legende zu zerpflücken. Es heißt sogar, daß sie Vergil für dumm verkaufen wollten. Verständlicherweise hat er das übel aufgenommen. Welche Demütigung für einen Dicher seines Ranges! Zutiefst verletzt, begriff er rasch, daß sein Nachruhm ins Wanken geriet. Wenn das so anfing, und noch zu seinen Lebzeiten, was war dann erst für später zu erwarten? Als Beweihräucherer des Regimes zu gelten, barg die Gefahr, vollständig mit diesem unterzugehen. Wer wußte, wie es einmal enden würde ... Vergil wußte immerhin genug, um vorausahnen zu können, daß sich die Haltung von Augustus im Lauf der Zeit nur noch verhärten würde, daß seine Herrschaft von Machtmißbrauch über Verbannungen bis hin zum Autoritarismus und Verbrechen gehen würde. Und was war bei alledem die *Aeneis*? Nichts anderes als eine enorme Blankovollmacht für die Zukunft, ein ideologisches Monumentalgemälde von großer Ausstattung, dazu da, das Scheußliche schönzufärben, den Schleier des Ruhms über Amtsverletzungen zu breiten, die im Namen der Staatsräson, das heißt allein für das politische Überleben des Tyrannen begangen wurden.

Welchen Ruf würde er, der Dichter, davontragen? In alle Ewigkeit als Fürstenknecht, als anerkannter Stiefelputzer zu gelten, war das sein Traum? Dieser Aufenthalt in Karthago hat ihm die Augen geöffnet! Er sah, wie dort auf den Altären der Augustustempel Fett und Eingeweide der Opferstiere qualmten, und begriff, was ihn erwartete. Ihm blieben nur noch zwei Möglichkeiten: entweder das Epos abzubrechen, das er, wenn man Varius glauben darf, schon seit einiger Zeit zu vernichten erwog, oder aber es vollständig umzuarbeiten, die allzu krassen Gefälligkeiten, die Abgeschmacktheiten, die gesamte unstatthafte Liebedienerei daraus zu entfernen. Und damit hat er möglicherweise gleich nach seinem Aufbruch aus Karthago begonnen, unterwegs nach Griechenland. Aber Varius Rufus paßte auf, und Vergil hatte nicht mit der sofort alarmierten Wachsamkeit von Augustus gerechnet. Sie können sich denken, daß der nicht locker ließ und keinesfalls bereit war, eine Initiative zum Rückzug oder Verrat zu dulden. Folglich ist anzunehmen, daß er beschloß, das Unternehmen zu stoppen, bevor es zu spät war.

Nun, in seltsamer Wiederkehr der Dinge geschah ungefähr dasselbe mit dem Museum von Pleggah. Teucère glaubte, daß auf den Kunstwerken, deren Überreste man entdeckt hatte, Aeneas als zentrale emblematische Figur dargestellt war, einmal deshalb, weil er sich in der Gegend aufgehalten hatte, kurz bevor er nach Italien gelangte und an dessen Küste bis nach Ostia hinauffuhr, zum anderen, weil er als der Begründer Roms besondere Verehrung bei den Veteranen genoß, die an der Stelle, wo einst der Palast von Dido stand, eine Kolonie gründen sollten und sämtlich in der Armee von Aeneas' Nachfahren Julius Cäsar, somit zum Ruhm des Geschlechtes der Julier, gekämpft hatten, dem Augustus angehörte.

– Was für Teucères These sprach.

– Ja, deshalb wollte er bestimmte Stücke in das Museum aufnehmen. Als ich aber anfing, seine einseitige Interpretation zu bestreiten, vor allem, als ich anhand des Freskos, das der kleine Jules mir gezeigt hatte, nachwies, daß die Porträts nicht Aeneas, sondern Vergil meinten, wurden unsere Positionen unvereinbar, und Teucère betrachtete mich als seinen Erzfeind. Die Situation spitzte sich derart zu, daß Teucère mich nicht mehr bei der Einrichtung des *Aeneis*- Saales hinzuziehen wollte und, um mich auszuschließen, sogar vorgab, er habe das Projekt fallenlassen.

– Hielt er deshalb auch die übrigen Rufus-Tucca-Briefe zurück?

– Besser hätte er sich gar nicht rächen können! Zumal ich beim vierten Brief, der ja von Vergils Besuch in Karthago berichtet, schon das Gefühl hatte, daß die Fortsetzung mir recht geben würde. Denn daß Vergil umschwenken würde, zeichnete sich da schon ab. Der Streit über die Begegnung von Aeneas und Dido hatte Konsequenzen. Wenn sie in Wirklichkeit nie stattgefunden hatte, konnte man auch an der Existenz des trojanischen Helden zweifeln, stand also die göttliche Abstammung von Augustus in Frage. Ich ahnte, daß in der politischen Situation damals Nachforschungen an diesem Punkt den Dichter in größte Schwierigkeiten bringen mußten. Auch für Teucère galt er als Verräter an der Sache der Aeneaden, und es war sicher kein Zufall, daß er plötzlich Ausflüchte machte, mir den Rest des Manuskriptes vorenthielt. Sie wissen, daß ich über den vierten Brief nicht hinausgekommen bin. Das werde ich ihm nie verzeihen. Was hätte ich darum gegeben, die Fortsetzung wenigstens zu überfliegen!

– Und er ließ sich nicht erweichen?

– Wo denken Sie hin! Für ihn war das die Gelegenheit! Wie er sie nutzte, war schamlos, besonders weil ja erst ich, mit meiner systematischen Erforschung des Vergilfundus in der Nationalbibliothek, ihn auf den Gedanken gebracht hatte, schneller zu sein. Kein anderer als er, das haben Sie gleich erraten, konnte ein Interesse daran haben, ein derartiges Dokument zu entwenden oder entwenden zu lassen. Zum Wütendwerden, nicht wahr? Er gebrauchte also diverse Ausreden, wie zum Beispiel, daß er den Inhalt der Briefe nicht verbreiten wolle, bevor er mit ihrer Übersetzung fertig sei. Ohne größere Hoffnung bot ich mich an, ihm dabei zur Hand zu gehen. Ich? Was nahm ich mir heraus? Teucère verzog die Mundwinkel zu seinem spöttischen Lächeln. Der Dreckskerl, er hielt mich an der Gurgel!

– Er wird Sie ausgetrickst haben.

– Das war mir klar. Zuerst sagte er, die Briefe seien schwer zu entziffern, dann, in die Enge getrieben, verstieg er sich zu dem Einfall, es handele sich um eine Fälschung.

– Dort hätten Sie vielleicht ansetzen sollen.

– Die Frage war in der Tat berechtigt. Allerdings glaube ich, daß sie in Ermangelung einer echt wissenschaflichen Analyse bis heute nicht entschieden ist. Der erste Teil des Dokumentes, zumindest so, wie ich ihn in die Hand bekam, bestand aus der Fotokopie eines Stoßes Blätter, die aus dem Ende des 17. Jahrhunderts stammten. Sie waren vorne eingeklebt in den *Vergilkommentar* von Aelius Donatus – in ein Exemplar, dessen Eigentümer am Rand vermerkt, er habe während einer Sizilienreise diese Abschrift vorgenommen nach einem Manuskript aus der Renaissance, das er detailliert beschreibt und in der Privatbibliothek des Grafen Emmanuel de Castiglia entdeckt haben will.

– Und was meinen Sie dazu?

– Ich bin mir nach wie vor nicht sicher. Es existieren ja alle möglichen Fälschungen, seit dem Mittelalter oder noch davor, solche, die man schamhaft Apokryphen nennt, von denen einige auf die Spätantike zurückgehen und sogar bis in die Zeit von Donatus. Halten Sie sich das Schicksal der *Aeneis* vor Augen: Wie oft ist sie seit ihrer Umarbeitung durch Varius und Tucca wieder abgeschrieben und verändert worden bis zu der uns überlieferten Fassung! Da das Werk offenbar unvollendet geblieben ist, übte es eine starke Versuchung auf Dichterlehrlinge aus, die fehlenden Endverse zu ergänzen, was jeder nach seiner Version unternahm. Jedoch, wenn wir lesen, stellen wir uns nicht solche Fragen. Kurz, Teucère schaffte es, meine Aufmerksamkeit vom Museum abzulenken, so daß wir uns am Vorabend der Eröffnung vor vollendeten Tatsachen wiederfanden.

– Wußte Anna von der Existenz der Briefe?

– Es war an einem sehr heißen Tag. Ich weiß nicht mehr, wo Teucère sich aufhielt, wahrscheinlich im Museum, zusammen mit seinem Sohn. Anna besuchte mich. Sie hatte gerötete Augen, offensichtlich vom Weinen, vielleicht hatten sie Streit gehabt. Um sie auf andere Gedanken zu bringen, schlug ich ihr vor, baden zu fahren. Sie kannte eine gute Stelle, zwei Autostunden entfernt, ziemlich abgelegen, geschützt durch ein Kap und alte Steinbrüche noch aus der Zeit Karthagos. Flachkähne, die sich leicht beladen ließen, legten bei ruhiger See an der Kante der steilen Felsen an, die auf natürliche Weise als Kai dienten. Davor erstreckte sich in einer Tiefe von drei bis vier Metern unter dem klaren Wasser ein endloser Boden aus weißem Sand. An jenem Tag herrschte längs der Küste starke Strömung, Sie wissen ja, daß nachmittags ab zwei Uhr Wind aufkommt und das Meer dann häufig aufgewühlt ist.

Um die Bruchsteine herauszuholen, hatten die Punier quadratische Öffnungen in den Fels getrieben, somit eine Reihe von Kammern unter freiem Himmel geschaffen. In die Steilwand waren Stufen gegraben, auf denen man hinabgelangte, vorbei an sturmgekrümmten Kiefern mit knotigen Stämmen. Auf die terrassenförmigen Absätze der Kammern hatte der Wind sehr feinen, fast ungreifbaren Sand getragen, der sich in den Ecken häufte und den Boden wie mit einem Teppich überzog. Man hätte beinah dort wohnen können, in diesen windgeschützten Zimmerfluchten mit Blick aufs Meer. Am Horizont zeichnete sich eine schaumumspülte Insel ab, die spitz zulief. Sie sah aus wie ein Hundezahn.

Unvermittelt warf Anna ihre Tasche in eine Ecke und zog sich aus bis auf den zweiteiligen Badeanzug. Von ihrem Gesicht hatte ich schon gesprochen. Aber ihr Körper erst! Hatte der Wind mir den Mund so ausgetrocknet? Ich hatte keinen Speichel mehr, konnte nicht schlucken, und mein Herz, aus dem das Blut wich, schlug im Leeren wie verrückt. All diese Herrlichkeit in Reichweite! Da weiß man nicht mehr, ob man existiert. Denn wenn sich einem solche Vollkommenheit zeigt, ganz ohne Scham und Scheu, muß man wohl glauben, daß sie einem auf diese Weise zu verstehen gibt, wie groß ihr Vertrauen ist, oder daß man ihr nichts bedeutet. Warum sollte sie mit der Enthüllung ihrer Schönheit vorsichtig sein, wenn sie doch offenkundig und in Anbetracht des trennenden Abstands – durch den Altersunterschied, durch den anderen, dem sie gehört – nicht für einen bestimmt ist? Erbarmungslos wird so ein unsichtbares Bollwerk errichtet. Man bleibt wie versteinert. Der geringste Annäherungsversuch hätte mir das gewöhnliche Los all derer bereitet, die es nur auf ihren Körper abgesehen haben, und das bißchen Interesse zerstört, das sie mir entgegenbrachte. Sollte ich tun, als sei nichts? Wie konnte ich ihr zeigen, ohne vulgär zu erscheinen, daß ich sie begehrte? Eine einzige Geste, an der sie Anstoß nahm, hätte diese unerwartete Vertraulichkeit beendet, zu der sie im Schutz der Freundschaft bereit war und die zu erhalten immer gut ist, weil sie einem die Illusion läßt, noch sei nichts verspielt, noch könnte ich sie bei der erstbesten Gelegenheit um die Taille fassen, könnte mit verständnisinnigen Blicken und leichten Berührungen Intimität herstellen, wenn ich nur nicht zu weit ging. Schon beim Gedanken an dieses ganze Ritual voller Feinheiten, oder was ich dafür hielt, zitterten mir die Beine.

Ich stand an der felsigen Kante, die scharf und zugleich glitschig war, überzogen von einer Kruste aus Muschelschalen, überdeckt mit fetten Algen. Ich tauchte ins Wasser. Klar und warm, hatte es durch die starke Strömung doch etwas Bedrohliches. Um nicht fortzutreiben, mußten wir ständig schwimmen, und es kostete große Anstrengung, vor der Stelle zu bleiben, an der unsere Sachen lagen. Wir waren schnell erschöpft und kehrten um. Ich war als erster an der Felskante, zog mich hoch, saß, noch halb im Wasser, auf ihrem überspülten Rand und wollte Anna beim Herauskommen helfen. Doch als sie meine Hand packte, ihren Fuß auf den Vorsprung setzte, riß eine starke Welle sie fast um. Damit sie sich nicht an den scharfen Muchelschalen verletzte, griff ich ihr unter die Arme und hob sie hoch, sie verlor den Halt und fiel, keuchend und tropfnaß, der Länge nach auf mich. Ihr fester Körper drückte sich gegen meinen, unsere Schenkel verschränkten sich, da zog ich sie noch näher an mich und gab ihr einen Kuß, den sie mit einer Heftigkeit erwiderte, auf die ich nicht gefaßt war. Überwältigt von meinem Verlangen, überschüttete ich sie mit zarten, mit heftigen Liebkosungen. So unvermittelt, wie sie meinen Kuß erwidert hatte, machte sie sich los und richtete sich auf. Sie holte Atem, hockte sich hin, die Schenkel noch um meine Hüften gespreizt, die Masse ihrer schwarzen, lockigen Haare zurückgeworfen, und zog sorgfältig ihren Büstenhalter zurecht, unter dem für einen Augenblick ihre nackten Brüste zum Vorschein gekommen waren. Dann beugte sie sich über mich, so daß ich in ihrem Schatten lag, stützte sich, diesmal auf Abstand bedacht, mit den Armen auf, gab mir einen abschließenden, kurzen Kuß und murmelte, daß wir nicht weiter gehen sollten, »es ist so schon kompliziert genug«.

Diese Qualen bei lebendigem Leib!

Am Ende des Nachmittags kehrten wir zurück auf dem Pfad, der sich zwischen Wurzeln die Steilküste hinaufschlängelte. Der Anstieg war mühsam, ich hatte ein wenig Vorsprung, drehte mich um und fragte, ob sie den Inhalt der letzten vier Briefe von Plotius Tucca und Varius Rufus kenne. Sie hob den Kopf und runzelte die Stirn, begriff nicht, was ich meinte. Sollte Teucère ihr kein Wort davon gesagt haben? Ich eröffnete ihr, daß er mich mit diesen Briefen erpreßte, daß ich seinem Druck bislang nicht nachgegeben hatte, woraufhin er mich von den Vorbereitungen des Ausstellungssaales, den wir der *Aeneis* widmen wollten, ausgeschlossen habe. Ich offenbarte auch meinen Verdacht, daß Teucère die archäologischen Fundstücke, die sie ihm zur Verfügung gestellt hatte, verfälschte, so daß gewiß alles, was Aeneas betraf, Vorrang erhielt, zu Lasten von Vergil zum Beispiel.

– Wie hat sie reagiert?

– Ich spürte, daß sie zögerte. Dann nahm sie meine Hand, holte den letzten Schritt auf und sagte, wobei ihr Gesicht mich fast berührte, daß sie mir dankbar sei für die Diskretion, mit der ich sie damals habe warnen wollen, auch wenn meine Andeutungen ziemlich vage gewesen seien. Heute verstehe sie deren Bedeutung besser und bedauere, sie nicht beachtet zu haben. Im Namen dessen, was zwischen uns geschehen war, bat sie mich sodann, wie um einen Gefallen, ihr offen zu sagen, was ich über Teucères Absichten wisse. Sie können sich denken, daß ich nicht lange gefackelt habe. Ich gestand ihr meine Kenntnis von Telegrammen, aus denen hervorging, daß Teucère unterderhand seine Versetzung nach Rom betrieb, in den Unesco-Ausschuß für das Weltkulturerbe, daß er die Eröffnung des Museums für einen Mediencoup nutzen, damit seinen Aufstieg sichern und seine Ernennung beschleunigen wollte.

Blitzarig verwandelte sich die sinnliche Anna in eine Kriegsgöttin, stand da mit verlorenem Blick und zitterte vor unterdrückter Wut. Ohne sich nach mir umzusehen, ging sie mit schnellerem Schritt auf dem Sandweg weiter, der oben an der

Steilküste entlangführt. Als wir dann im Auto saßen, glitzerten Tränen in ihren Augen, während sie zugab, mir gegenüber ungerecht gewesen zu sein. Sie versprach, ihr möglichstes zu tun, um mir zu helfen: Wenn René Teucère diese Briefe besaß, würde sie dafür sorgen, daß ich umgehend eine Kopie erhielt.

Museum von Pleggah, Vergilsaal

Vitrine Nr. 7

Rechts vom Fenster, unter dem marmornen Pferdekopf mit gebleckten Zähnen, der die kriegerische Aggressivität des punischen Karthago symbolisiert, befindet sich eine lange Vitrine, in der eine vollständige Sammlung dekorativer, größtenteils zur Toilette verwendeter Gegenstände zu sehen ist. Von links: Eine Räucherpfanne aus Terrakotta in Gestalt einer bärtigen Gottheit, bei der es sich zweifellos um Baal Hamon handelt; ein Salbgefäß mit hochgebogenen Henkeln; ein Schminklöffel, dessen Stiel die Form eines Skorpionschwanzes hat; ein aus schwarzem Stein gearbeiteter Anhänger von unbekannter Herkunft; ein kleiner Spiegel aus polierter Bronze, dazu gehörend ein Rasiermesser aus dem gleichen Material, beide aufbewahrt in einem Bleikästchen, dessen Schmelzspuren von der Heftigkeit des Brandes zeugen; ein Kamm aus Elfenbein, mehrere Nadeln aus Horn, sowie ein Stift, der zum Schwärzen der Lidränder benutzt wurde.

Auf der rechten Seite, von den übrigen Gegenständen abgerückt, sieht man ein gedrungenes Fläschchen, das die Form und annähernd auch die Farbe einer reifen Feige hat. Diese Phiole aus geschliffenem Buntglas weist eine winzige, verschließbare Öffnung auf. Es ist bemerkenswert, daß der Stopfen, so klein er ist, immer noch an seinem Platz steckt.

Das Fläschchen erweckte die Neugier der Archäologen, weil sein Boden von einer eingetrockneten Substanz überzogen ist. Deren Analyse in einem biochemischen Labor erbrachte, obwohl nicht alle Elemente identifiziert werden konnten, den eindeutigen Befund, daß es sich bei diesem Restbestand um ein hochwirksames, in der Antike häufig verwendetes Gift aus Pflanzenextrakten handelt.

Eine der Pflanzen, aus deren Saft die tödliche Mischung gewonnen wurde, ist übrigens wohlbekannt: ein scheinbar harmloses Wolfsmilchgewächs, dessen pelzige Blätter eine merkwürdige Struktur besitzen, wie gekochtes Leder. Wenn man den Stengel abbricht, quillt dicklicher weißer Saft heraus, der unangenehm riecht. Die Pflanze kommt ohne Chlorophyll aus, weil sie, obgleich vorwiegend in Südeuropa, nur im Schatten wächst. Aus dieser Besonderheit rührt die Legende her, derzufolge sie in Ländern mit gemäßigtem Klima in der Nähe heißer, schwefelhaltiger Quellen gedeiht oder an Höhlen und Schlünden, die im Gebiet rings um das Mittelmeer wegen ihrer üblen Ausdünstungen als Eingänge zur Unterwelt galten.

IV, 1

Von Lucius Varius Rufus an Plotius Tucca

Immer werde ich mich jetzt fürchten, wenn ein Brief von Dir kommt. Was verlangst Du von mir? Solche Worte, und von Deiner Hand geschrieben! Ich mußte Deine Zeilen mindestens zehnmal lesen, bevor ich begriff, daß es sich nicht um ein Versehen handelt. Das mitgeschickte Säckchen läßt mir leider keine Ausflucht. Zuweilen bedauere ich, daß mir der Mut fehlt, die Behandlung auf mich selbst anzuwenden. Dann wäre ich augenblicklich meine Gewissensbisse los. Was wir tun, nennt man Verrat und Frevel. Gewiß, Du wirst mir sagen, daß wir nur ausführen, was der Herr dieser Welt unwiderruflich beschlossen hat. Trotzdem! Ein wehrloser Dichter, zudem unser Freund. Das ist etwas anderes, als mit einem treubrüchigen General abzurechnen oder mit einem Gouverneur, der seine Stadt an den Feind verkauft hat! Nein, dieses Verbrechen ist viel schwerer zu tragen! Ist sein Anlaß denn so gewichtig? Stellst Du Dir wenigstens die Strafe vor, die uns erwartet, wenn wir diese Schandtat vollbracht haben? Wenn wir einst als Schatten durch die Unterwelt irren, wird uns dieser lebende Gott dann hoffentlich nicht vergessen und sich bei Pluto zu unseren Gunsten verwenden. Vorerst hoffe ich, daß unsere Freundschaft unbeschadet aus solcher Prüfung hervorgeht. Ich werde gehorchen, was immer es mich kostet, das ist gewiß, denn ich bin des Kaisers eifriger Diener. Möge er erfahren, daß ich bereits begonnen habe, seinen Willen zu erfüllen ... Um Vergil nicht zu beunruhigen, habe ich ihm gegenüber nichts von dem bevorstehenden Treffen verlauten lassen. Wir werden also am festgesetzten Tag in Athen sein. Doch in Anbetracht der Fortschritte, die das ihn befallende Übel macht, weiß ich nicht, in welchem Zustand er sich befinden wird, wenn er mit Augustus zusammentrifft. Damit er nichts ahnt, bleiben wir auf der geplanten Route. Aber mit dem Herzen sind wir nicht mehr dabei. Von Süditalien bis zur griechischen Küste hatten wir nicht die leiseste Brise. Die Hitze ist erdrückend. Die Mannschaft manövriert schweigend, als wären alle von Vergils Leiden mitbetroffen, und die Ruderer plagen sich ab beim Versuch, möglichst jeden Ruck zu vermeiden.

Gleich nach der ersten Dosis bekam Vergil Nasenbluten und einen rauhen Husten. Wenn ein Anfall vorüber ist, starrt er benommen vor sich hin. Ich wette, daß er seine medizinischen Kenntnisse zu versammeln sucht, um eine Diagnose zu stellen und sich an das geeignete Hilfsmittel zu erinnern, was sein

Schwächezustand jedoch verhindert. Der Kapitän hat ihm mit liebevoller Fürsorge am Heck ein Lager bereitet, ein Sonnensegel darübergespannt, so daß er die ganze Zeit, sogar nachts, im Freien bleibt. Aus Angst zu stören, entschuldigt er sich unablässig und muß doch, so sehr es ihm widerstrebt, häufig nach Wasser verlangen. Niemand beschwert sich darüber, ihn bedienen zu müssen. Seine Schicksalsergebenheit ist mitleiderregend, und obgleich ich es bin, der sein Ende bewerkstelligt, entlockt mir seine Bestürzung Tränen, so daß ich mich von ihm abwenden muß. Es ist klar, daß ich dafür in alle Ewigkeit verdammt bin.

In Augenblicken, in denen er wieder zu sich kommt oder die Schmerzen allmählich nachlassen, besinnt er sich darauf, mich herbeizurufen. Dann sieht er mich eindringlich an, als erforsche er mich bis auf den Grund der Seele. Ich bin sicher, er fragt sich, ob er mir weiter vertrauen kann, und da die Antwort ausbleibt, faßt er nach meinem Arm, drückt ihn mit aller Kraft, als wolle er mich durch den Schmerz, den er mir zufügt, zwingen, das Innerste meiner Gedanken zu offenbaren. Ach, wenn er wüßte ...

Wenn die Sonne untergeht und die Hitze nachläßt, öffnet Vergil die Truhe mit den Manuskripten, zeigt auf eine Rolle und bittet mich, ihm daraus vorzulesen. Ich tue es, bemüht um schönen Vortrag, der die Verse klingen läßt, wie er selbst es so gut versteht. Doch leider bin ich ihm weit unterlegen, und zu meinem Kummer erscheinen mir die Worte, die aus meinem Mund kommen, leer und stumm. Wie glücklich würde es mich in meinem Elend machen, könnte ich ihm auch nur im geringsten das Ende mildern, ihn davon überzeugen, daß das Epos, das er hinterläßt, schön ist, gut rhythmisiert, seinem Andenken nicht schadet, ja im Gegenteil, es verherrlicht. Übrigens erscheinen, sobald ich die ersten Verse vortrage, einer nach dem anderen, wie Katzen auf der Lauer, die Matrosen, die der Schiffsdienst nicht braucht, und setzen sich in einiger Entfernung nieder. Dann, getragen vom Atem der Dichtung und dem Rhythmus der Wellen, die das Schiff wiegen, gewinnt in der blauen Dämmerung meine Stimme an Umfang und Kraft, ist alles ringsum so sonderbar.

Nur Vergil läßt sich vom Zauber seiner Kunst nicht verführen; er hat das Werk, das er in- und auswendig kennt, offensichtlich satt. Ich habe den Eindruck, je öfter er darauf zurückkommt, desto stärker widert es ihn an. Durch das Übel, das ihn quält, ist er nur noch reizbarer geworden, und ich halte den Zeitpunkt für gekommen, an dem wir das Werk, bevor er es vollends nicht mehr ausstehen kann und sich zum Äußersten entschließt, vor ihm in Sicherheit bringen müssen. Mit einer verzweifelten Handbewegung gebietet er mir, mitten im Vers, aufzuhören. Wie auf Verabredung ziehen sich dann die Matrosen vom Lichtkreis der Öllampe, an dessen Rand sie verharrten, ins Dunkle zurück, das sie verschluckt, kaum vernehmbar das leise Geräusch ihrer nackten Sohlen auf den Planken des Decks. Solche Behutsamkeit von Männern, die an härteste Arbeit gewöhnt sind, sollte uns eine Lehre sein!

Was ich nun sage, wirst Du ungern hören, aber es ist auch das, was mich aufrecht erhält bei der Aufgabe, die ihr mir übertragen habt. Sowie ich beim Vorlesen zu einer Passage komme, die auf den Herren Roms anspielt, wird Vergil unruhig, richtet sich auf seinem Lager auf, versucht, mir das Manuskript zu entreißen. Flehentlich sieht er mich an und beschwört mich: »Sieh, lieber Varius, nichts ist wie früher. Markiere diese Stelle! Sollte ein Unglück geschehen oder mir die Kraft dazu fehlen, so denke du daran, sie zu streichen, bevor es zur Abschrift kommt. Wie konnte ich mich derart verirren? Schon das Ganze ist nicht sonderlich gelungen, doch was, sag mir, sollen diese

Lobreden zum Ruhm von Augustus? Ja, ich bekenne, dem Epos zuliebe habe ich es mit der Geschichte nicht so genau genommen, manches ist übertrieben, schon die Abenteuer von Aeneas sind mir Pein genug. Sollte ich so feige gewesen sein, daß ich mich lenken ließ? So unterwürfig, daß ich die Wünsche des Herrschers vorwegnahm? Welche Abgeschmacktheit, die zeitlose Legende mit all diesen Seitenblicken auf die unmittelbare und ach so kurzlebige Gegenwart zu vermischen! Sei es mir, in der Nähe des Todes und ohne jede Furcht mehr, wenigstens vergönnt, meine Fehler zu erkennen und mich zu bessern. Muß ich für dieses Werk, das die Erinnerung an meinen Namen und das, was ich gewesen bin, weiterträgt, nicht einzig vor der Nachwelt einstehen? Du weißt, welche Ränke am Hof herrschen, welch besorgniserregende Nachrichten aus Rom uns erreicht haben, wie bedenklich die Unruhen sind, die die Ernennung der beiden neuen Konsuln ausgelöst hat. Stell dir vor, Augustus, von seinen Feinden schließlich besiegt, ist nicht mehr. Sein Nachfolger, wer immer es sei, wird nicht ruhen, um den glanzvollen Nachruhm herabzusetzen. Was geschieht dann mit der *Aeneis*? Dergestalt mit Augustus verbunden, daß sie sofort der Unterdrückung zum Opfer fällt, wird sie aus allen Bibliotheken verschwinden. Siehst du, welch banalen Zufällen ich unterworfen bin? Habe ich soviele Jahre gearbeitet, meine Gesundheit geopfert, um ein Werk zu schaffen, das der Vergänglichkeit zu trotzen vermag, damit ich dann, allein wegen meiner Willensschwäche oder Inkonsequenz, zum Spielball von Ereignissen werde, die nichts mit meiner Kunst zu tun haben, nicht von mir abhängen und die ich nicht beeinflussen kann? Das wäre, wenn man es recht bedenkt, des Auftrags nicht würdig, den mir die Musen anvertraut haben. Dem Werk geziemt es, Höhe zu gewinnen, dafür muß fortan gesorgt werden. Du wirst darüber wachen, nicht wahr?«

Ich nicke ohne rechte Überzeugung. Er sieht mich an und scheint noch stärker beunruhigt als durch das heimtückische Übel, das ihm schon keine Atempause mehr läßt. Ich habe mein bestes versucht, ihn zu überzeugen, daß er sich unnötige Sorgen macht, daß die Fundamente des neuen Roms desto fester stünden, als die Göttlichkeit von Augustus sie stütze, zu deren Anerkennung sein Epos beitrage, daß deshalb sein Ruf nur noch erhöht, ja nahezu geheiligt werde. Als offizielles Werk dieses Jahrhunderts werde man die *Aeneis* unweigerlich in den Schulen studieren, sie abschreiben, nachahmen, kommentieren, wahrscheinlich auch kritisieren, doch was bedeute das schon angesichts des Glanzes, in dem sie dann erstrahlt.

Doch leider bringt Vergil das bißchen Kraft, das ihm geblieben ist, noch dazu auf, in Zorn zu geraten. Er wirft sich auf seinem Lager herum, ergeht sich in lästerlichen Worten, zischt mir zu, daß man die Dinge nicht verdrehen dürfe, daß in Wahrheit Augustus sein Schuldner sei. Stolz wie er ist, will Vergil seinen Wert nur sich selbst verdanken. Verärgert läßt er meinen Arm los, stößt mich unwirsch zurück, weil er gemerkt hat, daß ich ihm nicht gehorchen werde. Ist das mein Fehler? Man kann alles von mir verlangen, sogar die abscheuliche Tat, die mir obliegt, doch wenn ich mich dazu bereitfinde, dann aus der Überzeugung, daß wir Gefahr laufen, ein Werk zu verlieren, das seinen Autor, der es selbst vernichten will, an Größe bei weitem übertrifft. Daher werde ich niemandem, und schon gar nicht Vergil, je gestatten, dieses Epos auch nur im geringsten anzutasten!

Da man uns mitteilte, daß die Flotte von Augustus, die gerade Samos verlassen hatte, Athen erst in einigen Tagen erreichen würde, fürchtete ich, der Anblick der beflaggten Stadt könne Vergil stören und ihn alarmieren. Ich verschwieg ihm, daß wir am Horizont das Aufleuchten der Kriegsbanner erwarteten, die das Nahen des Flaggschiffes ankündigen, und überredete ihn zu einem Abstecher nach Megara, berühmt durch die Schriftsteller und Philosophen, die einst dort weilten. Doch leider konnte Vergil sich dort kaum umsehen. Eine zweite Dosis, nach den vorgeschriebenen Abständen verabreicht, hat ihn niedergestreckt.

(...)

Ich hatte so gehofft, Dich in Athen wiederzusehen. Nach diesen Monaten der Trennung hätte es mir sehr wohlgetan, mit Dir zu reden und etwas Zuspruch zu empfangen. Aber Cäsar hat es anders gewollt, und groß war meine Enttäuschung zu erfahren, daß Du unverzüglich weiter nach Brundisium gereist bist, um dafür zu sorgen, daß alles zum Empfang von Augustus bereit ist, wenn er wieder italienischen Boden betritt. Ich weiß, daß Du von dort nach Rom mußt, um Deinen Auftrag zu vollenden und die Vorbereitungen für seinen Triumphzug zu überwachen.

Du kannst beruhigt sein: Der Kaiser hat sich mit eigenen Augen davon überzeugt, wie genau seine Anweisungen befolgt worden sind. Ich gestehe, ich war verwirrt durch die Wertschätzung, die er uns nunmehr entgegenbringt. Nach all den Drohungen machte ich mich auf solche Freundschaftsbeweise nicht gefaßt. Vergil ging es schlechter denn je, er hatte keine Kraft mehr aufzustehen. So eilte gleich nach der Landung Augustus höchstpersönlich herbei, ihn zu besuchen. Wir hatten nicht damit gerechnet. Es herrschte große Aufregung an Bord, in aller Eile mußte saubergemacht werden. Augustus hatte verlangt, daß ich selbst ihn am Gangbord empfing, wo er in Begleitung von Antonius Musa, seinem Leibarzt, erschien. Die Schar der Würdenträger und Amtspersonen, die doch eine Menge wichtiger Angelegenheiten mit ihm zu besprechen hatte, mußte sich derweil gedulden und vom Kai aus unserer Begegnung beiwohnen.

Ich, der einfache, unbedeutende Lucius Varius Rufus, ja, ich errötete, als mir die Ehre widerfuhr, daß mich der Beherrscher der Welt, der Sohn des glorreichen Julius Cäsar und Nachfahre des legendären Aeneas in seine Arme schloß. Zum Erstaunen aller bestand er darauf, mich an dem Kummer teilhaben zu lassen, den er angeblich mit mir gemeinsam empfand angesichts der Leiden, die unseren Freund an das Sterbebett fesselten. Ich muß Dir sagen, für einen Augenblick bekam ich, da sein Schmerz nicht geheuchelt war, einen tödlichen Schrecken. Beim Anblick seiner Tränen glaubte ich, in eine Falle gegangen zu sein. Es erschien mir unmöglich, daß er sich aus freien Stücken einer solchen Prüfung aussetzte. Die Vergiftung sah auf einmal nach einem Ränkespiel seiner Feinde aus, denen Du als Mittelsperson gedient hättest. Antonius Musa würde die Machenschaft aufdecken und mich als Mörder anprangern. Während er zu Vergil trat, um ihn abzuhören, schwanden mir fast die Sinne. Wie war ich erleichtert, als er sich wieder aufrichtete und erklärte, der Schwächezustand rühre von der heftigen Sonnenstrahlung her. Als ich dann, mit ihm um die Wette heuchelnd, beteuerte, die Symptome seien längst vor dem Besuch in Megara aufgetaucht, erklärte er ohne mit der Wimper zu zucken, daß es sich um ein bösartiges Fieber handeln könne, welches Vergil sich an der afrikanischen Küste zugezogen habe.

Seine Audienz unter dem Sonnensegel abhaltend, das über das gesamte Deck gespannt worden war, bedauerte Augustus, wobei er mir in die Augen sah, daß ich auf seinen Lieblingsdichter nicht besser acht gegeben und nicht vermocht habe, ihn vor dem vernichtenden Fieber zu schützen. Doch wolle er sich hüten, mich mit Anklagen zu überschütten, kenne er doch Vergils Starrköpfigkeit und könne nicht mir zum Vorwurf machen, daß ich meine Ratschläge in den Wind gesprochen habe, vielmehr lobe er meine Hingabe, Vergil auf dieser Reise begleitet zu haben. Jeder wisse, rief er in die Runde, zu welchen Verrücktheiten die Künstler imstande seien, wie eben das Abenteuer einer Meeresfahrt zu unternehmen ohne jegliche Vorbereitung oder Benachrichtigung an wen auch immer, mit den dramatischen Folgen, die man nun miterlebe. Obwohl Du nicht anwesend warst, hat er auch Dich, mein lieber Plotius, belobigt dafür, daß Du ihn über die Wechselfälle dieser Reise auf dem laufenden gehalten hast, und, da mußte ich lächeln, Dich beglückwünscht zu der Sorgfalt, mit der Du treue Freunde von unfehlbarer Verschwiegenheit um Dich versammelst. Diese Ansprache, voll von Andeutungen für uns beide, hat mich beruhigt. Die Doppelzüngigkeit von Augustus trat voll in Erscheinung, ich begriff, welche Rolle er spielte.

Er wandte sich erneut Vergil zu, der bis zur Erschöpfung hustete, Blut spuckte, trotz der ärztlichen Hilfe größte Mühe hatte, wieder zu sich zu kommen, und wiederholte, wie sehr es ihn schmerze, den Freund in einem derartigen Zustand zu sehen. Verstört und schweißüberströmt, schien Vergil nicht mehr in der Lage zu erkennen, woher die Stimme kam. Um ihn aus seinem Schwächezustand zu reißen, hielt ihm Augustus halb scherzhaft, halb im Ernst eine Schimpfpredigt wegen seiner Unvorsichtigkeit. Die Götter können bezeugen, daß diese Komödie ziemlich lang gedauert hat. Augustus hielt es für dringlich, daß jemand von Vergils Freunden ein Machtwort spreche und angesichts der dramatischen Lage dafür sorge, ihn nach Italien zurückzubringen, wo es leichter sein werde, seine Krankheit zu behandeln. Diese Entscheidung zu treffen, komme wohl ihm selbst zu. Sogleich erteilte er Befehle. Man beeilte sich, Vergil auf das kaiserliche Schiff zu bringen. Ich hatte Muße zu beobachten, daß während des Transportes Augustus die Manuskripttruhe nicht aus dem Blick ließ, zu deren getreulichem Wächter er mich, vor versammelten Zeugen, nochmals einsetzte.

So war ich nicht wenig stolz, daß ich in dieser Eigenschaft an Bord des prächtigen Schiffes Platz nehmen durfte, das mit kostbaren Hölzern verkleidet ist, einen schwarzlackierten, mit goldenen Borten geschmückten Rumpf hat und dessen purpurne Banner hoch am Mast sich unter der Brise langsam entfalten und zu knattern beginnen. Nachdem er einige Tage mit dem Empfang einer Abordnung von den Ufern des Indus verbracht und außergewöhnliche Geschenke erhalten hatte, Sandelholz und Elfenbein, sogar einen lebenden Tiger, der großen Eindruck machte, wollte Augustus nun rasch zurück nach Rom, ließ die Menge der Bittsteller stehen und fuhr ab nach Brundisium.

Während der Überfahrt verlangte er wieder, daß ich die Truhe öffnete. Ich sollte ihm, während Vergil bewußtlos und röchelnd daneben lag, vom Vollendungsgrad des Epos berichten. Also zeigte ich ihm, Gesang für Gesang, die verschiedenen Fassungen, strich die etwa sechzig unvollendeten Verse an, wies auf die wenigen noch fehlenden Teile hin und erklärte ihm die vorgesehenen Möglichkeiten, diese Lücken zu schließen. Augustus schien von meiner Kenntnis des Werkes angetan. Folglich sollte ich für den Fall, daß Vergil, trotz aller Bemühungen um ihn, aus dem Leben scheide, worüber Augustus heftigen Kummer empfinden würde, meine Kraft daran setzen, seinen Ruf als größten Dichter dieser Zeit zu begründen. Auch Deinen Namen hat er erwähnt, was besagt, daß Du Dich derselben Aufgabe widmen wirst: Aus der Verzweiflung über den Tod unseres Freundes, aus dem Bedauern über unser Unvermögen, ihn am Leben erhalten zu haben, würden wir die

Kraft schöpfen müssen, die Vollendung, die Reinschrift und die Herausgabe des endgültigen Textes der *Aeneis* vorzunehmen. Wir sollten, wünschte Augustus, uns der Ehre gewachsen zeigen, die uns zuteil werde, indem er uns vor der Tilgung der ihn betreffenden und von Vergil zu Unrecht angeprangerten Passagen bewahre. Dafür sei uns erlaubt zu verbreiten, daß wir die Vollender und Herausgeber des Epos sind, mit dem unsere Namen dergestalt in Ewigkeit verbunden bleiben.

Endlich tauchten am Horizont die flachen Hügel Italiens auf. Den Empfehlungen des Arztes folgend, ersparten wir Vergil das Gedränge und Geschiebe bei der Rückkehr des Herrschers in sein Vaterland. Es war Nacht. In der stillen und frischen Wohnung, die man uns bereitgestellt hatte, bauschten sich leicht die Vorhänge unter den Atemzügen von Himmel und Meer. Vergil erlangte für einen Augenblick das Bewußtsein wieder. Als hätte er alles gehört, als wüßte er Bescheid über Augustus' Verfügungen, erhob er sich gegen mich, packte mich mit der furchtbaren Kraft der Sterbenden, beschimpfte mich als Wortbrüchigen und Verräter. Getrieben vom wütenden, unerbittlichen Verlangen, nichts hinter sich zurückzulassen, verlangte er von mir, daß ich unverzüglich die Rollen herbeischaffen und vor ihm verbrennen sollte. Du siehst, wie begründet unsere Vorahnungen gewesen sind.

Unter dem Vorwand, ein Kohlebecken holen zu gehen, ließ ich Augustus benachrichtigen, damit er, hinter einem Wandbehang, Zeuge des letzten Willens von Vergil wurde und dessen Geisteszerrüttung erkannte. Augustus sah das aufgestapelte Manuskript und sah den geistesabwesenden Dichter, der nach dieser kurzen Krise auf sein Lager zurückgefallen war. In einem Ton, der keinerlei Gefühl mehr verriet, murmelte er mir ins Ohr, er zähle darauf, daß ich die Arbeit, die er mir anvertraut habe, nun zu Ende bringe. Das war deutlich genug.

Die Manuskriptrollen, ließ er mich wissen, werde er jedoch vorsichtshalber an sich nehmen und in seinem Gepäck nach Rom mitführen. Gewiß sind sie für ihn die prächtigste seiner Trophäen.

In den nächsten Tagen brach er auf, ohne geruht zu haben, sich auch nur mit einem Wort nach dem Gesundheitszustand von Vergil zu erkundigen. Als dieser auf sein Anliegen zurückkam und mich verzweifelt anflehte, wenigstens die Teile aus dem Manuskript zu entfernen, die er als seiner nicht würdig bezeichnet habe, ging ich scheinbar auf den Wunsch ein, unter der Bedingung freilich, daß er vorher die Medizin einnehme, die der Arzt ihm zubereitet habe. Dazu entschloß er sich, am Ende seiner Kräfte und ohne etwas zu ahnen, oder vielleicht im Bewußtsein, das Spiel verloren zu haben. Diese letzte Dosis brachte ihm, wenige Augenblicke später, den Tod.

So ist nun, mein armer Plotius, an diesem elften Tag der Kalenden des Oktober unser Freund Publius Vergilius Maro von uns gegangen, worüber wir uns nach kaiserlichem Ratschluß nur trösten können, indem wir allzeit die getreuen und unbeirrbaren Diener seines Werkes bleiben!

Gespräch mit Gilles Virandes

(Vierte Kassette, A-Seite)

– Die nächsten Stunden verbrachte ich in einem Zustand unklarer Angst. Am Morgen darauf rief Anna mich an. Ihre Stimme klang tonlos, wie ohne jede Hoffnung. Sie erzählte mir, daß sie in Teucères Sachen gesucht, die letzten vier Briefe von Varius und Tucca gefunden, sie eingesteckt habe und mir geben werde, wenn wir uns wiedersehen. Leider war sie nicht in der Verfassung, mir etwas über den Inhalt zu sagen. Denn als sie Teucères Papiere in die Schublade seines Schreibtisches zurücktat, fiel ihr Blick auf ein Schreiben, das einige Tage alt war. Sie las es und war wie am Boden zerstört. Die Unesco teilte Teucère mit, daß er sich bereithalten möge, kurzfristig nach Rom zu einem Abschlußgespräch zu kommen, dessen Termin er telefonisch erfahren werde. Nach dem positiven Ausgang dieses Gesprächs würde seine Berufung erfolgen. Anna hielt also den Beweis in Händen, daß Teucère hinter ihrem Rücken alles geplant hatte, bis zur Abreise mit seinem Sohn nach Italien.

– Heißt das, ohne sie? Und sie wußte nichts davon?

– Kaum zu glauben, nicht wahr? Er hatte nie zu ihr darüber gesprochen. Das war das Schlimmste. Sie brauchte nicht lange, um sich Gewißheit zu verschaffen. Sein Gepäck stand zum Teil schon bereit. Er hatte auch begonnen, Dinge einzupacken, die man für einen neuen Haushalt braucht. Die beiden Flugtickets nach Rom hatte er besorgt und wartete nur noch auf besagten Anruf, um die Reservierung vorzunehmen.

– Und Anna?

– Ist seine Sorge nie gewesen! Dabei hatte sie ihm absolut vertraut und ihm rückhaltlos alles gegeben, auch sich selbst geschadet, als sie sich plötzlich mit ihm sehen ließ und ihre früheren Verehrer damit kränkte. Und er, der nur profitiert hatte, bereitete sich seit Wochen darauf vor, klammheimlich zu verschwinden. Soviel Gemeinheit ...

– Sie scheinen zu zögern. Gab es da noch etwas anderes?

– Allerdings. Anna entdeckte auch einen Probedruck der Broschüre, die bei der Eröffnung des Museums von Pleggah verteilt werden sollte, und war bestürzt. Zum einen hatte Teucère, um seinen künftigen Arbeitgebern gefällig zu sein, die römische Abteilung deutlich begünstigt, zu Lasten des punischen Teils und der jüngsten Funde auf dem Grabungsgelände. Außerdem schien der *Aeneis*-Saal überhaupt nicht dem zu entsprechen, worauf man sich geeinigt hatte. Die Begleittexte verzerrten die Bedeutung der Ausstellungsstücke dergestalt, daß sie in erster Linie die von Teucère vertretene Ansicht bestätigten.

Am Ende ihres Anrufs bat mich Anna um einen Gefallen. Ob ich nicht nach Pleggah rausfahren und nachsehen wolle, was da los sei, denn wie könne man so etwas zulassen? Sie wäre selbst gefahren, aber bei dem, was sie eben durchmache, habe sie den Kopf nicht frei und sei wirklich etwas neben der Spur. Ja, sagte ich, sofort würde ich aufbrechen. Sie wollte Teucères Rückkehr abwarten, eine Erklärung von ihm verlangen, vielleicht hatte sie falsch verstanden. Jedenfalls wollte sie nicht weg, ohne Bescheid zu wissen.

Gleich nachdem sie aufgelegt hatte, wurde ich schwankend. Sollte ich nicht besser zu Teucère fahren, um sie dort zu treffen? Ehrlich gesagt fürchtete ich, daß sie ihre Meinung ändern könnte, daß die beiden sich aussöhnen würden, daß ich das Manuskript dann nicht mehr zu sehen bekäme. Aber ich wollte vermeiden, aufdringlich und grob zu erscheinen, und erst recht, daß Teucère, falls er plötzlich auftauchte, mich in seiner Wohnung vorfand.

Schließlich sah ich ja ein, daß ich rasch nach Pleggah mußte, schon aufgrund meiner beruflichen Verantwortung. Auch wenn es nicht gerade besonnen war, bei Nacht zu fahren. Die Sonne ging bereits unter. Es wird schnell dunkel dort, Sie haben es selbst erlebt. Als ich das Gewühl der Vorstädte hinter mir hatte und das Land sich auftat, war es auch schon Zeit, das Standlicht anzuschalten. Diesmal verpaßte ich den Abzweig von der Hauptstraße nicht, er kam gleich hinter einem kleinen Heiligengrab aus weißen Steinen. Der Lehmweg schlängelte sich zwischen Feldern dahin und war durch die Lastwagen, die ihn wegen der Bauarbeiten während des Winters befahren hatten, verbreitert, aber auch ausgehöhlt worden. Ich konnte gerade noch die Strecke bis zum Museum zurücklegen, da war es fast finster. Das Licht der Scheinwerfer schreckte Scharen von Kaninchen auf, die direkt vor dem Auto herrannten, dann panisch von einem Wegrand zum anderen sprangen und zwischen den Feigenkakteen verschwanden.

Als ich am Museum ankam, erschien riesig und weiß der Mond überm Horizont, so daß die Mauerecken durch breite senkrechte Schatten hervortraten. Der Weg erschien mir nicht mehr ganz sicher, so ließ ich das Auto auf einem planierten Gelände, auf dem ein Betonmischer abgestellt und Hügel von Splitt aufgehäuft waren. Ich mußte aufpassen, wohin ich trat – einige Schlammlöcher standen noch voll Wasser –, doch glaubte ich, wenn ich den Kopf mal hob, hinter den Fenstern des ersten Stockwerkes in Abständen Licht zu sehen, ganz kurz freilich und irreal, wie das enervierende Flackern von verbrauchten Neonröhren, die nicht mehr richtig an- oder ausgehen können. Es konnte sich auch um eine optische Täuschung handeln, dachte ich, um den Widerschein des Mondlichtes auf einem offenstehenden Fenster, das ein Luftzug hin und her bewegte. Diese Erscheinung verstärkte nur noch den gespenstischen Eindruck des Gebäudes. Ich wäre lieber umgekehrt und hätte mir bei Teucère die restlichen Briefe geholt. Was tat wohl Anna in diesem Augenblick?

Glücklicherweise hatte ich daran gedacht, aus meinem Büro den Schlüssel für das Gebäude mitzunehmen, sonst hätte ich dumm dagestanden. Ich ging um das Museum herum und wunderte mich, daß kein Wächter zu sehen war. Die Überwachung der archäologischen Stätten wurde der Einfachheit halber dem nächstgelegenen Gehöft anvertraut, dessen Eigentümer sich damit begnügte, seinen Hund frei herumlaufen zu lassen. Da ich so überraschend auftauchte, lief ich Gefahr, hinterrücks angefallen zu werden. Durch die Scheinwerfer alarmiert, war das Tier vielleicht schon herangestürmt und lauerte in einem Gebüsch auf den günstigen Augenblick. Es lag mir also daran, rasch von der dunklen Seite des Hauses wegzukommen, die für gewöhnlich mit nicht gebrauchten Armierungen, alten Reifen und Flaschenscherben übersät ist. Doch nein, gerade hier war das Gelände höchst sorgfältig gesäubert worden.

Als ich in einen etwas helleren Abschnitt kam, erblickte ich Teucères kleinen Lastwagen. Sieh an, dachte ich, er hat ihn also auf der Baustelle stehenlassen.

– Weil er seine Vorbereitungen traf, um ins Flugzeug zu stürzen, sobald der Zeitpunkt gekommen war ...

– Warten Sie ab, wie es weitergeht. Nach langem Herumstochern im Dunkeln gelang es mir, den Schlüssel ins Schloß zu stecken. Ich betrat den Vorraum, der scharfe, betäubende Geruch von Farbe schlug mir entgegen. Linkerhand eine Theke zum Verkauf von Billets und Ansichtskarten, darauf ein Telefon, gegenüber vom Eingang ein kleiner Raum für die künftige Cafeteria. Ich drückte auf einen Lichtschalter, vergebens. In einem Wandschrank entdeckte ich den Sicherungskasten, doch leider war er noch nicht angeschlossen. Das Mondlicht, das durch die Doppelfenster drang, war indes hell genug für meinen Streifzug durch die Räume. Die Ausstellungsstücke in den Vitrinen schimmerten wie unter Wasser. Die Gegenstände aus Metall verströmten den Glanz ihrer tausendjährigen Existenz, verdutzt, daß man sie, die einst die Ohren und Busen der üppigen Frauen von Pleggah geschmückt hatten, aus der Vergessenheit hervorzog, daß sie nicht für immer darin untergetaucht waren, ihr überantwortet von denen, die sie geformt und poliert hatten und sie dann im Furor der Kriege zu Boden fallen ließen, in die furchtbare Hitze der Flammenmeere.

Die rasche Besichtigung der Räume im Erdgeschoß reichte mir schon, um zu erkennen, wie begründet Annas Befürchtungen waren. Teucère hatte den Anteil ihrer Arbeit brutal und systematisch herabgesetzt. Zudem hatte seine Parteinahme für den Sieger, also die Kolonialmacht von damals, etwas Abstoßendes. Das Ganze verursachte einem Unbehagen und war, allein schon unter ästhetischem Gesichtspunkt, augenscheinlich unausgewogen. Ich war empört.

– Und wie sah es im oberen Stockwerk aus?

– Leider kaum besser, jedenfalls diente es nicht dazu, das Gleichgewicht wiederherzustellen. Und was den Raum betraf, der nach Annas Plan der *Aeneis* gewidmet sein sollte – welch ein Betrug! Wie konnte Teucère es sich erlauben, seine Befugnisse derart zu überschreiten, die Aufmerksamkeit dermaßen auf sich zu lenken? Wissen Sie, ich kannte das ja, Archäologen ohne Skrupel, aber dies hier ging zu weit! Die Stücke, die man mit Vergil in Verbindung bringen konnte, waren größtenteils entweder tendenziös dargestellt oder in den Hintergrund gerückt. Dafür hatte sich Teucère, wer weiß durch welche Schiebung, Scherben von Keramikarbeiten aus Mykene, die in der Umgebung von Viterbo entdeckt worden waren, aus Italien schicken lassen und sie groß zur Geltung gebracht. Sie lieferten den Beweis, daß in der zweiten Hälfte des zweiten Jahrtausends vor unserer Zeitrechnung Seefahrer aus dem östlichen Mittelmeerraum sich nicht nur im Süden der italienischen Halbinsel niedergelassen hatten, sondern auch in deren Mitte, bis hin zur Toskana.

– Was hat das mit Karthago zu tun?

– Gar nichts, aber es trug dazu bei, die Existenz von Aeneas historisch zu untermauern. Desgleichen war Teucère bemüht, im Stil bestimmter Gebäude von Pleggah kleinasiatische Einflüsse zu entziffern, um die These zu erhärten, daß die Trojaner an der Küste Afrikas Halt gemacht hatten. Es lag auch ganz auf dieser Linie, daß er, um Diskussionen über die Zuordnung der in Pleggah freigelegten Porträts zu vermeiden, Vergils Aufenthalt in Karthago verschwieg, wirklich dreist, angesichts seiner Kenntnis der Briefe von Varius und Tucca. Teucères Darbietung der Dinge deckte sich also mit den traditionellen Vergilbiographien, denenzufolge diese Reise nie stattgefunden hat.

– Deshalb machte er also einen Rückzieher und wollte nicht, daß Sie die restlichen Briefe lasen.

– Ja, vielleicht war das der Grund. Im übrigen, was hätten sie mir offenbart? Hatte ich nicht gute Gründe, das Schlimmste zu befürchten? Wieder im Erdgeschoß, fiel mein Blick auf die Empfangstheke und das Telefon dort. Auf gut Glück nahm ich den Hörer ab, und siehe da! Es gab noch keinen Strom, aber das Telefon war bereits angeschlossen. Sofort wählte ich Annas Nummer. Niemand da. Sollte ich es bei Teucère versuchen? Überflüssig zu sagen, daß ich, hätte Teucère sich gemeldet, sofort aufgelegt hätte. Vorläufig war mir nicht nach einer Diskussion mit ihm zumute. Zunächst mußten wir uns miteinander abstimmen, Anna und ich. Zum Glück war sie am Apparat. Noch immer keine Nachricht von Teucère, sagte sie. Nur Jules war zurückgekehrt von seinem Spielgefährten nebenan. Sie hatte ihm keine Fragen gestellt, sich um ihn gekümmert, ihm das Abendbrot gemacht, dann ging er ohne Theater ins Bett. Ich nutzte die Situation und beschrieb Anna kurz den Anblick der Ausstellungsräume und erklärte, wonach mir das aussah. Da erst erkannte sie das Manöver von Teucère. Sie begriff, weshalb er sich unter dem Vorwand, sie solle ungestört ihre Grabungen beenden können, angeboten hatte, die Gestaltung des Museums ganz in seine Hand zu nehmen.

Auf einmal unterbrach sie sich. Ob ich nichts gehört hätte? Reflexartig sah ich mich um. Etwas in der Leitung, sagte Anna, ein leises Klicken, als habe irgendwo jemand abgehoben, ganz bestimmt! Dann lachte sie. Es muß das Faxgerät gewesen sein, eine Interferenz, als es sich eingeschaltet hat. Mir erschien das eigenartig, aus dem einfachen Grund, weil die Nummern nicht identisch waren. Warte, bleib dran! sagte Anna, ich sehe nach. Während sie fort war, spitzte ich die Ohren. Sie wissen ja, wenn jemand mithört, gibt es immer irgendein Hintergrundsgeräusch, und sei es der unterdrückte Atem von dem, der sich nicht regt, dessen Anwesenheit man aber spürt. Ja, ich war mir ziemlich sicher, daß sich jemand dazugeschaltet hatte, und wollte es Anna nicht verhehlen.

Aber als sie zurück war, dachte sie schon nicht mehr daran. In verächtlichem Ton stieß sie hervor: Weißt du, was ich hier habe? Ein Fax aus Rom, von der Unesco. Es ist soweit! Übermorgen soll Teucère vor der Berufungskommission erscheinen. Begreifst du?

– Am Tag der Museumseröffnung?

– Genau das sagte ich auch. Die Einladungen waren schon verschickt. Es gab kein Zurück mehr. Und weil Teucère nicht mehr da wäre, um die Kohärenz seiner Auswahl zu verteidigen, würde man sich an uns halten, die doch nichts damit zu schaffen hatten! Der Dreckskerl, murmelte sie. Aber so kommt er nicht davon, das kannst du mir glauben, er wird es mir büßen. Weißt du was? Morgen früh, bevor ich den Schaden selbst besehe, alarmiere ich den stellvertretenden Direktor und verlange, daß eine Untersuchung eingeleitet wird, was hältst du davon? Ich wußte nicht, wie ich reagieren sollte, ich fühlte mich seltsam verwickelt in die Affäre ... Zum Schluß sagte Anna noch, daß sie es satt habe, weiter auf Teucère zu warten, ja dadurch als Bittstellerin zu erscheinen. Sie werde nach Hause fahren, das Fax mitnehmen, nur die Nachricht hinterlassen, daß eine wichtige Mitteilung aus Rom gekommen sei.

Teucère wäre also gezwungen, ihr die Wahrheit ins Gesicht zu sagen.

Ich legte auf. Als ich mich zur Halle umdrehte, glaubte ich wieder einen Lichtschein zu sehen, der gleich erlosch. Hervorgekommen war er aus einem Gelaß unter der zentralen Treppe, die vollständig erneuert worden war und majestätisch, ja fast größenwahnsinnig wirkte in Anbetracht der Proportionen des Gebäudes. Das Gelaß, in dem ursprünglich die Garderobe untergebracht werden sollte, diente als Abstellkammer. Das Licht von dort war weiß gewesen, ein huschender Schein wie von einer geschwenkten Taschenlampe, genauso, wie ich es bei meiner Ankunft bemerkt zu haben glaubte.

Ich öffnete vorsichtig die Tür. Für eine Abstellkammer war der Raum sehr groß, dabei stockfinster, der Boden noch übersät mit Bauschutt. An der Wand neben dem Eingang entdeckte ich, als ich mit dem Fuß dagegen stieß, eine Petroleumlampe. Ich hatte Streichhölzer bei mir, zündete die Lampe an und sah, daß der Raum viele Winkel hatte. Hier standen die Pfeiler, die das Gebäude trugen, denn sinnigerweise ruhte die gesamte Konstruktion auf der Treppe, gleichsam als Wirbelsäule des Ganzen, die bis in den Keller hinabführte, wo später einmal Heizung und Klimaanlage installiert werden sollten.

An der rechten Wand waren große Kartons gestapelt. Einer stand halb offen, er enthielt Exemplare der Broschüre, von der Anna gesprochen hatte. Ich konnte der Lust zu blättern nicht widerstehen und stellte die Lampe auf dem Kartonstapel daneben ab. Das Kernstück des Heftes galt natürlich dem *Aeneis*-Saal und bestand aus Texten, die sich teilweise mit den Erläuterungen in den Vitrinen deckten, die ich im blassen Mondlicht aber nicht hatte entziffern können. Ich sage Ihnen, ich war hocherbaut! Was für plumpe Lügen, eilfertige Urteile, ungeprüfte Behauptungen in entschiedenem Ton! Zu der auf dem

Mosaik abgebildeten Person zum Beispiel gab es eine ganz undifferenzierte Erklärung. Wie Sie sich denken können, war immerfort nur von Aeneas die Rede. Hypothetisches wurde als erwiesen hingestellt, während die wenigen Dinge, die erwiesen sind, auf tendenziöse Weise oder falsch interpretiert waren. Ein wahres Desaster! Ich hätte übrigens gern ein Exemplar mitgenommen, sozusagen als Beweisstück ...

– Und warum taten Sie es nicht?

– Ich stand mit dem Rücken zur Tür, war in die Lektüre vertieft – und sah plötzlich meinen Schatten auf der Wand am Ende des Raumes, im blendenden Licht einer starken Stablampe. Bevor ich mich umdrehen konnte, traf mich ein übler Fußtritt ins Kreuz. Ich kippte nach vorn, hielt mich blindlings an den Kartons fest, brachte sie durch mein Gewicht ins Schwanken, riß im Fallen einige mit, die sich öffneten und ihre Fracht an Broschüren auf dem Boden verstreuten. Für den Bruchteil einer Sekunde hatte ich nur den einen Gedanken: die Lampe! Und nicht ohne Grund. Gleich nachdem ich hörte, wie das Glas auf dem Zementboden zerplitterte, verbreitete sich im Raum der Geruch von dem Petroleum, das sicher rasch in die Kartons einsickerte. Ich versuchte aufzustehen und wollte mich auf meinen Gegner stürzen, der mich die ganze Zeit mit seiner starken Lampe blendete. Er verpaßte mir einen Schlag in den Magen, der mir den Atem nahm, dann einen mitten ins Gesicht, der mich umwarf. So lag ich wieder lang, diesmal auf dem Rücken, und hatte die restlichen Kartons umgestoßen. Als der Mann, wohl im Glauben, daß ich genug abbekommen hatte, zur Tür ging, die er offensichtlich hinter sich abschließen wollte, konnte ich mich auf allen Vieren zu ihm heranschleppen und hatte gerade noch Gelegenheit, seinen Knöchel zu umklammern. Eine gefährliche Situation. Zwischen den Kartonhaufen liefen schon Flammen hin, zuerst blau, dann rot, dann stechend gelb, die dichten Rauch gaben. Mit dem freien Fuß versuchte der Mann, er war jung und kräftig, mich loszuwerden, während er dem Ausgang zustrebte, trat mit dem Hacken nach mir, stieß meinen Kopf gegen den Betonboden. Doch trotz der Schmerzen gab ich nicht auf. Eher wäre ich auf der Stelle gestorben, als lockerzulassen. So ließ ich mich vorwärtsschleifen von dem Mann, der schnell hinausgelangen wollte. Das Feuer nahm beunruhigende Ausmaße an. Jetzt loderten die Flammen hell aus den Kartons hoch, reichten schon an die Unterseite der hölzernen Treppe, leckten die Stufen hoch. Nur nicht hier eingeschlossen werden! Als mein Körper schon halb draußen in der Halle war, versetzte mir der Mann in Rage noch einen Tritt, diesmal in den Nacken, und ich verlor das Bewußtsein.

Man sagt, der Wachhund habe mit irrem Gebell Alarm gegeben. Als ich wieder zu mir kam, lag ich auf dem Rücken im trockenen Gras, während das Museum von der Mitte her brannte, sich das Feuer auch mit verzweifelter Anstrengung nicht eindämmen ließ. Es blieb nichts anderes übrig, als die wertvollen Gegenstände ins Freie zu schaffen, sofern man sie aus den Vitrinen herausbekam. Die ließen sich mit der Schulter umstoßen, einige waren in der Hitze schon zersprungen. Sobald ich wieder einigermaßen beieinander war und stehen konnte, ging ich, übel zugerichtet, noch wacklig auf den Beinen, dem Wächter und seiner Familie zur Hand, die sich mit den Bergungsarbeiten abmühten.

Bis zum ersten Stock kamen wir nicht mehr. Die Treppe loderte auf wie eine Fackel, ein eindrucksvoller Anblick! Als dann das Glasdach über demTreppenhaus in der Hitze zersprang, nahm uns der so verursachte Luftzug jede Chance weiterzugehen. Sehen Sie, es kostete schon harte Arbeit, auch nur das Erdgeschoß zu räumen. Alle Dinge von einigem Wert konnten gerettet werden. Leider keine Spur von dem Mann, dem es gelungen war zu verschwinden, ohne daß der Wachhund oder der Wächter ihn bemerkt hatten. Dieser glaubte übrigens, und ließ das auch hinterher durchblicken, daß ich das Feuer augelöst habe.

– Sie? Ein Brandstifter?

– Ich konnte es ihm nicht verdenken, obwohl seine Version der Ereignisse mir sehr geschadet hat. Sie können sich vorstellen, daß Teucère sofort darauf ansprang und noch nachhalf. Zum Glück hatte Anna die örtlichen Behörden bereits alarmiert, und meine Verletzungen, die Spuren der Schläge im Gesicht sprachen immerhin zu meinen Gunsten. Dennoch hatte die ganze Geschichte, wie man sie dann in Paris betrachtete, für mich verheerende Folgen.

Museum von Pleggah, Vergilsaal

Vitrine Nr. 8

Zum Abschluß des Rundgangs sollte der Besucher, bevor er sich wieder ins Erdgeschoß und zum Ausgang begibt, vor der Video-Wand verweilen, dem Clou des Museums. Auf drei in die Mauer eingelassenen Monitoren läuft eine Filmschleife ab, deren einzelne Sequenzen man, je nach Wunsch, durch Berührung des entsprechenden Feldes auf der Inhaltsübersicht aufrufen kann.

Es sei indes ausdrücklich darauf hingewiesen, daß in den Sequenzen authentische Ansichten mit synthetischen Bildern so vermischt sind, daß sie sich nicht immer voneinander unterscheiden lassen. Ausgehend von realen Gegenständen, von Bruchstücken und Überresten, die der Besucher auf dem Rundgang betrachten konnte, hat man versucht, deren ursprüngliches Aussehen zu rekonstruieren. So sieht man die Galeere, die Vergil am Beginn seiner Reise benutzt haben soll, einmal im Schnitt, mit den Männern auf den Ruderbänken, den Frachtstücken, den im Schiffsraum zusammengepferchten Passagieren, dann wiederum, wie sie die Wellen teilt, mal mit losgemachten Segeln bei Flaute, mal mit aufgeschürzten bei stürmischem Wetter. Desgleichen kann man die Sommerresidenz des Prokonsuls von Karthago mit ihrem Atrium, dem Springbrunnen und dem Mosaikboden umrunden und dabei verfolgen, wie sich der Schatten des Portikus mit der Tageszeit verändert. Oder man streift durch die breiten, gutgepflasterten Straßen der Stadt Pleggah, die zum Hafen führen, und kann die Schiffe am Kai bewundern, kann über den zentralen Marktplatz mit seinen Verkaufsständen bummeln, einen Blick ins Innere der wichtigsten Kulturdenkmäler werfen, am doppelten Ring der Stadtmauern entlanggehen. Durch bloße Cursorbewegung kann man den Blickwinkel wählen, die Dinge von ebener Erde aus betrachten oder sich in die Luft erheben und wie aus einem Ballon die Stadt von oben sehen, die scharf geschnittenen Felsen der unberührten Küste, die türkisfarbenen Untiefen des Meeres.

Mehr noch: In eine reale Umgebung sind elektronisch bearbeitete oder aus anderen Videos stammende Bilder eingesetzt worden. Mithilfe von ständig verbesserten EDV-Programmen und bestimmter Software, ursprünglich für die Animation in Kinofilmen konzipiert, ist es nunmehr möglich, Personen, die zu unterschiedlichen Zeiten gelebt haben, einander begegnen zu lassen, auch an Orten, wo sie wahrscheinlich nie gewesen sind. Hier dient diese Technik dazu, Bilder von Ruinen, aus denen der Computer den ursprünglichen Zustand rekonstruiert hat, mit eigens dafür gedrehten, illustrativen Straßenszenen zu kombinieren. So kann man Vergil auf den Hügel von Byrsa folgen, wo er die Bauarbeiten inspiziert, oder ihn durch die von Fackeln erhellten Straßen Pleggahs begleiten, wenn er sich, nach Einbruch der Dunkelheit, zum Gouverneur begibt, und kann dabeisein, während er im triclinium *der Villa aus seinem Epos liest. Besonders plastisch kann der Zuschaer, hinter einem Gebüsch versteckt, die Landung der Trojaner in der Bucht beobachten oder sehen, wie die Königin Dido auf der Terrasse ihres Palastes auf und abgeht, oder an der Jagd auf Hirsche und Wildschweine im gebirgigen Landesinneren teilnehmen, dessen Relief nach Satellitenfotos digitalisiert worden ist.*

(Diese Animation, die den innovativsten Teil des Projektes bildet, wurde, obgleich sie im Museumsführer beschrieben ist, niemals installiert – aus Zeitmangel oder weil man angesichts der Entwicklung der Dinge die bewilligten Mittel vorzugsweise auf anderen Gebiete einsetzte.

Ein Grund ist sicher auch, daß es sich hierbei um den strittigsten Teil der Museumsgestaltung handelt, der Widerstände und Polemiken ausgelöst haben dürfte. In Frankreich schätzt man die Mischung der Genres nicht sehr. Diese spielerisch entworfene und mit imaginären Elementen durchsetzte Szenenfolge geriet wohl in den Verdacht, den wissenschaftlichen Wert des übrigen zu beeinträchtigen: Durch den allzu freizügigen Umgang mit Wahr und Falsch riskierte sie, das Unternehmen zu kippen, es suspekt zu machen, da behaftet mit Irrealem und heillos verfälscht durch die Fiktion.)

IV, 2

Von Plotius Tucca an Varius Rufus

Ja, ich gebe zu, meine Antwort auf Deinen Brief kommt spät. Ich hatte vollauf zu tun mit den Vorbereitungen für den triumphalen Empfang des Obersten Senators. Die prunkvollen Zeremonien bei Augustus' Rückkehr nach Rom, die Parade der

Feldzeichen, die vor mehr als dreißig Jahren den Parthern in die Hände gefallen waren, die riesigen Tiger, die man der Menge zur Schau stellte – und die sie ungeheuer erregt haben –, all dieser Pomp hat dem Murren und den Verschwörungsgerüchten ein Ende bereitet, die noch bei meiner Ankunft die Stadt erfüllten.

Nach diesen anstrengenden Tagen hatte es Augustus nicht gerade eilig, mich zu empfangen. Sicher wußte er mir Dank dafür, daß ich das Fest nicht verdorben und das Ende der Feierlichkeiten abgewartet hatte, um ihm Vergils Tod zu melden. Vielleicht fürchtete er sich, offen dem gegenüberzutreten, der ein Komplize dieser so unsäglichen wie notwendigen Tat gewesen ist. Zur Stunde sah er erschöpft aus. Indes hat der Zwischenfall, von dem er noch nichts wußte, daß nämlich, wie Du mich in Deinem Brief wissen ließest, Vergil nach Eurer Abreise wieder in den Wunsch verfiel, sein Werk zu zerstören, ihm die Richtigkeit seiner Entscheidung bestätigt, mit dieser Art von Erpressung kurzerhand Schluß zu machen und die Manuskriptrollen mitzunehmen. Er erzählte mir, wie Vergil diese Drohung beinah vor seinen Augen verwirklicht hätte und mit welcher Geschwindigkeit Du ihn hattest holen lassen, damit er Zeuge des Geschehens werde. Mit einem Anflug von Bitterkeit vermochte er, sich über sich selbst lustig zu machen: »So habe ich die Stadt Troja vor einem neuerlichen Brand bewahrt, der weitaus zerstörerischer gewesen wäre als der, dem sie einst zum Opfer fiel.«

Was Dich betrifft, so kannst Du fortan ruhig sein. Die Manuskripttruhe ist heil und ganz am Bestimmungsort angekommen. Und ohne im geringsten zu zögern, hat Augustus angeordnet, daß man sie uns überläßt. Sie ist hier, sie wartet auf Dich. Augustus hat mir bestätigt, Dir eine Reihe von Dingen empfohlen zu haben, ebendie, die Du in Deinem Brief erwähnst: zwischen verschiedenen Versionen die glaubwürdigste auszuwählen; zu tilgen, was doppelt ist oder überflüssig erscheint; die provisorischen Stützstellen zu entfernen und die Teile zusammenzufügen, dabei auf die Kontinuität der Erzählung zu achten, aber nichts hinzuzufügen, auch auf die Gefahr hin, daß einige Verse unvollständig bleiben. Weit davon entfernt, ein Mangel zu sein, birgt solche Unabgeschlossenheit vielmehr den Vorteil, die Spuren der Eingriffe zu verwischen, die Authentizität zu erhöhen, die dramatische Kraft der Komposition zu verstärken, dem Werk noch mehr Gewicht zu verleihen.

In dieser Hinsicht scheint er Dir absolut zu vertrauen und hat mich aufgefordert, nichts zu unternehmen, bis Du zurück bist. In jedem Fall hätte ich mich gehütet, in Deiner Abwesenheit was auch immer zu verändern. Weil Du während der letzten Zeit an Vergils Seite warst, ist Augustus sicher, daß Du bereits genaue Vorstellungen von der Sache hast, besonders von der Darbietungsfolge der ersten Bücher, wo anscheinend manches im ungewissen geblieben ist. Beeil Dich also herzukommen, denn nach meinem Dafürhalten gibt es einiges zu tun.

Ideal wäre, wenn wir bis zu den Jahrhundertspielen fertig werden. Da sämtliche Teilnehmer vom letzten Mal nicht mehr unter uns weilen, wünscht Augustus, daß sie spätestens in ein bis zwei Jahren organisiert werden und somit den Eintritt Roms in die neue Ära symbolisieren, die mit dem Sieg von Actium angebrochen ist. Bei dieser Feier wird das Talent von Vergil, der das goldene Zeitalter heraufbeschworen hatte, uns gewißlich fehlen, angenommen, er wäre bereit gewesen, sich der Sache zur Verfügung zu stellen. Auch um die Erinnerung an seine abgeflaute Zuneigung zu Augustus zu mildern, wäre es klug, die *Aeneis* zu besagtem Anlaß zu veröffentlichen. Einstweilen hat Augustus Maecenas gebeten, Horaz dazu zu bewegen, seine Zurückgezogenheit zu verlassen und eine Hymne an Apollon zu ersinnen, die kraft seines Genies den Glanz der Abschlußfeier erhöhen könnte.

Zum Glück sind nicht alle in ihrem Stolz so leicht zu verletzen wie der unglückselige Vergil. Wenn es darum geht, Lorbeeren zu ernten, sind die Dichter gleich zur Stelle! Wie Du sicher mit Kummer, doch ohne Erstaunen feststellen konntest, hat niemand, nicht einmal der teure Horaz, sein langjähriger Freund, den er doch bei Maecenas eingeführt hatte, sich die Mühe gemacht, Vergil zur letzten Ruhestatt zu geleiten oder gar eine kurze Grabrede zu halten. Wenn also die *Aeneis* erscheinen und den Erfolg haben wird, der mit Recht zu erwarten ist, wird man nicht umhin können, ihrem Autor ein Grab zu errichten, das seinem Talent angemessen ist. Wisse, daß dies die Absicht des Kaisers ist, der Dir dafür dankt, daß Du den letzten Willen des Dichters erfüllt und seine sterbliche Hülle von Brundisium an die Hänge des ihm so teuren Posilippo gebracht hast. Vergil äußerte ja eines Tages den Wunsch, dort begraben zu sein. So bedeutet dieser Ort für ihn nun auf immer »das Ende des Kummers«.

Trotzdem! Du mußt Dich auf diesen traurigen nächtlichen Etappen sehr einsam und verlassen gefühlt haben. Ich stelle mir vor, wie Du geweint hast über Vergil und Dich selbst. Man berichtet mit einer Spur von schlechtem Gewissen – oder von Eifersucht, wer weiß? –, daß das Volk unverzüglich und in großer Zahl zu Vergils Beisetzung gekommen ist, daß man bereits mit Inbrunst zu seinem Grab pilgert. Nichts dergleichen hier. Im Gegenteil. Welch schreckliches Schweigen, welche Verlegenheit! Wenn man bedenkt, daß kein einziger der prominenten Autoren, ob nun Horaz, wie erwähnt, ob Ovid oder Properz, die alle seine Freunde waren, daran gedacht hat, ihm auch nur eine Ode oder eine Vers-Epistel zu widmen. Keinerlei Dankbarkeit oder Freundschaftszeichen, keine Abschiedsworte. Wenn Du indes, von dem Ereignis so schmerzlich berührt, dabei bleibst, dieses Poem zu verfassen, dem Du den Titel *Über den Tod* geben willst, so achte vor allem darauf, nichts von dem durchscheinen zu lassen, was Du weißt.

Siehst Du, um es offen zu sagen, so viel Schweigen erschreckt mich. Ein Dichter, den das Publikum mit stehenden Ovationen begrüßte, wenn er sich ins Theater begab, der zögerte, allein auszugehen, weil er überall erkannt und dauernd belästigt wurde von denen, die seine Verse vortragen wollten! Haben wir unsere Hände mit Blut befleckt für ein so kümmerliches Resultat? Wir haben gehofft, sein Gedächtnis zu ehren, und nun dies! Aber bestimmt werden sich die Dinge bald ändern. Noch müssen wir uns gedulden. Augustus wird, nachdem er die Reaktion der Öffentlichkeit abgewartet hat, aus der Reserve kommen, dann genügt eine Handbewegung von ihm. Du begreifst, weshalb wir unverzüglich an die Arbeit müssen. Es geht darum, zur rechten Zeit fertig zu sein.

Nun also kommt die *Aeneis* auf uns zu, sie und ein paar kleinere Dinge wie *Thyestes*, diese Tragödie, an der Du mitgearbeitet hast, sagst Du. Als eine Art Dank an Dich regt Augustus an, daß Du sie mit Deinem Namen zeichnen sollst. Zu unserem Trost und zur Entschuldigung für unsere Schandtat kann ich nichts anderes vorbringen als das, was er selbst mir nahegelegt hat. Trotz seines Zynismus vermag er logisch und fundiert zu argumentieren. Er offenbarte mir, daß er, auch wenn er es nur mit Mühe akzeptieren konnte, schließlich doch, und dies zum Teil dank uns, begriffen hat, daß Vergil nicht nur Verrat an ihm üben werde, sondern zudem auf immer für die Dichtung verloren war. Du erinnerst Dich an Vergils Vorsatz, daß er sich, sobald das Epos fertig wäre – und zu der Zeit glaubte er noch an die Beendigung –, der Philosophie widmen würde, dieser fruchtlosen Übung unnützer Kritik. Erschöpft von der Arbeit, die hinter ihm lag, gab er der Versuchung nach, die den Besten unter uns wohlbekannt ist, nie mehr eine Zeile schreiben zu wollen. Er entwickelte Haß auf die Dichtung, diese große Lieferantin von Fabeln, hinterhältige Feindin der Wahrheit und eitle Zierde der Mächtigen. Er wäre seinem Hang unerbittlich weiter gefolgt. So hatten wir, die seine Verbitterung und das Ausmaß seiner Enttäuschung kannten, allen Grund zu fürchten, daß er einen Anschlag auf sein Werk verüben würde, und von dieser Möglichkeit hatte er ja seit Beginn eurer unheilvollen Reise zu Dir gesprochen. Vergiß nicht, daß er gleich nach eurer Abreise aus Karthago in einer jähen Anwandlung, und weil er sich einen Moment der Unaufmerksamkeit Deinerseits zunutze machte, beinahe ausgeführt hat, was das Volk von Rom zu Recht als wahres Verbrechen betrachtet hätte. Und wäre dies nicht um vieles unerträglicher gewesen als das Verbrechen, das wir vorbeugend an seiner Person verübt haben? Denn was ist der Tod eines Dichters, der nur ein flüchtiger Gast auf Erden ist, gegen die Bewahrung seines Werkes, das fortbesteht und nicht aufhören wird, in aller Munde zu sein? Wer sollte, nachdem er sich in die Lektüre der *Aeneis* vertieft hat, noch wagen uns vorzuwerfen, daß wir sie vor dem Unheil bewahrt haben, selbst gegen den Willen ihres Verfassers? Und was bliebe vom Werk Vergils, der so bedacht war auf seinen Nachruhm, ohne dieses große Epos? Glaubst Du, daß die *Bucolica* und die *Georgica* allein seinem Ruhm genügen könnten? Wer vermag heute mit Sicherheit vorauszusagen, daß sie im Gedächtnis künftiger Generationen erhalten bleiben? Haben wir nicht Vergil vor sich selbst geschützt?

»Verbrennt die *Aeneis*!« Das hat er doch ausgerufen, und deshalb gehörte sie ihm nicht mehr! Beweis genug, daß er sie eigenhändig abgetreten hat. Denn was man für immer zurückweist, gehört einem nicht mehr und ist wieder frei durch den Schimpf, den man sich selbst und den Göttern angetan hat, die einem Beistand gewährten. Und wem sollte das Werk zukommen, wenn nicht dem, der dazwischentrat, um das Sakrileg zu verhindern, der die Hand ausstreckte, als das Epos dabei war, ins Nichts zu fallen?

Ja, mein lieber Varius, seien wir nicht mehr entsetzt über die Gewalt, zu der wir greifen mußten, um diese letzte, glänzende Frucht an uns zu bringen, als sie reif war und Vergil durch eine Vorsichtsmaßnahme, die nur er für legitim ansah, verhindern wollte, daß man sie pflückt, und seien wir der Billigung von Augustus gewiß. Denn ohne unser Eingreifen wäre diese Frucht am Zweig verfault und herabgefallen. Freilich ist auch durch uns der Baum gefällt worden, der sie so viele Jahre getragen hatte. Doch in Anbetracht seines unausweichlichen Niederganges wäre er bald nur noch trockenes, brüchiges Holz gewesen, das zum Feuermachen taugt. Hatte er sich nicht seit einiger Zeit aus Verzweiflung oder Müdigkeit schon selbst dazu verurteilt, nicht mehr zu grünen?

Gespräch mit Gilles Virandes

(Vierte Kassette, B-Seite)

– Und was geschah dann?

– Bei den tragischen Ereignissen, die sich dann abspielten, war ich nicht dabei, ich kann Ihnen also nur erzählen, was ich darüber gehört habe, ohne mich für die Wahrheit zu verbürgen, denn die Berichte der Augenzeugen waren sehr unterschiedlich, die Übereinstimmungen vielleicht zufällig. Man weiß ja, daß die Leute in solchen Fällen eher die Tendenz haben zu übertreiben, sich interessant machen wollen. Und ich habe nur ungern, sogar mit einer Bitterkeit, die an Wut grenzte, zu begreifen versucht, was sich ereignet hatte. Obwohl diese Geschichte doch vorauszusehen war ...

In einer Art wilder Eingebung oder plötzlicher Offenbarung, wie sie mitunter das überraschende Zusammentreffen von Kleinigkeiten hervorruft, die man einzeln zunächst nicht beachtet hat, dann aber, wenn sie zusammenkommen, auf einmal in ihrem Zusammenhang erkennt, aus solchem Impuls heraus fuhr Anna Sidonis davon, ohne irgendwem Bescheid zu sagen, wenigstens hat es der Gärtner mir so erzählt. Sie schloß nicht einmal die Tür ab, die, weil sie zu heftig zugeschlagen wurde, wieder aufsprang und stundenlang im Luftzug klapperte. Jeder hätte in die Wohnung gekonnt.

Ich war in Pleggah geblieben und erwartete Anna dort. Mein Gesicht war so zugeschwollen, daß ich nicht Auto fahren konnte, außerdem mußte jemand die Gegenstände bewachen, die aus dem Unglück gerettet worden waren und im Freien darauf warteten, abgeholt zu werden. Wie sah ich aus! Meine Kleidung war voller Blut, mein Hemd dunkel von Schweiß und zerfetzt. Nachdem ich mir Gesicht und Hände gereinigt hatte, verbrachte ich den Rest der Nacht mit angezogenen Beinen auf der Hinterbank meines Autos. Ja, ich bot keinen schönen Anblick am nächsten Morgen! Anna aber fuhr nicht nach Pleggah, wo wir verabredet waren, sondern wieder zu Teucère, den sie beim Aufstehen erwischen wollte, weswegen sie ohne zu klingeln oder zu klopfen in die Wohnung stürmte. Sie kam durch die Gartenpforte, ging durch die Küche, ohne irgend etwas zu bemerken. Erst als sie ins Schlafzimmer trat, erkannte sie, daß die Wohnung leer war: kein Laken mehr auf der Matratze, auf dem Boden des Schrankes ein Haufen Kleiderbügel, halb herausgezogene Schubladen. Von der Straße aus hörte man einen langgezogenen Schmerzensschrei, rauh und einsam, wie von einem todwunden Tier – ich erfinde nichts, die Nachbarn haben diesen Ausdruck gebraucht. Sie muß zu dem Zeitpunkt im Zimmer von Jules gewesen sein. Der größte Teil seiner Sachen war fort. Keine Hefte, Bücher, Stifte mehr auf dem Schreibtisch, an dem sie ihm so oft bei den Schularbeiten geholfen hatte. Zurückgeblieben war nur Spielzeug, das sie ihm geschenkt hatte, es sollte wohl später zusammen mit den Möbeln abgeholt werden. Zu sperrig, zum Beispiel, der große Globus mit den arabisch geschriebenen Namen der Städte und Länder, der von innen leuchtete und Jules als Lampe diente nachts, wenn über dem Meer ein Gewitter losbrach.

Die Zugehfrau, die vom Schuppen am Ende des Gartens zurückkam, fand sie, in Tränen aufgelöst, auf dem Kinderbett, inmitten von zurückgelassenen Kleidungsstücken. Obwohl sie geschworen hatte zu schweigen, erzählte die Frau aus Mitleid alles. Am Morgen hatte Teucère sein Gepäck in ein Taxi verfrachtet, den noch schlafenden Sohn auf den Rücksitz gelegt und, weil kein Platz mehr war, sich neben den Chauffeur setzen müssen, den er anwies, zum Flughafen zu fahren. Soviel die Frau wußte, wollten sie die frühe Maschine nach Rom erreichen. Es tat ihr sogleich leid, gesprochen zu haben, denn sie sah, wie sich Anna Sidonis von der tränennassen Matratze erhob und wie sich die niedergeschlagene, jammernde und klagende Frau in ein wütendes Wesen verwandelte, mit dunkler Haut. Mit dem Handrücken strich sich Anna die vom Weinen verklebten Haare zurück, stand reglos, den Blick zum Fenster, und stieß zwischen den Zähnen die furchtbarsten Beschimpfungen hervor, Flüche und Verwünschungen, wie zum Beispiel, daß am Ziel ihrer Reise der Tod sie erwarten, daß ihr Flugzeug in Flammen aufgehen, in den Fluten versinken sollte für immer.

Etwas ruhiger wirkte sie, als sie sich am Telefon nach der Abflugzeit erkundigte. Dann sah sie wie besessen immer wieder auf ihre Uhr und schien zu überschlagen, ob sie in der geringen Zeit, die ihr blieb, noch die Chance hatte, das Flugzeug zu erreichen. Sie brannte darauf, Teucère ins Gesicht zu sagen, was sie von ihm und seiner Niedertracht dachte. Oder würde sie doch versuchen, ihn mit Bitten und Flehen zurückzuhalten, sich vor ihm demütigen? Bestimmt erwog sie das Für und Wider, schätzte ab, wieviel Kraft sie noch hatte, alldies in verzweifelter Hast der Gedanken und widersprüchlichen Empfindungen. Nein, so durfte er nicht fortgehen, ohne Abschiedswort, wie ein Usurpator oder ein Dieb! Sollte sie nicht als erstes die Polizei anrufen, irgend etwas erfinden, eine nichtbezahlte Telefonrechnung zum Beispiel, damit er aufgehalten wurde, lange genug, um das Flugzeug zu verpassen? Würde sie Jules jemals wiedersehen? So irreal solche Hoffnungen waren, malte sie sich vielleicht doch aus, daß, während man Teucère zurückhielt, ihm die Schändlichkeit seines Verhaltens bewußt würde, daß er Schuldgefühle bekommen, seinen Entschluß ändern und, warum nicht, sich ihr in die Arme werfen würde.

Den Körper von heftigen Schauern überlaufen, mit zitternden Händen, wie von plötzlichem Fieber gepackt, stürzte Anna hinaus, durch den Garten zur Straßenpforte, wühlte hektisch in ihrer Handtasche, vermißte lauthals die Autoschlüssel. Wieder kam ihr die Zugehfrau zu Hilfe, die auf der Außentreppe stand, den Schlüsselbund hochhielt, ihr nachrief, daß sie ihn auf dem Küchentisch habe liegenlassen. Hastig kehrte Anna um, griff ohne ein Wort des Dankes nach den Schlüsseln und lief zum Auto.

Nach Aussage des Straßenfegers, der zu diesem Zeitpunkt auf dem Rand seines Karrens saß und im Mauerschatten eine Zigarette rauchte, startete sie mit Vollgas, so daß die Reifen rutschten, das Auto schleuderte auf dem glatten Pflaster der kleinen abschüssigen Straße. Die Autovermieter, die ihre Lieferwagen vor der Bushaltestelle parken, haben gesehen, wie sie mit voller Geschwindigkeit und ohne nach rechts zu blicken in den Kreisverkehr einbog, den anderen dort die Vorfahrt nahm, sodann, behaupteten die Männer, die ihr neugierig hinterhersahen, bei Rot über die Kreuzung vor den Banken sauste, in Richtung auf die vierspurige Autostraße, die vom Meer in die Hauptstadt führt, daß sie offenbar zum Flughafen gewollt habe, da sie rechts, in die letzte Ausfahrt vor dem Ring, abgebogen sei. Anna hatte im stillen gewiß auf die Verspätungen gesetzt, von denen in der letzten Zeit fast alle Flüge betroffen waren, aber sich wohl nicht klargemacht, daß man für die Strecke immerhin gut zwanzig Minuten braucht. Als sie merkte, daß sie es nicht schaffen würde, fuhr sie nicht etwa langsamer, im Gegenteil, hartnäckig raste sie, wechselte ohne zu blinken die Spur, überholte rechts, ordnete sich links wieder ein, drängelte mit der Lichthupe, wenn ihr jemand zu langsam war.

Hinter den Kasernen der Nationalgarde führt die Straße am Drahtzaun des Flughafengeländes entlang. Dann sieht man schon die blaugestrichenen Hangars, die khakifarbenen Militärflugzeuge, etwas weiter, auf dem Rollfeld, die in der Sonne blinkenden Maschinen der internationalen Gesellschaften, die großen zylindrischen Tanks, die Silhouette des Kontrollturms, schließlich die Flughafengebäude. Wenn sich der Wind nach Süden dreht – im allgemeinen ein Zeichen für schleches Wetter – müssen die Maschinen so starten, daß sie die Autobahn im Tiefflug überqueren, allein getragen von der Kraft ihrer auf vollen Touren laufenden Motoren. Dann steigen sie langsam auf, das ist, wissen Sie, als würde man hinter den Scheiben eines riesigen Aquariums, gewissermaßen vom

Grund des Wassers aus, die glatten, weißen Bäuche der großen Meeressäuger sehen, wie sie majestätisch emporschwimmen.

An jenem Tag war es so: Am Beginn der Piste stand mit laufenden Triebwerken die Vormittagsmaschine der Al Italia und löste die Bremsen, rollte los, beschleunigte gegen den Wind, nahm genug Fahrt auf, um die Räder vom Boden zu lösen, und hob sich schwerfällig in die Luft. In diesem Augenblick sah Anna das Flugzeug, rechts von der Straße, wie es auf sie zukam, und erkannte es an den Farben seines Rumpfes, den grünen Heckstreifen sofort. Sie stieß einen verzweifelten Wutschrei aus und drückte, anstatt zu verlangsamen und die Niederlage hinzunehmen, das Gaspedal weiter durch. Von Haß und Enttäuschung geblendet, glaubte sie wohl, sich der Maschine, bevor sie entschwand, in den Weg werfen, vielleicht sogar sie umlenken zu können.

Im Näherkommen zunächst geräuschlos, dann im ohrenbetäubenden Gedröhn der Triebwerke sich höher kämpfend, und wie in Zeitlupe, flog die Maschine über die Straße, knapp vor Annas Auto. Gebannt vom Anblick dieses geflügelten Ungeheuers, das in seinem Bauch ihren Liebsten und all ihre Hoffnung davontrug, erkannte sie gewiß Einzelheiten, die einem normalerweise entgehen: hinter der Scheibe des Cockpits das weiße Hemd und die Sonnenbrille des Piloten, am Rumpf die festverschlossenen Türen, die Reihe der kleinen, Fenster, hinter denen sie verzweifelt die Form eines Gesichtes oder das Zeichen einer Hand zu erkennen suchte. Es stimmte ja, sie waren da! Vielleicht hatten sie sogar das rote Auto bemerkt, das die Straße entlangschoß und in dem schwachen Verkehr um diese Zeit leicht zu erkennen war, und richteten die Blicke darauf, alle beide zum Fenster gebeugt und stumm vor Bestürzung, der eine dabei auch erleichtert, dem anderen aber schnürte es das Herz zu, und er verbiß sich mit großer Mühe das Weinen. Als sie das Flugzeug über sich sah, riesenhaft, einen Moment lang fast unbeweglich und zum Greifen nah, schrie sie pausenlos, verwünschte die beiden, außer sich vor Wut, daß sie die schmähliche Flucht nicht hatte verhindern können, hätte sich am Fahrwerk festklammern mögen, dessen Räder bereits eingezogen wurden, damit das Flugzeug ungebremst weiter aufsteigen konnte.

Sein Schatten glitt, während es die Sonne verdeckte, über die Straße. Als Anna, die Augen voller Tränen, wieder auf die Fahrbahn blickte, war ihr Schicksal schon besiegelt. Zwar sah sie jetzt, aber zu spät, den Tanklaster, der auf der linken Spur liegengeblieben war, sah auch den Fahrer, der, dicht am Mittelstreifen, sie schon von weitem zu warnen versucht hatte, mit den Armen fuchtelte, herumsprang und, als er merkte, daß sie nicht langsamer fuhr, über die entgegengesetzte Fahrbahn rannte, um sich in Sicherheit zu bringen. Wieder nahm sie wie in Großaufnahme Einzelheiten wahr: das Nummernschild, die kleine Flamme im roten Kreis, die Ziffer der zugelassenen Höchstgeschwindigkeit, die Aufschrift T.I.R., deren Bedeutung sie nicht kannte, die Leiter an der Seite, die dicke Metallverstärkung, die als Stoßstange diente, dann die graue, schmutzige und riesengroße Wand des Tanks, gegen die sie mit einem gräßlichen, kurzen Geräusch von zersplitterndem Glas und zusammengedrücktem Blech in voller Fahrt aufprallte.

Eine Stichflamme schoß hoch. Sie war deutlich zu erkennen vom Flugzeug aus, das im Aufsteigen eine weite Linkskurve beschrieb, in Richtung der Lagunen an der Küste, um Kurs auf Südeuropa zu nehmen. Die geschockten Passagiere berichteten später, daß sie die Explosion genau gesehen hätten und entsetzt gewesen seien. Während das Flugzeug weiter an Höhe gewann, preßten sie die Gesichter an das Plexiglas der Fenster, blickten zurück, um den brennenden Tankwagen auf der Autobahn, die kleine Anzahl von Fahrzeugen, die in einigem Abstand stehengeblieben waren, dann die Blaulichter von Polizei und Feuerwehr nicht aus den Augen zu verlieren.

Als das Flugzeug über die ersten weißen Schaumkronen hinwegflog, die parallel zum schnurgeraden Strandstreifen verliefen, lehnte sich René Teucère stumm in seinen Sitz zurück. Was empfand er in diesem Augenblick? War er sich seiner Niedertracht wenigstens bewußt? Tatsache ist, daß er lange wie abwesend dasaß. Die Stewardeß erklärte auf Befragen, sie habe wegen seiner bleichen Farbe geglaubt, ihm sei schlecht geworden. Als sie geraume Zeit nach dem Start nochmals herumging, um Getränke anzubieten, und er nicht reagierte, habe sie ihn an der Schulter geschüttelt. Mühsam sei er aus seiner Lethargie erwacht, habe gesagt, daß er nichts trinken wolle, keinen Arzt brauche und auch sonst nichts, daß alles in Ordnung sei, man möge ihn lediglich in Ruhe lassen. Indes läßt sich vorstellen, daß er still für sich und mit Beklemmung an dieses Stück Afrika gedacht hat, das er nie wieder betreten würde, an die Augenblicke reinen Glücks, die er dort erlebt und durch eigne Schuld verpfuscht hatte, auch an die glänzende Karriere, die ihn erwartete und der er alles geopfert hatte, somit an das Ausmaß der Leiden, die ihm bevorstanden, und an die Kämpfe, die er würde führen müssen, damit man ihm nichts wegnahm, damit er stets im Vorteil blieb.

Nachbemerkung

Nicht das brodelnde Bukarest, nein, Constanta mitten im Winter! Eine Art Geisterstadt, südlich der Donaumündung, gepeitscht von Regen und Wind. Die taumelnde Langsamkeit dieser müßigen Tage des Schlenderns durch touristenleere Straßen! Und dieser unechte Palast mit seinem vorsintflutlichen Prunk, noch vor kurzem ein Ferienparadies für Apparatschiks, jetzt schon halb verkommen. Das Personal stundenlang mit Radiohören beschäftigt. In den riesigen Speisesälen Kronleuchter, die im Luftzug klirren, aufgereihte Tische, bedeckt mit Tüchern von zweifelhafter Sauberkeit, voller Brandlöcher und Suppenflecken. In den schwach erleuchteten Fluren nur einige verirrte Paare aus Argentinien oder der Tschechoslowakei – Pensionäre mit wenig Geld.

Bei meiner Rückkehr aus Griechenland merkte ich bald, daß die Atmosphäre in der Redaktion sich verändert hatte. Bis dahin glaubte ich, Augustin Marate sei bestrebt, mir eine Chance zu geben. Doch nun mußte ich rasch zurückstecken. Hatte ich ihn enttäuscht? Meine Arbeit nicht gut gemacht? Mit meinen Artikeln sein Mißfallen erregt? Hatte ich, ohne mir dessen bewußt zu sein, ein Eigentor geschossen und Dinge enthüllt, die ich nicht wissen durfte oder an deren Bekanntgabe meiner Zeitung nicht gelegen war? Doch was hätte ich anders tun sollen, nachdem ich Gilles Virandes in seinem Haus bei Athen getroffen und aus den Gesprächen mit ihm die naheliegenden Schlüsse gezogen hatte? Ist es nicht die Aufgabe eines Journalisten, Nachforschungen unparteiisch zu führen? Ich hatte nicht gezögert, die Wahrheit zu sagen, auch wenn aus meinen Äußerungen, im Gegensatz zum gewünschten Ergebnis, hervorging, daß René Teucère derjenige war, dessen Haltung mir fragwürdig erschien. Sicher war das der Grund dafür, daß ich in Ungnade fiel und eine Menge Ärger bekam. Vielleicht hatte Teucère es geschafft, meinen Chefredakteur unter Druck zu setzen, so daß meine Artikel nie erschienen. Und wenn die beiden unter einer Decke steckten, sich meine Unerfahrenheit zunutze gemacht und versucht hatten, sich meiner zu bedienen?

Man schickte mich zu Reportagen, für die es keine klare Zielstellung gab, in die Provinz. Offenbar sollte ich fort aus Paris. Warum wurde ich nicht entlassen? Mysteriös. Zog man es vor, mich unter Kontrolle zu behalten? Schon möglich. Sodann versuchte man mir weiszumachen, daß meine Ernennung zum Korrespondenten für Rumänien, wo nichts passierte, eine Beförderung darstellte. Und das hätte durchaus der Fall sein können. Denn zu ihrem Pech hatten sie sich ein weiteres Mal verrechnet: Nach dem Fall der Berliner Mauer die Ereignisse in Temeşwar ... Ceausescu auf der Tribüne vor der Menge, die buhte und ihn auspfiff. Dann der Tumult. Schüsse von den Dächern herab. Psychose der Securitate, die aus unterirdischen Gängen operierte. Demonstrationen und Schreie, durch die Straßen rennende Menschen. Wachposten rund um die Uhr vor dem Fernsehgebäude.

Und ich, ohne Risiken zu scheuen, tat dabei, so gut ich irgend konnte, mein Handwerk, an das ich noch glaubte. Doch als ich meine ersten Artikel schickte, ließ Augustin Marate mich wissen, daß ich für diese Sache noch zu unerfahren sei. In Anbetracht der Bedeutung des Geschehens werde die Zeitung einen Sonderkorrespondenten entsenden, zusammen mit einer Mannschaft echter Profis. Ich sollte sie am Flughafen in Empfang nehmen, sodann zu einer Reportage über die Badeorte am Schwarzen Meer abreisen.

Dort unten angekommen, verfaßte ich – und ich muß gestehen, es fiel mir außerordentlich schwer – ein, zwei atmosphärische Berichte, schön melancholisch, ganz nach dem Geschmack der Reisebeilagen in den großen Tageszeitungen. Ich hatte alle Lust verloren. War der Tod von Gilles Virandes der Grund dafür, daß man mich auf Abstand hielt? Dabei war ich, wie gesagt, in dieser Geschichte für nichts verantwortlich! Mit meiner Geduld am Ende und überzeugt davon, daß man mich zum Narren hielt, griff ich eines Morgens zum Telefon und rief Augstin Marate an. Entweder sollte man mich wieder auf meinen Posten im Zeitungsarchiv setzen, oder ich würde kündigen.

– Nun hören Sie mal gut zu, mein Junge! brüllte es am anderen Ende der Leitung. Zunächst können Sie von Glück sagen, daß Sie so glimpflich davongekommen sind. Hier sieht es für Sie alles andere als gut aus! Sie müssen nämlich wissen, daß nicht zuletzt aufgrund Ihrer Unterstellungen die Unesco René Teucères Ernennung rückgängig gemacht hat! Offenbar haben Sie, vielleicht unabsichtlich, die Polizei in Gang gesetzt wegen dieser Vorkommnisse im Museum von Pleggah. Jedenfalls ist eine zusätzliche Untersuchung eingeleitet worden, die fürs erste Unregelmäßigkeiten aufgedeckt hat, wobei manches sogar auf Verbindungen mit der Mafia hindeutet, Schiebereien mit Antiquitäten, Sie verstehen mich. Muß ich Ihnen also erklären, daß Teucère, rasend vor Wut, Sie überall sucht und droht, Ihnen den Hals umzudrehen? Sogar mich hat er unter Druck gesetzt, um zu erfahren, wo Sie stecken ...

Apropos, eine Frage: Haben Sie sein verdammtes Manuskript denn nun in die Hände bekommen oder nicht? Ach so? Sie haben es Gilles Virandes gezeigt? Und nach dessen Tod für sich behalten? Ja, davon hat niemand je erfahren! Sie hätten uns doch informieren müssen! Was? Sie beabsichtigen, aus dieser Geschichte ein Buch zu machen? Also, mein Junge, das lassen Sie lieber bleiben! Wenn René Teucère davon erfährt, wird Ihre Lage nur noch schlimmer.

Warten Sie, ich bin noch nicht fertig. Was ist eigentlich passiert in Griechenland, als Sie bei Virandes waren? Wie bitte? Ich verstehe nichts ... Ja, ich muß Ihnen sagen, wir hatten Besuch. Von einem Inspektor. Was? Sie wissen nicht, daß auch gegen Sie eine Ermittlung läuft? Genau, ein Untersuchungsverfahren! Weshalb? Nun, in Virandes' Haus in Megara hat man, gleich nachdem Sie fort waren, etwas gefunden, einen Gegenstand, sehr alt angeblich, der übrigens Tunesien nie hätte verlassen dürfen, eine seltsam geformte Phiole aus Buntglas, vielleicht punischen Ursprungs, die von Schurkenhand mit Gift gefüllt worden sei. Sagt Ihnen das was? Die griechische Polizei ist sicher, daß dieses Gift Virandes getötet hat, begreifen Sie? Unglücklicherweise hat man Ihre Fingerabdrücke auf dem Fläschchen gefunden. Unmöglich, sagen Sie? Mein Lieber, erklären Sie das dem Richter. Sollte Teucère etwa versucht haben, Sie da hineinzuziehen? Mein Gott, in welchen Schlamassel sind Sie geraten!

Aber wie dem auch sei, Sie wissen, daß die Redaktion grundsätzlich, und bis die Untersuchung abgeschlossen ist, ihre Mitarbeiter zu schützen pflegt. Ich hoffe nur, daß Sie nicht in irgendeine üble Affäre verwickelt sind und daß der Tod von Virandes wirklich ein Unfall war. So, und deshalb hat man diesen Winkel für Sie ausgesucht. Bei der Unruhe, die jetzt in Rumänien herrscht, wird niemand auf die Idee kommen, Sie dort unten zu suchen. Sie sind am Meer? Worüber beschweren Sie sich dann? Es gibt viele, die gern mit Ihnen tauschen würden! Sie haben doch diesen ganzen Schmutz aufgewühlt, also bitte, sorgen Sie dafür, daß man Sie vergißt! Sie bleiben, wo Sie sind, und sehen zu, daß keiner auf Ihre Spur kommt, indem Sie mich mit Ihren lästigen Anrufen verschonen. Warten Sie ab, bis ich Ihnen ein Zeichen gebe, einverstanden? Ihr Visum ist noch gültig? Sie haben Ihre Kreditkarte bei sich? Gut, keine Sorge, Ihr Konto bleibt weiterhin gedeckt. Und jetzt lassen Sie mich in Frieden!

Damit legte er auf.

Das fehlte noch, die Polizei! Aber was wurde mir denn angelastet?

*

Ein kräftiger Staubgeruch verbreitet sich, sowie ich die schweren karmesinroten Vorhänge zurückziehe, um etwas von dem trüben Licht hereinzulassen, das durch die Wolken sickert. Ich blicke auf die Uferstraße mit ihrem leicht gekrümmten, von Unkraut überwucherten Mittelstreifen. Die doppelreihigen Laternen dort schwanken besorgniserregend unter den Windstößen. Zur Abwechslung regnet es wieder. Auf der geteerten Fahrbahn blinken Pfützen, die der Wind kräuselt. Über den Uferdamm hinweg erkennt man mit Mühe die Grenze zwischen Meer und Sand. Bei diesem Wetter wagt sich kein Spaziergänger an den Strand. Die eisernen Streben der Klettergerüste und Karrussels sind, wiewohl vor kurzem neu gestrichen, schon von Rost gesprenkelt. Dicht an der Steinmauer des Uferdammes, zwischen den Umkleidekabinen, schlägt ständig eine Holztür auf und zu. Das nervt! Von weitem klingt es fast wie das unwahrscheinliche Gebell eines Hundes.

Schon einen Monat bin ich in Constanta, ruhe mich aus und wende meine Aufzeichnungen hin und her, auf verlorenem Posten in diesem Hotel aus einem anderen Zeitalter. Das einzige, was hier funktioniert, ist glücklicherweise die Heizung. Bei dem naßkalten Wetter wäre der Aufenthalt sonst unerträglich. Das Zimmer ist mit dunkelroten Stofftapeten, Goldverzierungen und einem gleichfalls dunkelroten Teppichboden ausstaffiert wie zur Zarenzeit. Und das Bett erst, ein wahrer Abgrund! Breit ist es, von einem Baldachin überspannt, und so hoch! Früher stand gewiß ein Tritt davor, aber der ist weggeräumt. So muß man jetzt Anlauf nehmen und sich im Hochspringen drehen, um dann auf dem Bettrand zu sitzen. Dort versinkt man, wie in einer Ohnmacht, in dem weichen Federbett unter einem Überwurf aus Samt.

Eben schien mir, als habe jemand an die Tür geklopft. Ausgeschlossen, daß es die schöne Maruschka ist, die seit meiner

Ankunft Tag für Tag unter dem Vorwand, das Zimmer aufzuräumen, hereingekommen ist, für gewöhnlich, ohne meine Antwort abzuwarten, als sei sie hier zu Hause. Vorgestern hatte sie freilich Mühe, den Türknauf zu drehen, behindert wie sie war durch die altertümliche Schreibmaschine, die sie mir anschleppte. Das Gerät konnte ich jedesmal sehen, wenn ich mich über die Theke der Rezeption beugte, um meinen Schlüssel zu holen, bestimmt die einzige Schreibmaschine im Hotel, abgestellt auf einem der Bürotische, ein unberührtes Ungetüm unter einem grauen Plastiküberzug. Mit den Dollars, die ich Maruschka anvertraute, bestach sie billig den Portier, so daß mir die Maschine zu vorübergehendem Gebrauch überlassen wurde. Zu meinem Pech nutzte Maruschka das restliche Geld, um das Weite zu suchen und mir die Gesellschaft aufzukündigen.

Schade, denn ich hatte mich an ihre Nähe schon gewöhnt. Als sie mit beiden Armen die Maschine auf meinen Schreibtisch wuchtete, hatte ich die Gelegenheit genutzt, sie um die Taille zu fassen. Doch im Unterschied zu den Tagen davor stieß sie mich diesmal zurück und rief mich zur Ordnung, arbeiten sollte ich und sie in Ruhe lassen. Für gewöhnlich ging unser Spiel so: Sie lief hin und her, klopfte das Bett zurecht, räumte das Zimmer auf, während ich am Tisch vor dem Fenster saß, eine Hand über die Sessellehne baumeln ließ und versuchte, Maruschka im Vorübergehen festzuhalten. Zunächst entschlüpfte sie mir, machte einen Bogen um mich, aber schließlich erwischte ich sie doch an einem Zipfel ihrer Schürze und zog sie an mich, sie machte sich flink los, dann kam sie von hinten an mich heran und versetzte mir einen Klaps auf den Kopf.

Sie war ja allein, Maruschka, und hatte sonst nichts, um sich die Langeweile zu vertreiben. Den ganzen Tag lief sie durch diese endlosen Korridore mit den abgewetzten Läufern, den düsteren, leeren Zimmern. Ceausescus Sturz hatte ihre Hochzeitsreise unterbrochen, hier in Constanta. Ihr Ehemann, der begriff, daß es für ihn gefährlich war, nach Bukarest zurückzukehren – und der von Maruschka das Beste schon bekommen hatte –, ließ sie stillschweigend sitzen. Angesichts seiner Vergangenheit hielt er es für ratsam, das Land allein zu verlassen, und floh in die Ukraine. Maruschka fand zu ihrem Lebensunterhalt, dank einer alten Beziehung, wenigstens die bescheidene Stelle eines Zimmermädchens in diesem Hotel. Von ihrem Mann hörte sie nie wieder etwas. Wütend, allein von der Heftigkeit ihrer Enttäuschung aufrechterhalten, schluckte sie die Tränen herunter und beschloß, einen Schlußstrich unter ihre verlorene Liebe zu ziehen. Durch sie jedoch war Maruschkas Sinnlichkeit erweckt worden, in deren Genuß glücklicherweise ich dann kam. Stumm schmiegte sie sich an mich, preßte ihre Brüste in meinen Nacken, zerzauste mir die Haare.

Maruschka! Eine echte Slawin mit blauen Augen unter schwarzen Wimpern, einer weiß und rosig schimmernden, fast durchsichtigen Haut, unter der sich die Adern abzeichneten, straff gespannt von jungem Fleisch und offenem Verlangen. Bevor sie kam, um mein Zimmer aufzuräumen, pflegte Maruschka reichliche Mengen Lippenstift aufzutragen, ein grelles, aufreizendes Rot, mit dem ich bald bedeckt war. Hin und hergerissen zwischen Abwehr und dem Vorgeschmack der Lust, leistete sie mir zunächst Widerstand und hinderte meine Hand daran, zu rasch an der Innenseite ihrer nackten Schenkel hochzuwandern. Nach und nach aber fühlte ich, wie ihre Beine nachgaben, sie schwankte und stützte sich, um nicht zu fallen, mit dem Unterleib an der Sessellehne ab. Schließlich war sie bereit, sich rittlings auf meine Knie zu setzen, und ließ zu, daß ich ihr unter der Spitzenschürze, langsam den engen Rock hochschob, der sie hinderte, die Beine zu spreizen.

Dann nutzten wir diese trägen, von Unausgeschlafenheit und Langeweile schweren Vormittage, an denen der Regen gegen die Scheiben schlug, räumten rasch das Frühstückstablett fort und krochen unter das dicke Federbett. Maruschka, unersättlich im Verlangen, ihre Lustfähigkeit auszuschöpfen, erschien mir wie jemand, der unaufhörlich den Eimer in die Brunnentiefe herabläßt in der Hoffnung, sie bis auf den Grund zu leeren. In diesem Rhythmus hätte sie mich glatt verschlungen, keuchend, rabiat, rücksichtslos.

Gegen Ende des Vormittags, wenn aus der Küche Bratgeruch und aus dem Speisesaal die Geräusche des Tischdeckens hochdrangen, sprang Maruschka aus dem Bett. Ich ließ mich sacht zurückfallen in die Nähe des Schlummers. Mir brannten die Augen vor Erschöpfung, blinzelnd sah ich zu, wie meine schöne Barbarin ihre Kleidungsstücke vom Fußboden aufsammelte, dabei ungeniert ihre triumphale weiße Nacktheit zur Schau stellte. Geräuschlos schloß sie die Tür hinter sich. Traumverloren sah ich sie als eine dieser Kriegerinnen der Goten oder Skythen, die sich bei Anbruch des Winters am Nordufer der Donau zusammenrotteten und, ihre scharfen Hunde mühsam zurückhaltend, das Zufrieren des Flusses abwarteten, um ihn zu überqueren und in das Imperium einzufallen.

Vorgestern aber gab sie mir, mit derselben Entschlossenheit wie bis dahin bei der Liebe, zu verstehen, daß nun Schluß sei, daß ich nichts mehr von ihr zu erwarten habe. Dafür schien die Schreibmaschine, die sie mir unter Risiken beschafft hatte und hinstellte, als lieferte sie mir ihren Beuteteil ab, Beweis und Preis in einem zu sein. Ich hegte den Verdacht, daß sie eine

Nachricht von ihrem Mann oder irgendwie die Zusicherung erhalten hatte, unbeschadet nach Bukarest zurückkehren zu können.

*

Jetzt regnet es ununterbrochen, und ich habe keine Ausrede mehr. Ich ziehe die schweren Vorhänge noch weiter zurück, dann spanne ich ein weißes Blatt in die Maschine, dieses rare, hierzulande fast unerlaubte Gerät, das noch gut funktioniert. Der Anschlag ist schwer, das Schriftbild aber sauber. Das Farbband, zwar ausgeleiert und etwas abgenutzt, wird seinen Dienst noch tun. Zum Glück sind die Lettern nicht kyrillisch, wie ich einen Augenblick lang befürchtet hatte.

Nun also werde ich die Anschuldigungen zurückweisen, die auf Gilles Virandes und mir selbst lasten. Meine Verteidigung wird auch die seine sein. Zu diesem Zweck halte ich es für das gescheiteste, die Briefe von Varius und Tucca, die René Teucère, wären sie in seine Hände gelangt, hätte verschwinden lassen, um die Spur seiner Untaten zu tilgen, und von denen Augustin Marate, das sehe ich ein, zumindest eine Kopie zugestanden hätte, der Öffentlichkeit direkt vorzulegen, damit sich jeder seine Meinung selbst bilden kann.

Aus diesem Briefwechsel hat Gilles Virandes, das kann ich mit gutem Gewissen behaupten, Zusammenhänge erschlossen, die ihm unweigerlich die Augen öffneten. Solange er den zweiten Teil des Manuskriptes nicht kannte, blieb ihm das Offensichtliche noch verborgen. Doch als er dann, zumal nach aufmerksamer Durchsicht der Museumsbroschüre, gewahr wurde, daß zu jedem Brief ein Stück der Ausstellung paßte, die Teucère für den *Aeneis*-Saal vorgesehen hatte, mußte er zwischen zwei Möglichkeiten wählen: Entweder handelte es sich bei den Briefen um eine Fälschung, die er unverzeihlicherweise nicht rechtzeitig aufgedeckt hatte, oder sie waren echt und kündigten wie eine geheimnisvolle Vorbemerkung die Machenschaften schon an, die hinter seinem Rücken stattfanden.

In der Tat war er, als ihm die Gesamtheit der Fakten und somit auch die Umstände der Ermordung Vergils vor Augen standen, überzeugt davon, daß er in eine ähnliche Falle geraten war. In den Briefen, so wie er sie deutete, sah er sein eigenes Schicksal vorgezeichnet. Diese Überzeugung, ob begründet oder nicht, hatte für ihn verheerende psychische Folgen. Bestimmte Wechselbeziehungen flößten ihm den Gedanken ein, daß da in besorgniserregendem Dunkel eine Inszenierung stattfand, die ihn erschrecken oder vor einer Bedrohung für sein Leben warnen sollte, der zu entkommen ihm freilich keinerlei Chance gelassen würde.

Bevor er starb, versuchte er fieberhaft, das Räderwerk dieses vermeintlichen Anschlags auseinanderzunehmen und, gleichsam in letzter Aufbäumung, den zu identifizieren, der mit der Vollstreckung beaufragt war. So gelangte er wohl zum Schluß, daß ich, ganz und gar von Teucère manipuliert, auf dessen Befehl handelte.

Also beschloß er, mit diesem Boot zu fliehen, das jedoch nicht zur vereinbarten Zeit anlegen konnte. Als ich ihn dann von der Terrasse, auf der ich ihn ohnmächtig vorfand, ins Haus trug und er ein wenig Bewußtsein wiedererlangte – sein Verstand war da schon reichlich getrübt –, hielt er mich offensichtlich für einen anderen und versuchte, mir stückweise klarzumachen, daß er meine Tricks vereitelt und oben in seinem Zimmer alle Steine des Puzzles zusammengelegt, daher die Perfidie des Journalisten, der zu sein ich vorgebe, durchschaut habe und nun wisse, wer es war, der mich ihm hinterhergeschickt und dergestalt seine Vernichtung bewerkstelligt habe.

Ja, ich glaube, daß er in mir den geheimnisvollen Schicksalsboten erblickte, den man am anderen Ufer von Zeit und Geschichte ihm auf die Fersen gesetzt und der ihn über die Ferne der Jahrhunderte hinweg nun erreicht hatte. In der wirren, verschwommenen Wiederholung einer Freveltat, der zwei Jahrtausende zuvor ein berühmter Dichter zum Opfer fiel, war ich in jenem Augenblick der eine von zwei Schriftstellern minderen Ranges, der ihn in die Arme nahm und sich in Erwartung seines letzten Atemzuges über ihn beugte.

Klett-Cotta
Die Originalausgabe erschien unter dem Titel
»Auguste fulminant« im Verlag Grasset, Paris

Printed in Germany
Schutzumschlag: Philippa Walz, Stuttgart
unter Verwendung eines Fotos von
Araldo De Luca / © a.deluca@fleshnet.it
Gesetzt in der 11 Punkt Berkeley
von ReproGraphia Medienhaus, Lahr
Auf säure- und holzfreiem Werkdruckpapier gedruckt
und gebunden von Clausen & Bosse, Leck

ISBN 3-608-93451-0

Nicolas Bréhal:
Ein Gespür für die Nacht

Roman

Aus dem Französischen von Verena Nolte
383 Seiten, gebunden, ISBN 3-608-93493-6

Hundstage in Paris. Nächte, die keine Erleichterung bringen. Mit der Dämmerung beginnt die Angst. Ein Frauenmörder treibt im Pigalle-Viertel sein grausames Unwesen. Marge, eine zerbrechliche, luzide Gestalt der Unschuld, ist das letzte Opfer. Achille, einem mäßig erfolgreichen Polizeibeamten, der allein mit seiner Katze haust und Baudelaire liest, wird der Fall der ungeklärten Frauenmorde zugeteilt. Die Chance seines Lebens. Wenn die Nacht kommt, wird aus dem farblosen Inspektor ein anderer Mensch. Dann ist er in seinem Element, traumwandlerisch bewegt er sich in der Dunkelheit. Er entwickelt besondere Instinkte, er fühlt sich in den Kopf des Mörders hinein. So perfekt, daß er den nächsten Mord an seiner Stelle begehen könnte.

»Dieser virtuos mit der Macht des Unbewußten spielende Roman ist auch eine mit knisternder erotischer Spannung aufgeladene Hommage an das nächtliche Paris von Charles Baudelaire: Die Dämmerung versetzt die Wahnsinnigen in Erregung...«
KulturNews

»Trotz Mord und Wahnsinn verrät Bréhals sensible Sprache das eigentliche Thema des schlicht betörenden Romans: eine Liebeserklärung an die Philosophie der Nacht.«
Kölner Illustrierte

Klett-Cotta

Lydie Salvayre:
Das Gewicht der Erinnerung

Roman

Aus dem Französischen von Renate Nentwig
206 Seiten, gebunden, ISBN 3-608-93436-7

»Wenn man glaubt, ein Thema sei so oft variiert worden, daß es nichts Neues mehr hergibt, wird man von einem Buch überrascht, das einen ganz neuen Ton anschlägt, und schon wachsen dem Thema neue Bedeutungen und Nuancen zu. Die Schrecken der Vergangenheit, in diesem Fall der Nazi-Okkupation und des Marionettenregimes von Marschall Petain, die in der Erinnerung der Opfer nicht verjähren und nicht vergehen wollen, wurden selten so eindringlich, so grausam und mit soviel psychologischer Einsicht beschrieben.«

Anna Mitgutsch/Der Standard

Juan Manuel de Prada:
Trügerisches Licht der Nacht

Roman

Aus dem Spanischen von Alexander Dobler.
393 Seiten, gebunden, ISBN 3-608-93463-4

»Juan Manuel de Prada schreibt einen Kunst-Krimi und eine hinreißende Liebesgeschichte. Der junge Autor, Jurist, in Spanien mit dem ›Premio Planeta‹ höchstdekoriert, legt ein tolles Romandebüt vor. Schon dafür, wie er uns an der körperlichen Vereinigung von Alejandro und Chiara teilhaben läßt, hätte er den Preis verdient. Die Üppigkeit des Renaissance-Bildes von Giorgione muß den Autor inspiriert haben. Alles ist appetitlich, elegant, hocherotisch. Es vermittelt sich dem Leser nicht voyeurhaft, sondern als erlebte Erzählung.
Der Krimistrang des Romans, wohlverflochten mit Kunstverstand und Erotik, ist in jeder Phase spannend, schlüssig und intelligent. Alles in flottem Tempo erzählt.«

Harald Loch / Neues Deutschland

Klett-Cotta